Brechó

Michael Zadoorian

Brechó
Uma história de amor

ROMANCE

Tradução de Luis Reyes Gil

Copyright© 2000 Michael Zadoorian
Publicado pela primeira vez pela W. W. Norton & Company, Inc.

Publicado mediante acordo com Taryn Fagerness Agency
e Sandra Bruna Agencia Literaria, SL

TÍTULO ORIGINAL
Second Hand

TRADUÇÃO
Luis Reyes Gil

CAPA E PROJETO GRÁFICO
Rádio Londres

REVISÃO
Shirley Lima
Luara França
Elisa Soares

ILUSTRAÇÃO DE CAPA
Toni Demuro

Dados Internacionais de Catalogação na Publicação (CIP)
(Câmara Brasileira do Livro, SP, Brasil)

Zadoorian, Michael
    Brechó: uma história de amor: romance /
Michael Zadoorian; traduzido por Luis Reyes Gil
Rio de Janeiro : Rádio Londres, 2018.

    Título original: Second hand.
    ISBN 978-85-67861-12-8

    1. Ficção norte-americana I. Título.

18-17265   CDD-813

Índices para catálogo sistemático:
1. Romances : Literatura norte-americana 813

Todos os direitos desta edição reservados à
Editora Rádio Londres Ltda.
Rua Senador Dantas, 20 — Salas 1601/02
20031-203 — Rio de Janeiro — RJ
www.radiolondreseditores.com

Para Rita

Agradecimentos

Agradeço imensamente aos meus pais, Norman e Rosemary Zadoorian, por todo o amor e apoio e por acreditarem que eu seria capaz de fazer isto; a Tim Teegarden e James Potter, por sua amizade e suas histórias; a Andrew Brown, por seu olho infalível e seu incentivo constante; a Keith McLenon, que compartilhou segredos sobre tudo que é de segunda mão; a David Spala, por seu entusiasmo incomensurável; DeAnn Forbes, pela ajuda na divulgação do livro; às pessoas incríveis da Sociedade Anticrueldade de Michigan, por sua compaixão ilimitada; ao escritor/professor/amigo Christopher Towne Leland, por sempre arrumar tempo para mim; a Charles Baxter e Samuel Astrachan, pelos bons conselhos; Lori Pope, da agência literária Faith Childs, por sua gentileza e por tornar isto muito mais fácil; à Faith Childs, por se lembrar de mim; à minha editora, Alane Mason, por aceitar trabalhar neste livro e melhorá-lo; ao Exército da Salvação, por mobilar tanto nossa casa como este livro; e àqueles que no mundo todo curtem usados. Que vocês vivam bastante e deixem maravilhosos espólios para vender após a sua morte!

Agora que minha escada se foi,
Preciso ficar deitado onde todas as escadas começam,
No imundo brechó do coração.
W. B. Yeats

Talvez tudo o que você joga fora seja o que
importa de verdade;
Talvez esse seja o sentido último das coisas,
Não seria incrível?
Anne Tyler

Tomo meu chá numa xícara quebrada.
Bobby "Blue" Bland

PARTE 1

PEÇAS DE BRECHÓ

Quando eu morrer, não vou deixar nada além de peças de brechó. Se, depois de morrer, eu pudesse ir até a minha casa para participar da venda do espólio, compraria tudo. Bem, isso não é nenhuma surpresa, já que são todas coisas que eu mesmo já comprei. Mas, mesmo que não fossem coisas minhas, compraria tudo de novo. Muitas pessoas agiriam da mesma forma. As pessoas vêm para minha casa e ficam fascinadas com minhas peças de brechó, cobiçam minhas tranqueiras. Mas é gente que adora usados. Quando pessoas que não se ligam em objetos de segunda mão vêm aqui em casa, acham graça das minhas coisas. Ou então dizem que a minha casa é inquietante, porque tudo o que há nela foi de alguém que já morreu. Eu digo: "Nem todos morreram. Algumas pessoas ainda estão em asilos".

Mas elas simplesmente não entendem. Se entram numa casa e não veem um sofazinho xadrez combinando com um quadro de um "pintor alternativo" (daquela grande feira de arte, e põe grande nisso, que acontece no estacionamento do Southfield Ramada Inn — lá tem tudo de arte que você precisar!), elas ficam confusas, desorientadas, até mesmo hostis. Já decidi que elas, quando eu morrer, não serão convidadas para a venda do meu espólio. O anúncio, se eu morresse hoje, seria algo como:

> *Venda de espólio*
> *Sexta e sábado, das 10 às 17 horas*
> *Vera, 15318*

Coisas acumuladas há trinta anos. Montes de itens! Poltrona chinesa vermelha da década de 1940, um genuíno sofá Davenport de caubói, da década de 1960, com o respectivo chapéu bordado nas almofadas, manequim (masculino) de loja de departamentos da década de 1950, jogo de sala de jantar da década de 1930, luminária e planta artificial em vaso da década de 1970, mesa de cozinha vermelha e branca da década de 1940, console *hi-fi* Olympic Deluxe em cerejeira da década de 1950. Centenas de LPs e fitas de oito pistas, ampla seleção de livrinhos de bolso com temas horripilantes, grande coleção de quadros em veludo preto: palhaços chorando, toureiros, mulheres nuas, o Elvis magro e o Elvis gordo! Outras coleções: relógios de cozinha, luminárias esquisitas, cinzeiros, vasos, coqueteleiras, bongôs, miniaturas de prédios, colheres, saleiros e pimenteiras, e muito mais! Uma garagem cheia. Um porão cheio. Passe o dia escolhendo! Sem descontos para madrugadores.

Às vezes, sou obrigado a lidar com pessoas do tipo sofazinho xadrez na minha casa. Por exemplo: nas ocasiões, agora frequentes, em que minha irmã Linda aparece — sempre por algum motivo ligado à saúde da minha mãe.
Linda acha que tudo tem que ser novo. O carro dela é novo, ela mora numa casa nova, num bairro novo, com seu novo marido. Depois de alguns minutos na minha sala de estar, Linda entra em estado de agitação (ou seria mais

correto dizer que ela começa a titubear? Nunca sei qual é a palavra certa). Linda simplesmente não sabe o que fazer no meio de objetos provenientes de venda de garagem, ou do Exército da Salvação e de brechós. Ela fica olhando para as minhas coisas, e eu sinto que ela não vê a hora de voltar pra casa e sentar no seu sofazinho xadrez bege, ao lado da sua poltrona xadrez bege, na frente do sofazinho bege de dois lugares (pondo sua mão bronzeada artificialmente em cima da capinha protetora também em xadrezinho bege), debaixo da pintura de hotel feita em tons de bronze, marfim, bege, siena e sépia. Nas poucas vezes que Linda chega a sentar na minha casa, ela fica empoleirada na beirada do meu sofá caubói, como um passarinho branco preso numa gaiola velha e suja. Dá dó de ver.

Pessoalmente, acho que as coisas novas são um tédio. Elas não têm história, não têm personalidade. Eu me sinto à vontade com coisas usadas. De segunda mão. A própria palavra diz tudo — outras mãos já tocaram aquele objeto. Pense em todas as coisas que a gente toca todo dia, os milhares de minúsculos pilares que mantêm nossa vida de pé — xícaras de café, prendedores de gravata, despertadores, óculos de sol, chaveiros, cinzeiros montados em cima de saquinhos cheios de grãos de feijão. E se essas coisas absorveram pequenas partículas suas, como se a oleosidade dos seus dedos carregasse a essência da sua alma? Depois pense em todas as coisas que você já teve na vida, que já passaram pelas suas mãos, onde será que tudo isso deve estar neste exato momento? Pense em milhões de outras vidas que você tocou por meio dessas coisas que já foram suas, que carregam sua essência. É incrível, não?

Ah, droga! Você tem razão. A maioria dessas coisas provavelmente está em algum aterro sanitário de Nova Jersey. Mas eu realmente acredito que, quando você possui algo que já pertenceu a outra pessoa, é como se tivesse um contato secreto com ela, com o passado dela. Como se fosse uma maneira de você ter contato com outras pessoas sem despertar sentimentos confusos e aquelas emoções todas.

Segunda mão é isso. Mas aí sempre vai ter gente preocupada se os outros lavaram as mãos direito ou não.

MINHA LOJA

Minha loja fica numa cidadezinha sem graça na periferia de Detroit, Michigan (que é uma cidade grande, também sem graça) —, e fica no que costumava ser a avenida principal da cidade, uma rua até bonitinha. Suponho que tudo começou a mudar no final dos anos sessenta, quando um monte de coisas em Detroit e na periferia começou a mudar — por causa dos protestos de rua de 1967, da debandada dos brancos, do crescimento urbano e, depois, dos grandes shoppings. Na minha cidade, os únicos negócios que sobreviveram ao massacre mortal dos shoppings foram as lojas de consertos — de sapatos, barbeadores, aspiradores de pó etc. Cada uma delas era tocada por um cara velho, aparentemente imortal, que trabalhava sem parar consertando coisas. Se fosse julgar pelo que vejo nos brechós, eu concluiria que hoje em dia ninguém manda consertar coisas, mas parece que as pessoas ainda fazem isso. Na minha rua, tem também um sebo de livros, um restaurante de comida tailandesa, uma loja de discos que uns punks jovens abriram — Deus abençoe seus corações amantes de LPs — e alguns poucos negócios de mulheres negras (salões de beleza, manicure, lojas de perucas). E um monte de lojas vazias.

Abri meu negócio há uns cinco anos com um dinheirinho que meu pai me deixou quando morreu, três mil dólares para aplicar em "empreendimentos artísticos". O que me pareceu um pouco estranho, francamente. O dinheiro não significou nada pra mim, era muito melhor ter meu pai, mas isso não estava mais em questão. Na época, eu frequentava a escola de arte no centro, morava num apartamento tipo caixa de fósforos no Cass Corridor e trabalhava em dois empregos, um de garçom, o outro selecionando objetos doados no centro de distribuição do Exército da Salvação. Naquele tempo, eu ainda estava descobrindo minhas raízes nessa história de usados (fazia arte com "objetos achados"), e o fato de trabalhar ali me permitia ver as peças assim que elas chegavam. Era um emprego ruinzinho, mas eu arrumei muita coisa boa lá e enchi meu apartamento, que já era pequeno demais, com muito mais tralha do que eu precisava para meus pequenos "projetos". Embora não percebesse isso na época, já fazia estoque para a loja.

Ainda não sei exatamente onde foi que meu pai arrumou aqueles três mil, mas, de algum jeito, ele conseguiu. Depois que ganhei o dinheiro, torrei uma parte em peças de brechó, mas guardei a maioria dele (tudo bem, eu poupo dinheiro, e daí? É uma coisa minha, bem de interiorano, eu sei). Pouco depois, cansei daquelas coisas pretensiosas da escola de arte. Percebi que eu gostava mais dos objetos que ia encontrando do que da arte que eu fazia. Comecei a pensar em abrir uma loja.

MEU IDEAL DE PEÇAS USADAS

Eu faço estoque de uma miscelânea de itens, que cobrem desde os anos trinta (não muita coisa) até os oitenta (menos coisa ainda). Não posso dizer que me especializei em alguma época em particular (embora tenha um fraco pelas peças dos anos cinquenta). O critério de comercialização é simples: se eu gosto, vendo. Alguns itens que eu tenho neste momento: potes cromados para cozinha, copos de bar antigos (com os dizeres "Bar e Boate de Harry & Alma, venha dançar e comer bem!"), uma parede cheia de troféus de boliche e troféus de baliza de fanfarra, camisas de discoteca, garrafas de sifão cor azul-cobalto, faca e cantil de escoteiro, baralho de cartas do personagem Reddy Kilowatt, cachos de uvas de vidro, porta-guardanapos das Cataratas do Niágara, quadros emoldurados de cabeças de cavalo tiradas de livros de colorir.

Como você pode ver, eu tenho alguns objetos usados de qualidade. E por preços bem razoáveis (mas não ridiculamente baratos. Aprendi essa lição quando abri o negócio. Eu tinha coisas ótimas, de todo tipo, a preço de banana. Algumas pessoas chegavam e compravam tudo. Na semana seguinte, eu via as peças em algumas lojas vintage do bairro chique da cidade por três vezes o meu preço. Filhos da puta!). Minha clientela é variada — caras tatuados vestindo jaqueta de couro preta, hipsters, adolescentes alternativos, vítimas da moda, *beatniks* de fim de semana, *psychobillies*, gente que simplesmente gosta de coisas antigas. Se tivesse que descrevê-los com uma só palavra, seria "bacana". Que também parece ser o maior elogio que qualquer um deles pode conceder a uma pessoa ou um objeto.

— Muito *bacana*.
— Super*bacana*.
— *Bacana* pra caralho.
— *Bacaníssimo*!

E assim por diante. Ouço muito essa palavra na minha loja, mas nunca dirigida à minha pessoa. Também vêm outros tipos: o pessoal do bairro em busca de alguma pechincha, negros e brancos, pessoas que trabalham em fábricas e funcionários de escritórios, que simplesmente entram para dar uma olhada, não necessariamente atrás de peças muito bacanas, mas porque meu negócio fica na vizinhança e ainda não fechou.

Já disse qual é o nome da minha loja? Satori Junk. Eu mesmo pintei a placa e depois incrustei nela todo tipo de coisa: cacos de pratos quebrados, botões, partes de bonecas antigas, bolinhas de gude. Quando bate o sol, fica muito legal. O resto do tempo, parece só uma placa com um monte de tranqueira grudada com cola quente. Quanto ao Satori, acho que esse toque zen é um tantinho pretensioso, mas acredito de verdade que a gente pode ganhar uma espécie de iluminação a partir de um objeto usado. É só estar aberto a isso. Infelizmente, a maioria das pessoas vive sem a sabedoria que uma peça de brechó pode lhe dar.

CAMISAS DE JOGADOR DE BOLICHE E VASOS PARA PLANTAS EM FORMATO DE POODLE

Hoje, quando abri a loja, algumas pessoas entraram e ficaram zanzando. Lá pela uma e meia, um hipster comprou uma camisa de boliche antiga que eu escolhi numa Value Village. Tenho que dizer: é uma camisa *bacaníssima*, branca, com mangas turquesa, uma King Richard original, "Sanforizada para a sua proteção". O melhor de tudo são as costas da camisa. Bordado com letras vermelhas, está escrito:

Bowlero Lanes

Pelo nome que está no bolso da frente da camisa, seu dono anterior era um tal de Pete. É estranho, mas os hipsters realmente pagam por uma camisa que tenha o nome de outra pessoa gravado nela. Quanto mais antigão e engraçado for o nome, melhor — Herb, Sid, Marvin. Melhor ainda é um apelido sem noção — "Bud", "Dot", "Buzz". Cara, não tem nada que venda mais do que nomes entre aspas.

Além disso, a única outra coisa que aconteceu hoje foi

uma ex-bonitona usando óculos de sol glamourosos, estilo anos quarenta, olhando pela vitrine. Sem dúvida, uma cliente em potencial e, bom, meio atraente, aquele tipo de garota frágil e um pouco acabada. Aceno pra ela entrar. Essa espécie de extroversão não combina comigo, mas, se você é comerciante, quando alguém olha pela vitrine da sua loja, você fica na obrigação de convidar pra entrar. Só que isso raramente funciona comigo. Vai ver que eu aceno do jeito errado, sei lá. Em geral, as pessoas dão um aceno tímido de volta e aí vazam. Mas dessa vez a mulher vem até a porta. Entra, ajeita os óculos de sol em cima da cabeça e olha pra mim.

— Oi. Bacana a sua loja — diz ela.

Quero olhar pra ela e sorrir, dizer oi, mas de repente fico muito sem graça, pensando em como acenei para ela. Mesmo assim, por alguma razão, aceno de novo. Ela me olha com certo estranhamento e, então, começa a ver as coisas da loja. Do meu lugar, atrás do caixa, fico meio que estudando a mulher. Ela está com uma jaqueta de couro curta, década de 1970, por cima de um vestido anos cinquenta com pérolas, e uma bolsa a tiracolo preta, grande, tipo bolsa de senhora. Vou dizer uma coisa: essa garota tem algo especial, tem estilo. Tem aquele look meio fantasmagórico, pele clara com cabelo curto tingido de preto. Tem olheiras, mas, de alguma forma, combinam com ela, como se fossem propositais, como se tivesse passado delineador. Percebo que as pérolas dela não são pérolas coisa nenhuma, mas pequenas caveiras. Isso me deixa empolgado.

Ela fica dando voltas num dos lados da loja, atrás da minha estante de livros de ficção usados. Pega um exemplar de *Hot Rod*, de Henry Gregor Felsen. Talvez ela esteja evitando fazer contato visual comigo. Não a culpo. Vai ver que tem medo de que eu acene pra ela de novo. Tento me livrar dessa capa de esquisitice. Estou prestes a dizer alguma coisa e, então, mudo de ideia. Infelizmente, emito um som, uma espécie de grunhido monossilábico.

Ela ergue o olhar do livro, mas na mesma hora volta a encarar a página, de um jeito que me diz que realmente não quer papo comigo. Quando o cliente reage assim, eu deixo quieto. Mas, por alguma razão, começo a tagarelar.

— Posso ajudá-la em alguma coisa? Posso ajudar, se você precisar. — Eu dou uma risada alta (a risada ecoa pela loja, e então simplesmente cai no chão, morta). Ela continua olhando para o exemplar de *Hot Rod* e, então, pega um *Street Rod* (vai ver que está interessada em toda a obra de Gregor Felsen, penso).

Depois ergue os olhos e sorri pra mim. Esse é um sorriso muito bom, eu gosto desse sorriso.

— Você tem alguma coisa tipo assim... que tenha a ver com cachorro? — pergunta ela, mordiscando a cutícula.

Finalmente, alguma coisa para se concentrar.

— Hum... Mas é alguma coisa específica?

— Não, sei lá. Só uma bugiganga, uma coisa assim. É para um amigo.

— Acho que tenho um vasinho de poodle em algum lugar — digo, andando até uma das minhas mesas de quinquilharias. Ela começa a vir atrás de mim.

— Ah, que droga — reclama, olhando as horas no relógio dela. — Sabe o que é? Eu preciso ir. Nem devia ter entrado aqui. Na realidade, eu não tinha tempo...

A essa altura, a porta se abre, fazendo soar a campainha, e entra um garanhão hipster enorme: couro preto em cima de couro preto em cima de couro preto, cavanhaque, tatuagens, piercings nas orelhas, no nariz etc.

— E aí, vamos? — pergunta pra ela. O cara sequer olha pra onde eu estou, pro otário de pé ao lado dela.

— Vamos — responde ela. Quando o Príncipe das Trevas dá meia-volta, ela segue atrás dele, mas vira a cabeça e olha pra mim, três dedos curvadinhos no ar, um esboço de sorriso amarelo, um toque de preocupação no olhar.

— Desculpe, a gente precisa ir.

A porta bate. Não há razão pra se desculpar. De qualquer modo, era tudo coisa da minha cabeça.

UM DIA COMO OS OUTROS

O resto do dia é bem normal. Tranquilo, embora cheio de pequenas coisas que eu consigo controlar: correio, alguns clientes, polir um velho balde de gelo cromado em forma de pinguim, varrer a calçada. Gosto das coisas assim. Eu não me canso do barulhinho indistinto da rotina, que nunca cessa. Toda noite, quando sento pra comer à minha mesa de cozinha de fórmica em L, faço uma pequena oração para o deus da repetição. É um deus que eu mesmo inventei, um deus com "d" minúsculo, mas, de qualquer modo, gosto dele. Na verdade, não digo essa oração em voz alta, faço assim, dentro da minha cabeça — agradeço por meu dia ter sido mais ou menos igual, por ter sido recompensado com os objetos de brechó de hoje. Agradeço por mais um dia como tantos outros...

Não sei bem como dizer isso. Eu preciso de rotina, preciso de estabilidade, preciso de repetição, para poder ser o melhor comerciante de brechó possível. Tem um lugar bem específico em que um dono de brechó precisa residir psicologicamente pra ir bem, pra lidar com o destino, pra manter a busca.

A BUSCA

Minhas mercadorias provêm das vendas de espólio, das lojas baratas, das vendas de garagem, do Exército da

Salvação, dos bazares de igreja, das feiras de usados, de famílias que mudam de casa e resolvem vender tudo. Eu consigo as peças mais vendáveis para a minha loja nas vendas de espólio, embora nelas a competição com outros comerciantes de usados seja maior. É muito mais difícil encontrar coisa boa em vendas de garagem e em lojas baratas, mas eu tenho que comparecer. *Eu tenho que comparecer.* Trabalhar com usados é muito mais do que apenas conseguir mercadorias, ou encontrar aquilo que eu quero, se bem que foi assim que comecei. É mais um modo de vida, uma maneira de pensar. Trabalhar com usados é minha metáfora pouco sofisticada pra tudo; a vida representada como aquela viagem por corredores malcheirosos, atravancados, rumo ao que poderia parecer o grande achado, mas que é simplesmente mais tranqueira.

    Trabalhando com brechó, você se rende à busca. O problema é que nunca sabe exatamente o que está procurando até ver a peça. E, nem depois de ver, você tem certeza. Às vezes você vê algo, mas resolve ignorá-lo, ou decide não comprá-lo, ou às vezes simplesmente não está a fim de comprar nada naquele dia. Depois, quando chega em casa e repensa, ou pior, quando vê aquilo na mão de outra pessoa, se dá conta de que era a coisa que você queria e não sabia. Sei lá, acho que procuro uma coisa de valor, uma peça inalcançável, mas nem eu sei que peça é essa. Não é necessariamente algo que vai permitir que eu me aposente e passe o resto da vida no luxo, como aquele cara que encontrou um Dalí no Exército da Salvação. Fala sério, o que eu faria da minha vida depois disso? Você precisa continuar procurando.

    A busca é uma coisa com a qual você nasce e morre. Eu vejo essa busca nos olhos das senhoras idosas gorduchas que frequentam as lojas Goodwill e da Associação dos Cegos. Lá vão elas, já na casa dos seus setenta e tantos anos, com suas parcas rendas, ainda comprando como loucas, embora um dos pré-requisitos fundamentais que torna alguém legítimo dono de um objeto seja tê-lo possuído por um tempo suficiente. Elas driblam isso dando de presente. Vejo-as todos os dias, cigarrinho Pall Mall pendurado na boca enrugada, apoiadas num carrinho de compras cheio de brinquedos meio detonados e de outros artigos que quase sempre parecem ser presentes para pessoas queridas.

Quando vejo essas senhoras, faço o possível para ser gentil com elas, demonstro mais do que a minha cortesia habitual, mais ainda do que aquela que eu concederia a um colega comerciante de usados. Elas me partem o coração, essas mulheres. São os soldados de infantaria, com os tornozelos inchados, vivendo aquela vida de brechó. Independentemente do que eu faça ou do que encontre, estou apenas dando uma olhada. É fundamental entender que há uma distância intransponível entre aqueles que escolhem comprar em brechós e em vendas de garagem e aqueles que fazem isso por não ter escolha, que prefeririam sair à caça do dragão das novidades junto com o restante do mundo.

MINHA VERGONHA SECRETA

Depois do jantar, dou uma ligadinha para minha mãe no hospital ("Você vem amanhã, filho?" "Vou, mãe". "Não me traga nada. Já estou rodeada de lixo suficiente do jeito que está aqui". "Pode deixar, não vou levar nada, mãe"). Depois que desligo, dou uma olhada nos jornais pra ver se tem alguma venda de espólio. Não tem muita coisa rolando nos classificados do *Free Press*, mas, quando olho o *Observer*, agarro minha caneta vermelha. Logo abaixo de "Vendas de espólio", entre todos os anúncios de duas e três colunas de largura colocados por leiloeiros e liquidantes profissionais anunciando peças do tipo "Cômoda francesa pintada à mão com tampo de mármore", vejo um anúncio minúsculo. Limpo as lentes dos meus óculos de armação tartaruga antes de ler:

> Venda de espólio
> Hamtramck
> Só sáb., das 9 às 16h
> Mais de 40 anos de acumulação
> Mobília, utensílios domésticos, porão, garagem.
> Muitos itens inusitados! Não perca.
> Responsável pela venda, Betty L. & Co.

Esse é o tipo de anúncio que me deixa bastante empolgado. Hamtramck: antiga cidade fabril, nos arredores de Detroit, onde ficava a hoje extinta Dodge Main, um dos estabelecimentos mais tradicionais da cidade, local onde nasceu a empresa produtora de linguiças Kowalski Sausage, fundada por imigrantes poloneses (com sua *kielbasa* de neon, com sete metros de altura); labirinto de ruas onde se apertam casinhas pré-guerra e sobrados (cobertos com placas asfálticas *trompe l'oeil* imitando tijolo), com gramado frontal de boas-vindas e alpendres tão colossais que você pode estacionar um Chrysler 300C 1957 debaixo deles; habitadas por operários que trabalharam duramente na fábrica por quarenta anos e, então, bateram as botas no seu primeiro ano de aposentadoria, deixando viúvas caipiras vestidas de preto, destinadas a viver mais trinta anos, caminhando, claudicantes, para a igreja todo dia, rosário na mão, maldizendo a invasão de negros, caldeus e gente de Bangladesh, e voltando depois para casa, para limpar seus fogões de quarenta anos. A variedade das peças de brechó não poderia ser maior em Hamtramck. A cidade não só é cheia de gente mais velha, que cuida bem de suas coisas (coisas que, aliás, foram feitas, antes de mais nada, para durar), como também tem mais europeus do Leste do que praticamente qualquer outro lugar fora de Varsóvia — gente corpulenta, com um centro de gravidade baixo, e que por isso não fica zanzando muito por aí. É disso que você precisa para um bom comércio de usados. Pessoas que fiquem num lugar para sempre.

Numa venda de espólio, a vida da pessoa fica exposta bem ali na sua frente. Você encontra na mesma sala tanto um apontador de lápis de baquelita do Pato Donald, proveniente da infância que a pessoa teve na década de 1920, como o seu andador e o seu balão de oxigênio (por falar nisso, arrematei esse apontador de lápis). É estranho ver a vida de alguém desabar dessa maneira. Estranho, mas revigorante. Queira ou não, o elemento excitante de uma venda de espólio é o fato de que você venceu; você sobreviveu a um de seus concidadãos, nasceu depois, teve mais sorte — agora tem direito ao que era deles. Quando compro um prato de fondue, estou comendo o coração do meu inimigo. Talvez seja isso que deixa as pessoas tão enlouquecidas. (Elas olham feio e empurram, dão cotoveladas, usam o próprio corpo para bloquear sua passagem. Realmente, uma vergonha: as pessoas não conseguem ser gentis quando saqueiam.) Não é apenas a ganância ou a competição ou o frisson da caça o que move essas pessoas — há algo mais em jogo: primário, assustador, viciante. Quando chamam seu número e deixam você entrar naquela casa e você começa a andar por ali junto com os demais fanáticos por objetos usados, alguma coisa acontece. Uma porta foi aberta e, de repente, você tem acesso aos segredos. Não só os segredos do falecido, mas *os* segredos: medos, prazeres, raivas, desesperos, tédios. Vida e morte já passaram, mas você perdeu o espetáculo e agora está nos bastidores, passando pelos objetos de cena, tentando imaginar se o que rolou foi uma tragédia tipo *Hamlet* ou uma comédia do gênero *Don Juan era aprendiz*.

MINHA VERGONHA PÚBLICA

O problema das vendas de espólio é que parece que eu nunca consigo chegar a tempo. Você precisa estar nas casas de manhã bem cedo, quando eles distribuem as senhas. É assim que você consegue as peças boas. Só que é justamente nessa hora que aparecem também todos os comerciantes e demais donos de lojas. Eles chegam às seis, sete da manhã, às vezes até antes, e organizam um sistema de senha alternativo. Eu chego em torno das oito e já tem umas vinte pessoas na minha frente. Quando entro, boa parte das peças boas já foi embora faz tempo.

Mas não foi isso o que aconteceu comigo nesta sexta-feira. Sou a primeira pessoa a chegar a esta venda. Isso nunca aconteceu comigo. É uma casa antiga, numa rua arborizada, e não há nenhum carro estacionado a não ser minha caminhonete (uma GMC Suburban verde-abacate, ano 1969) e o Toyota da Betty L. (placa: GATINHA DAS VENDAS). Mal posso acreditar. Não vejo nenhuma fila de donos de loja intrometidos, nenhuma garota hipster trocando senhas na porta, nenhum funcionário lamuriante da empresa responsável pela venda de espólio tentando avançar através da multidão. Não há sequer uma placa anunciando "Venda de espólio hoje". Fico até com um pouco de receio de ir até a porta, mas vou.

Dou uma espiada lá dentro e, embora o lugar esteja mal iluminado, consigo ver alguém na sala colando etiquetas de preço em uma mesa cheia de bugigangas, muito preciosas, um monte de estatuetas de porcelana, saleiros e cristais, definitivamente não fazem meu gosto, mas não são mau sinal. Dou uma olhada em volta. As paredes do vestíbulo são marrons, com anos de nicotina, e, debaixo da camada amarelada das paredes, vejo desenhos estampados, que são contornados por arabescos em vermelho e azul. Vejo isso também na sala de jantar. Décadas atrás, alguém realmente veio aqui para colocar todas essas estampas nas paredes dessa pessoa. Provavelmente algum artesão que eles já conheciam do país de origem. Impressionante. Nunca deixo de me surpreender com o cuidado que algumas pessoas dedicam às suas casas.

Hesitante, bato à porta. A pessoa que estava naquela mesa, uma mulher negra de meia-idade com um longo cabelo e um par de tênis prateados, que eu reconheço como uma das assistentes freelance da Betty L, ergue o olhar, e então vem até a mim.

— Você está distribuindo as senhas, Dorothea? — pergunto através da vidraça.

— Hoje não, magrinho. É só ficar na fila. A gente vai abrir às nove.

Esse é o jeito da Dorothea. Ela chama todo mundo pelo seu atributo físico mais perceptível. Toda vez que a vejo, fico feliz de não ter um nariz grande.

— Tem algum jeito de dar uma entradinha antes? — pergunto.

— Nove horas.

— Ora, vamos, será que eu não mereço uma recompensa por ter chegado aqui antes dos outros?

Dorothea aponta uma de suas garras cheia de joias para mim.

— Olha só. Quando a gente abrir, vou deixar você entrar primeiro.

— Não faça isso comigo, Dot — digo, tentando não dar uma risada.

Dorothea sorri e volta pra dentro da casa. Eu estaciono no alpendre e pego meu livro. Olho em volta e penso: como eu adoro esse trabalho! Isso é tudo que eu preciso, digo a mim mesmo. Oito e meia de uma bela manhã de verão, primeiro da fila numa linda casa antiga em Hamtown que talvez esteja abarrotada de tesouros. Quantas pessoas no mundo experimentam esse tipo de emoção nas próprias vidas? Posso sentir a potencialidade até nas obturações dos meus dentes. Tem alguma coisa aí pra mim, eu sei disso.

A ARTE DO SAQUE

Às nove horas, Dorothea põe pra dentro as primeiras cinco pessoas com sua declaração de sempre: "A venda do espólio começou. Sejam bem-vindas as primeiras simpáticas cinco pessoas".

Avançamos todos. Eu vasculho o aposento da frente, que poderia ser descrito apenas como um hall de entrada. As peças espalhadas nas mesas e até mesmo no esfarrapado sofá marrom são tão preciosas quanto os objetos que vi em cima da mesa. Passo direto e entro na sala de jantar — mais cristais, porcelana e crinolinas. Tem uma velha otomana em vinil vermelho em formato de rim que eu pego pra mim.

— Posso começar a montar uma pilha aqui? — pergunto a Dorothea enquanto arrasto a coisa para junto da mesa da sala de jantar, onde ela se instalou.

— É por sua conta e risco — responde, mas eu sei que ela vai ficar de olho nas coisas pra mim.

A cozinha: um lindo relógio de cozinha antigo cor turquesa, no lugar de praxe, bem acima do fogão. Uma boa limpada e esse malandro vai vender. Saleiros e pimenteiras em formato de garrafas de refrigerante Squirt, suporte cromado para papel toalha, aquele velho cofrinho de moedas Mister Thrifty — meu, meu, meu. Tiro minha bolsa de náilon do bolso de trás e, com cuidado, vou colocando as peças dentro, e então desço até o andar de baixo. É uma escada estreita, que fica mais apertada ainda por causa das panelas e frigideiras penduradas na parede. Essa é uma coisa que já vi antes algumas vezes em casas de pessoas muito, mas muito velhas, que faziam do porão uma espécie de adega, em vez de, digamos, um quarto de bagunça. Quando chego ao final da escada, não espero encontrar muita coisa. E não encontro. É só lavanderia, ferramentas enferrujadas e suprimentos enlatados. Um passo em falso. Desperdicei um tempo valioso.

Ao subir a escada de volta, deparo com a Betty L. e aceno para ela. Ela faz como se nem me conhecesse direito. É o jeito dela. Não quer ficar íntima demais dos comerciantes de usados. Senão, a turma cai em cima e começa a acusá-la de estar dando tratamento preferencial.

— Ei, Betty, e os quartos? No andar de cima? — pergunto.

— Os quartos estão aqui embaixo mesmo. Lá em cima é um sótão grande.

Melhor ainda.

— É mesmo?

— Ahã. É só seguir por aquela porta, saindo da cozinha. Dá direto lá em cima.

Eu nem tinha visto a tal porta. Isso é ruim. Não posso me dar ao luxo de perder detalhes assim. Ouço Dorothea acompanhando as cinco simpáticas pessoas seguintes.

— Tem uma cadeira Eames lá em cima que talvez interesse — grita Betty para mim quando estou entrando na cozinha. — Posso fazer um bom preço.

Tranqueira chique. Odeio admitir isso, mas também gosto de algumas dessas peças. É claro, são caras demais. Mesmo assim, faço uma anotação mental enquanto corro lá pra cima. Já tem umas duas ou três pessoas ali, mas estão olhando as roupas, reunidas em duas barras compridas de metal penduradas de cada um dos lados do estreito teto em caixotão. Eu também deveria dar uma olhada, mas gosto de checar os outros objetos primeiro. Na verdade, não tem muito mais coisa — livros, que eu posso deixar por último, peças de um antigo trem de brinquedo da Lionel, montes de cortinas, que são uma beleza — aqueles tecidos maravilhosos da década de 1950, lindas orquídeas cor-de-rosa e vermelhas com línguas imensas e plantas verdes pontiagudas. Eu pego o lote inteiro, com os ganchos ainda presos, e enfio no meu saco. Imagino que, se puseram no sótão, não devem ser muito caras.

Encontro a cadeira que Betty mencionou. Não é cadeira Eames coisa nenhuma, é uma Thonet estofada de vinil verde, extravagante. A aparência é boa, está em bom estado, mas tem uma coisa em relação a essas peças usadas de designer que me incomoda. Você começa a lidar com um mercado totalmente diferente, de conhecedores, pessoas que colecionam "Art-Déco Futura e Moderna". Mesmo assim, posso comprar e revender pra alguma loja do bairro chique da cidade e ganhar alguns trocados em cima. A cadeira não precisa nem passar perto da minha loja.

De volta ao térreo, pago todas as peças. Até que foi um bom lote para uma só venda. Muitas vezes eu vou e não acho nada. Por sorte, trouxe dinheiro suficiente comigo.

— Magrinho, acabaram de abrir a garagem — diz Dorothea.

— Jura? Ok, obrigado — digo, pegando meu recibo.

Garagens são um dos lugares que eu mais gosto de fuçar. Tempos atrás, a garagem era território exclusivamente masculino. A mulher cuidava da casa — decorava, limpava, cumpria as obrigações sociais, cozinhava, lavava, passava, fazia conservas etc. Mas, da garagem, quem cuidava era o homem. Nunca deixa de me surpreender o que os homens guardam em suas garagens, dentro de caixas de charutos. Já achei as coisas mais estranhas: ferramentas de aspecto medieval, engenhocas do cartunista Rube Goldberg e montes de coisas aleatórias, como arruelas de borracha ou chaves de carros ou chapinhas de ferro antiderrapantes para sapatos. Por que eles guardavam essas coisas? E o que será que desencadeava toda essa febre masculina de acumulação?

Nessa garagem, encontro cavaletes de serrar madeira,

chapas de compensado com ferramentas em cima delas, coisas bem típicas. Há puxadores e buchas acumuladas dentro de potes pendurados por suas tampas, pregados em ripas de 2 x 4 montados na parede (o sistema tradicional de armazenar coisas na garagem no Midwest). Há prateleiras cheias de outras latas, potes e baldinhos de plástico, peças úteis provenientes do território das esposas — latas de Maxwell House, Cool Whip, Crisco, Velvet Peanut Butter. Dou uma espiada, mas eu sei o que elas guardam: pregos, parafusos, tachinhas, grampos, presilhas — coisas que mantêm outras coisas unidas. Verifico de novo as ferramentas e percebo que tudo que é de metal está coberto por uma camada de ferrugem. O homem dessa garagem já foi embora há algum tempo. A mulher da casa nunca veio aqui dar uma limpada no território dele. Agora é hora de a gente fazer isso.

TEORIA MALUCA Nº 1: O PRINCÍPIO DOS OBJETOS DE BRECHÓ

Você já percebeu que, quanto mais velho um cara fica, maior é o carro dele? É como se o número de anos na Terra fosse diretamente proporcional aos metros quadrados de chapa de metal. Isso tem a ver com uma teoria minha. Quanto mais velho você fica, mais tralha você tem. Por quê? Porque a tralha o protege. Ela age como um lastro, uma espécie de sistema passivo de contenção da mortalidade. Pense no que você sente quando compra alguma coisa. Aquele pequeno *frisson*. É como um *flash* de eternidade. Você está dizendo a si mesmo, naquela hora em que coloca em cima da mesa aqueles tostões conquistados com esforço, que sabe que estará por aqui para desfrutar daquela compra. Está dando a si mesmo algo mais para levar adiante sua jornada, porque sabe que ela será longa.

Já percebi que, quando as pessoas chegam aos trinta anos, começam de verdade a acumular coisas. Depois que conseguem as coisas grandes — carros, casas, maridos e esposas, filhos —, continuam nisso — comprar, comprar, comprar —, pode ser um segundo carro chique, mesas de bilhar, barcos, trailers — coisas realmente grandes. Mas, com isso, não estão tornando suas vidas mais plenas, apenas mais pesadas. O que elas não sabem é que estão tentando se proteger. Os trinta anos são o ponto em que acaba aquele sentimento de que você vai viver para sempre.

Mesmo os hipsters trintões que curtem meu tipo de objetos usados, por baixo das obrigatórias jaquetas de couro preto e das botas de cano alto indicativas de seu não conformismo, a maioria tem vidas bastante convencionais, trabalhando em agências de publicidade, salões de cabeleireiro, bares, estúdios de arte, restaurantes etc., e entulhando-se de tralha do mesmo jeito que os demais (eu inclusive). Não faz diferença se você se rodeia de metal e fibra de vidro ou de baquelita e gabardine, dá no mesmo. Nossas posses nos confortam, nos protegem de coisas ruins que sabemos que irão acontecer. Eu, testemunha de mil vendas de espólio, sei que isso é uma ilusão, mas, naquele instante da compra, é algo tão real quanto o objeto que está na sua mão. Um fato: acabei de descobrir que a minha mãe, assim que soube que estava doente, saiu comprando como uma louca. Estourou o cartão de crédito dela. Vai entender essa!

SEMPRE PARO QUANDO VEJO UMA VENDA DE GARAGEM

Nesta época do ano (início do verão), as sextas-feiras são também um ótimo dia para vendas de garagem. Hoje, parece que quase todo poste de telefone tem grudado nele uma plaquinha escrita à mão, algumas delas com uns balões a gás fora de contexto (se bem que isso costuma ser um mau sinal. Balões são coisa de criança. Isso significa que deve haver brinquedos e roupas de criança à venda, e não coisas de verdade). Mesmo assim, eu vou conferir, um atrás do outro; estaciono, faço a pé aquele percurso da caminhonete até a garagem, da garagem até a caminhonete. Com frequência, essa caminhada me consome mais tempo do que a visita em si. Mesmo assim, acabo encontrando alguma coisa: ternos casuais cor de chocolate (conheço um cara que faz coleção deles. Pendura todos pelo seu apartamento quando dá alguma festa), jogos de tabuleiro da década de 1970, um velho copo de Uncola e um lindo par de pinturas da Margaret Keane com aquelas crianças de cabeça grande e olhos enormes. Elas seriam perfeitas para o meu hall cheio de arte brega, com todos aqueles quadros em veludo preto e de pinturas de livros de colorir.

Às onze, vou até o hospital visitar a minha mãe. Quando chego lá, encontro Linda perto do elevador. Trocamos apenas um oi e subimos. Ela traz alguns narcisos para minha mãe. Eu trago um pequeno globo de neve de Milwaukee, que consegui ontem em um venda de garagem. Nas minhas saídas à procura de peças, tenho arrumado um globo desses por semana, em média, e então trago pra minha mãe. Ela já tem uma boa coleção deles no parapeito da sua janela — das Cataratas do Niágara, Nova York, Detroit, Tallahasee (com *glitter*), Nova Jersey, Sault St. Marie, Cleveland, Chicago, Toledo. Na minha opinião, esses objetos conseguem alegrar a vida das pessoas. Mesmo assim, não sei se ela aprecia meu esforço.

Quando entramos no quarto, minha mãe está dormindo. Sinto que ela não está tendo um bom dia. Linda e eu ficamos lá de pé, sem saber o que fazer, quando, de repente, ela abre os olhos, ao que parece saindo de um sono profundo, e começa a falar com a gente. Ainda não me acostumei com esse tipo de coisa.

— Obrigada, meninos — agradece, agora completamente desperta.

Minha mãe não está com um bom aspecto hoje. Os ossos dela começam a aparecer por baixo da pele. Juro que posso ver não só o formato deles, como também a cor. Está com aquele seu solidéu de cetim cor-de-rosa *à la* Hedy Lamarr. Desistiu de usar peruca nessa última vez em que a internaram no hospital.

— Como se sente hoje, mãe? — pergunto, colocando no rosto meu melhor sorriso.

— Como se estivesse morrendo — responde ela. — Como você acha que eu poderia me sentir?

Minha mãe não acredita nessa coisa de agir como se nada estivesse acontecendo. Dou uma olhada interessada na bolsa de onde pinga morfina.

— Só que não é nada do que eles ficam dizendo — continua ela. — Não tem nenhum caminho agradável em direção à luz, nem parentes acenando para mim. É só dor, uma dor insuportável.

— Sinto muito, mãe — digo. Atrás de mim, Linda emite algumas fungadas preliminares. Agora, a qualquer momento, vai começar a chorar, como faz toda vez que a gente vem junto visitar a mamãe. Eu concordo em vir com a Linda aqui uma vez por semana, apenas para que a minha mãe não se aflija com o fato de nós dois nos odiarmos tanto. Na verdade, durante algum tempo nem minha mãe e eu nos demos muito bem. (Então ela começou a morrer. Agora nos damos muitíssimo bem.)

— E aí, crianças, o que vocês andam fazendo? — pergunta ela, tentando evitar a cena inevitável.

Linda não diz nada, então eu falo.

— Estou voltando de uma venda de espólio muito boa — digo, sabendo que nenhuma das duas dá a mínima pra isso.

— Arrumei várias coisas pra loja.

Minha mãe solta um longo suspiro com chiado ao levantar a cabeça.

— Adoraria que você arrumasse um emprego de verdade, Richard, para que eu pudesse deixar de me preocupar com você.

— Mãe, meu trabalho é esse. Eu sou...

— Eu sei, querido, você é comerciante de objetos usados. Você já fez essa proclamação antes.

Sento perto da cama. Gostaria de pegar na sua mão, mas ultimamente ela não anda querendo que toquem nela.

— Mãe, eu estou indo muito bem. Tenho o suficiente para comer e um lugar para morar. Estou melhor do que três quartos da humanidade.

— É, só que eu me sentiria muito melhor nessa minha situação se soubesse que vocês ficariam bem.

Noto que ela, deliberadamente, evita falar em morte, com o objetivo de produzir um efeito ainda maior, sem dúvida. Amo minha mãe, mas, mesmo em seu leito de morte, ela me enlouquece.

— Mãe, eu vou ficar bem.

— Eu simplesmente não consigo ver como é que você vai conseguir ganhar a vida...

Atrás de mim, Linda começa a berrar e, então, se atira em cima de nossa mãe. Ela abraça Linda. Sento na cadeira ao lado da cama, esperando terminar essa parte do nosso ritual. Depois de alguns minutos, mamãe me faz um sinal com o olho, um pouco incomodada com aquela massa convulsa debulhando-se em lágrimas, que está quase arrancando o cateter do braço dela, perplexa com o fato de as duas compartilharem informação genética.

— Richard, arrume um lenço de papel pra sua irmã, por favor, querido. Depois tire ela de cima de mim.

Faço o que minha mãe diz. Depois que Linda se acalma, ficamos conversando sobre nada: as cortinas novas da minha irmã, como eu estou desperdiçando a minha vida. Quando tento encaminhar a conversa para as novidades relatadas pelo médico, Linda e ela voltam a assuntos sem importância. Depois de um tempo, eu me convenço de que não deve haver novidades.

Em seguida, assim que lembro que preciso ir embora para abrir minha loja, minha mãe pede para nos aproximarmos da cama para a parte final do nosso ritual. Nesse exato instante, uma das enfermeiras entra para cuidar dela.

— Você poderia nos dar um minuto, Sheila? — pede ela para a enfermeira. — Quero dizer uma coisa para os meus filhos. Sheila dá um passo para trás, em direção à porta.

— Ouçam os dois — cochicha ela bem séria, como se fosse nos comunicar algum grande segredo. — Quero que os dois entrem nesse banheiro e lavem bem as mãos antes de ir embora. E não toquem em nada ao sair.

Linda assente com a cabeça, como sempre faz. Eu tento não rir, como sempre faço. Minha mãe me mata. Ela está lá deitada cheia de tubinhos e preocupada, mandando a gente lavar as mãos depois de ter estado no hospital. Como se morrer fosse alguma coisa contagiosa. Até acho que é, mas será que um esguicho de sabonete cor-de-rosa vai, de fato, fazer diferença? Não importa. Nós dois entramos e lavamos as mãos como filhos obedientes.

Ao sair do hospital, Linda está muito quieta. Acho que está ainda mais triste do que o normal. No estacionamento, volta a chorar.

— Ora, vamos — digo, tentando dar-lhe um pequeno afago, mas sem ter certeza de onde exatamente colocar meus braços. — Vamos passar lá em casa, eu faço um chá para você.

Linda está tão confusa que acaba aceitando meu convite. Minha casa fica a apenas alguns minutos do hospital. Sei que preciso abrir a loja por volta do meio-dia, mas essa é a parte boa de ser dono de um pequeno negócio numa área meio degradada. Não faz muita diferença quando você se atrasa. Quando chegamos em casa, faço Linda sentar no meu sofá caubói com braços de roda de carruagem. Ela não oferece resistência. Vou até a cozinha preparar um chá, sentindo grande orgulho dela.

— Desculpe, Richard. Eu não queria ter ficado tão agitada assim — diz ela, com a voz rouca e embargada.

Passo para ela uma daquelas canecas estampadas com um rosto sorridente, cheia de chá Sleepytime. Espero que isso a acalme um pouco.

— Nada disso mexe com você? — pergunta ela.
— Sim, eu acho.

Sento no sofá perto da minha irmã. Tirando o nariz vermelho e seu delineador escorrido, ela é a perfeita boneca Barbie, toda arrumadinha, o cabelo armado, escovado e laqueado, uma pequena mecha loira saltando pra trás aerodinamicamente a partir da testa. É provável que tenha passado uma hora arrumando o cabelo esta manhã. Não consigo entender como alguém pode fazer isso. Mesmo assim, ela é minha irmã, e eu fico triste ao ver que ela parece não conseguir parar de chorar.

— Vamos, tome seu chá — digo. — Vai fazer você se sentir melhor.

— Está muito quente.

— Tudo bem. Se você queimar a boca, vai pensar em outra coisa.

Linda aperta os olhos e tenta arrancar um sorriso amarelo em meio aos soluços. Então, como se esse meio-riso tivesse ativado algum tipo de consciência, percebo que ela está olhando em volta, para as minhas coisas. Primeiro, os olhos dela se iluminam ao ver o Tom, o manequim (vestindo uma túnica dashiki, kilt e fez), que eu trouxe da loja depois que parei de vender ternos de pele de tubarão. Mas Linda já havia manifestado seus sentimentos em relação ao Tom numa visita anterior ("Essa coisa me dá arrepio, Richard. Como é que você aguenta ficar aí com ele olhando pra você?"). Finalmente, sua depressão pós-parto artificial assenta-se em uma das minhas posses principais, a licoreira sobre a cornija da lareira, uma esfera decorada com pequenas espirais, em tons de marrom, idêntica a uma bola de boliche, só que com um pequeno jogador de boliche dourado no topo. Quando você o levanta, a bola se abre em duas metades e deixa à mostra a bombinha e mais oito copinhos. Aposto que Linda ficou intrigada com ela, o suficiente pra parar de soluçar.

— O que é isso, Richard? — pergunta ela, com o nariz entupido, mas ainda com um toque nasal de irritação na voz. Ela está voltando a ser ela mesma. Já, já, vai querer ir embora, aposto.

— É uma licoreira em formato de bola de boliche. Para o *connoisseur* com sapatos de boliche alugados.

— Meu Deus, Richard! Você tem cada coisa aqui, juro. Quem é que vai querer tomar alguma bebida num troço desses?

— Tem licor de amora dentro. Quer provar?

Linda assoa o nariz, olha o relógio.

— Eu preciso mesmo ir embora. O Stewart está me esperando em casa. — Minha irmã parou oficialmente de chorar. Ela me lança um olhar sofrido e depois funga bem alto. Então funga outra vez. Já sei o que vem agora.

— Que cheiro é esse? — pergunta ela.

Não há cheiro nenhum. Eu posso gostar de coisas de segunda mão, mas limpo tudo muito bem antes de usar ou vender. Sei cuidar bem das minhas coisas. Essa é uma das várias coisas convencionais e burguesas que eu trago comigo. O cheiro é simplesmente uma coisa dela, precisando justificar o mundinho dela, asséptico e entediante. Quando eu era pequeno, conheci um menino que sempre apertava o nariz quando passava por uma casa funerária. Esse "fungar" de Linda é mais ou menos isso. De repente, a vontade de confortar minha irmã desaparece, e eu me rendo ao desejo de atormentá-la.

— Pode ser qualquer coisa — respondo. — Mas provavelmente é o sofá. Talvez seja o sêmen seco de um dos donos anteriores.

Ela bufa sutilmente de horror. A expressão no rosto dela é impagável. Ela não sabe bem se estou brincando ou não.

— Richard!

Então, eu me levanto.

— Bem, você precisa ir, o Stu está esperando você.

Ela faz que sim com a cabeça, levanta e vai embora.

ESCURIDÃO NO HORÁRIO DO ALMOÇO

Na caminhonete, dirigindo para a loja, percebo que o céu começa a mudar. Está azul-claro, mas os objetos parecem menores, como se a luz que os ilumina estivesse evaporando. Acho que vem chegando uma tempestade, mas não vejo ninguém à procura de abrigo. Todo mundo na rua está andando para lá e para cá. Não é o comportamento típico da época dos tornados de verão em Michigan. O céu continua mudando, assumindo um tom escuro meio assustador e oco. Finalmente eu me toco. É o dia do eclipse.

As pessoas ficam meio andando em círculos, pelas calçadas, diante das lojas, nos alpendres, nos estacionamentos de prédios de escritórios, por toda parte — observando. O que será que faz com que venham todas para fora ao mesmo tempo? Alguma novidade ou sentido universal de nossa própria irrelevância? Voto na primeira opção. Descobri que as pessoas não gostam de se deter na própria irrelevância. Eu? Eu chafurdo nela. Estou com ela apontada para mim todos os dias, de mil jeitos diferentes. Toda vez que vejo um velho par de sapatos brancos ou um álbum *Knockers Up!* da cantora

Rusty Warren ou uma fritadeira Presto FryDaddy, eu me lembro disso. Eu trafego pela irrelevância. E posso afirmar com certeza que ela não é tão popular assim.

Quando desço da caminhonete na ruela atrás da loja, acontecem as seguintes coisas: uma queda repentina da temperatura; as sombras das árvores ficam menores e deixam o chão todo salpicado; os pássaros começam a gritar, criando esse manto de ruído confuso e atemorizador. Sinto que vou ficar com dor de cabeça.

TRALHA + TRALHA

Apesar dos meus lobos latejantes e da esquisitice geral do eclipse (ou talvez por causa dela), foi um bom dia de trabalho. Vendi o balde de gelo do pinguim, um triturador de gelo à manivela da Sears e uma coqueteleira de esportista, pintada com receitas de drinques e equipamentos esportivos (entre eles, uma espingarda de caça e munição. Bebida e armas de fogo — a combinação perfeita!), junto com os pauzinhos misturadores, tudo isso para um cara com pinta de conservador que deve ser contador de dia e playboy beberrão à noite. Eu tenho um fraco por conjuntos de peças de brechó. Gosto de juntar as coisas e depois vender o negócio todo (às vezes esse tipo de kit também ajuda os indecisos a perceber a beleza das boas peças de brechó). Vendi uma cadeira de buclê verde-jade em bom estado, uns discos antigos bem-cuidados do gênero Exótica (Phase 4 Stereo, Command, RCA Victor Living Stereo) e um dispensador de bombons Pez (sei que não deveria ficar mexendo com esse tipo de peças baratas, mas tenho um fraco por Pez).

Pouco antes de fechar, vejo um *ska-punk* roubar um velho chapéu *pork pie*, praticamente na minha cara. É um cara jovem, franzino e menor do que eu, mas, mesmo assim, eu não faço nada. Não vou lá tirar satisfação na porta da loja. Nem vou atrás dele na rua. Não faço nada.

Depois de fechar, vou visitar minha mãe de novo. Ela está dormindo.

GRANDE NOITADA

Ao chegar em casa, penso em ligar para Linda e pedir desculpas por hoje, mas concluo que simplesmente não vou conseguir lidar com ela nesse momento. Ponho no forno um prato pronto que consiste em filé, purê de batata e legumes, vejo um pouco de televisão e depois vou ler deitado na cama (*The Connoisseur*, de Evan S. Connell, sobre um homem que fica obcecado por um objeto que encontra em uma loja de objetos raros. Vejam só!). Acabo caindo no sono.

MAMÃE NO SÁBADO

Às seis e meia da manhã, recebo uma ligação do hospital. A voz do outro lado da linha me diz que minha mãe está com pneumonia. Agora estamos em uma espécie de alerta vermelho constante. A voz recomenda que eu vá até lá o mais rápido possível. Um sábado. A cara da minha mãe. *Tudo bem. Vou morrer no fim de semana. Não quero causar transtorno a ninguém.*

Coloco uma roupa qualquer e vou direto para o hospital. Linda já está lá. Já falou com o médico, e ele disse que fizeram tudo o que podiam. Agora é só uma questão de tempo, blá-blá-blá.

Quando entro no quarto da minha mãe, ela está dormindo, se é que se pode dizer assim. Está com uma máscara de oxigênio na boca e no nariz, mas a respiração dela é barulhenta e ofegante. Cada respiração é uma arfada. Sento de um lado da cama, Linda, do outro. A enfermeira da manhã diz que, se houver qualquer alteração, é só apertar a campainha. Ela sai. A gente fica lá sentado vendo minha mãe respirar. Depois de um tempo, entra outra enfermeira pra checar alguma coisa.

Por volta do meio-dia, Linda quer ligar a tevê, mas eu não deixo. Sempre penso naquela história que eu li uma vez sobre umas vítimas de Aids que estão num hospital, os rostos iluminados pela luz azul de uma tevê, e então um dos personagens diz que uma coisa que ele não suporta nem imaginar é alguém morrer com a tevê ligada. Eu concordo, embora ache que talvez seja assim que eu vá morrer. É uma morte um pouco brega — Charlie Parker rindo enquanto assiste a um show dos Irmãos Dorsey, Kerouac assistindo ao programa de culinária Galloping Gourmet. Quando criança, sempre que eu ficava com medo ou ansioso em relação a algo que estava prestes a acontecer, eu ligava a tevê. Provavelmente eu faria a mesma coisa se soubesse que estava prestes a morrer. Ficaria simplesmente lá deitado, vendo tevê, matando o tempo antes que o tempo me matasse.

Mais ou menos às quatro da tarde, o estado da minha mãe piora. A respiração dela fica mais forçada, quase mecânica a essa altura. O som do ar entrando e saindo do corpo dela dá aflição de ouvir. Eu digo a Linda que vou descer pra comer alguma coisa. Suponho que não deveria estar sentindo fome, mas não comi nada desde a véspera. Digo a ela que já volto. Ela pede que eu pegue alguma coisa para ela também. Isso faz com que eu me sinta melhor.

No térreo, na cantina do hospital, tem um quiosque do hambúrguer Wendy. Pego um hambúrguer e uma Coca extragrande, e o mesmo para Linda, apesar de saber que ela vai dizer que isso engorda demais e não vai comer tudo. Volto às pressas para o quarto. Tem uma enfermeira agora, a Leslie, do turno da tarde, que tem sido muito gentil com a minha mãe. Minha tia Tina agora também está lá, a irmã exemplar, a anfitriã perfeita, aquela que secretamente não consegue imaginar o que foi que deu errado comigo. Está vestida de modo impecável, com um tailleurzinho, oh, já sei é Neiman-Marcus. Ela planejou as coisas muito bem, como sempre. Tem um talento especial e refinado para aparecer na hora certa, quando as coisas importantes estão prestes a acontecer.

Dou pequenas mordidas no meu hambúrguer. Não consigo evitar, estou com muita fome.

É ASSIM QUE A SUA MÃE MORRE

A essa altura, a respiração da minha mãe se torna mais irregular. Os intervalos entre cada uma delas é cada vez maior. Não está fácil pra mim ficar olhando para ela. Não sei o que fazer comigo nem com meu hambúrguer. Mas sinto como se eu não conseguisse me mexer, com medo de alguma coisa acontecer; então fico simplesmente sentado na cadeira junto da cama, paralisado, segurando o hambúrguer numa mão e a mão esquerda encolhida da minha mãe na outra.

Passam-se alguns minutos e, então, minha tia diz:

— Ela respirou? — Logo depois de Tina dizer isso, ouve-se mais uma longa respiração e, então, Leslie, a enfermeira, informa que ela partiu.

Dou uma mordida no hambúrguer.

As condolências de Leslie; a histeria de Linda; a entrada inoportuna do médico da minha mãe; da tia Tina, toda calma, que promete ligar para as pessoas que precisam ficar sabendo — todas essas coisas acontecem. Eu me levanto, vou até o saguão. Uma servente passa empurrando um carrinho cheio de copinhos de gelatina verde embrulhados em filme plástico. Ouvem-se risadas lá do posto das enfermeiras. Um senhor de idade geme algumas portas adiante. Volto pro quarto da minha mãe, apanho o primeiro globo de neve que vejo e então saio de lá.

No estacionamento do hospital, tiro o globo de neve do bolso. É aquele das Cataratas do Niágara, onde meus pais passaram a lua de mel. Mas não é isso que me afeta. Acontece na caminhonete, enquanto dirijo de volta pra casa, uma frase fica passando na minha cabeça. E eu penso sem parar: *Se você comer hambúrguer, sua mãe vai morrer.*

BOBAGENS NO VELÓRIO

Domingo de manhã, antes de me encontrar com Linda e Tina na casa funerária, passo numa venda de espólio. É só por alguns minutos; eu sei que posso chegar um pouquinho atrasado, e também que, com isso, não vou perder muita coisa. Dou uma volta rápida pelos utensílios da cozinha e, já de cara, pego uma cafeteira intacta, estilo Erlenmeyer década de 1960, ainda na embalagem a quatro cores de papelão original. O casal na caixa está curtindo um jantar íntimo na sua moderna sala de uma casa de subúrbio moderno. A mulher, com penteado meio afrancesado, serve para o marido, um jovem executivo, de terno e gravata, uma relaxante xícara de café. Os dois sorriem e curtem o momento juntos. Concluo que é onde eu gostaria de estar neste instante, nessa caixa, nessa sala, vivendo essa vida. Não em Detroit, nos anos noventa, a caminho de uma casa funerária para escolher o tecido do forro do caixão para minha falecida mãe.

Quando chego à casa funerária, atrasado, sinto Tina olhando feio para mim, mas é o mesmo olhar que ela me dirigiu praticamente a vida toda, então não importa muito. Atrás do balcão de cerejeira, está um homem de meia-idade, queixo quadrado, cara de cristão formado pela Michigan

State, todo formal, preocupado e solícito, provavelmente decidindo quais defuntos vai transportar no almoço. Linda está chorando, é claro. Fico em silêncio, ainda lidando com essa horrível sensação de alívio que sinto. A essa altura, as duas já escolheram o caixão e a maior parte das outras coisas, o que eu acho ótimo. Mas então elas vêm me mostrar o que escolheram, movidas por um senso de obrigação meio estranho. Continuo quieto até que elas mencionam o preço.

Elevo o tom de voz.

— Sabe, o John Donne tinha um caixão em casa e deitava nele todo dia, só para lembrar a si mesmo, digamos, para onde estava indo.

— É mesmo? — diz o senhor Compassivo Diretor da Funerária. — Isso é fascinante.

— Pois é. Aí está um cara que soube aproveitar muito bem seu caixão. E aposto que não gastou nada que chegue nem perto desse dinheiro todo.

Silêncio. Opto pela abordagem direta. Fico em pé e me dirijo a Tina e Linda.

— Vocês por acaso enlouqueceram?

— Posso garantir que este é um preço muito bom por tudo o que vocês encomendaram — pondera o sósia de Clutch Cargo atrás do balcão.

Linda chora ainda mais alto.

— Não faça isso, Richard.

— Richard — sussurra Tina.

— Será que sou eu o equivocado, ou todo mundo esqueceu que a gente vai enterrar essa coisa no chão? — digo.

Tina olha pra mim.

— Essa coisa, permita-me lembrar, é o que vai abrigar minha irmã. A sua mãe.

— Minha mãe está morta, Tina. E você sabe o que ela diria se estivesse aqui. *Tudo bem. Um caixão simples de pinho já está bom.*

— Ela diria isso, mas o que ela esperaria é que a gente lhe desse o que estamos lhe dando.

Bem, agora Tina deu uma dentro. Mas, pelo jeito, não vou conseguir admitir isso.

— Coisa mais estúpida — murmuro.

STU E COZIDOS

Depois, vamos todos para a casa nova de Linda, imensa, absurdamente limpa e bem-arrumada, pra lá dos subúrbios chiques. Alguns dos vizinhos de Linda estão ali e trouxeram um monte de comida pronta, travessas de lasanha, bandejas de biscoitos. Eu pergunto que tipo de loucura Midwest é aquela. É pouco provável que Linda chegue a comer algo disso. Ela se preocupa em continuar magra e bonita, para que Stewart a ame. No final das contas, não acho que a porcentagem de gordura vá fazer alguma diferença. Stewart vai traí-la. É como se já estivesse escrito. Ele é o típico homem-cachorro. Toda vez que a gente conversa, ele tenta se relacionar comigo numa espécie de nível Cro-Magnon. Só fala de esportes ou dos Windsor Ballet (clubes de *strip* com nu total, no Canadá, logo cruzando a ponte), para onde ele leva seus clientes nerds. Esse é o único jeito que ele conhece de falar com outro homem. Tenho certeza de que me acha um bundão efeminado, um esquisitão. No entanto, não passa pela cabeça dele que eu poderia contar para Linda que o marido dela fica arquejando em cima de uma canadense duas vezes por semana. Ele confia em mim simplesmente porque temos um apêndice em comum. O estranho é que eu não conto pra ela. Nunca se sabe. Talvez ele entenda o vínculo afetivo entre homens num nível mais profundo, inconsciente. Ou então supõe que eu tenho consciência de que ele me espancaria até me deixar desacordado se eu contasse a ela. Caras como o Stewart conseguem identificar um covarde como eu a quilômetros.

Stewart está lá quando chegamos. É loiro e bem-apessoado, mas um tipo de bem-apessoado já meio inchadinho, com músculos de macho alfa virando gordura. Cumprimentamo-nos com acenos de cabeça.

— Richard — diz ele, esmagando minha mão com seu imenso presunto rosado. — E aí, segurando a onda, cara?

— Stewart franze o cenho, afetuoso, aquele tipo especial de preocupação masculina meio formal. Imagino que ficou satisfeito por eu não estar choramingando feito uma menina.

— Tudo bem, acho. Fico feliz de ver a Tina aqui dando uma força pra Linda. Eu não estou conseguindo ajudar muito.

Os olhos de Stewart lançam-se para o outro lado da sala, para as duas, que agora estão na maior conversa, e eu noto certo desdém.

— É, se bem que eu acho que é isso que a Tina curte muito, sabe, ficar aí, à disposição dos outros.

Eu concordo. Esse é um comentário mais perspicaz do que eu esperaria do Stewart. Aliás, essa é uma coisa que nós dois temos em comum. Nenhum de nós dá muita bola pra Tina. Ela é, para ser bem franco, viciada em sofrimento. Alimenta-se da dor dos outros. Tenho percebido que ela sempre faz mais amizade na família com quem estiver passando por mais problemas (assim que alguém é diagnosticado com câncer, ela vira sua melhor amiga. Se de repente ela começar a ficar muito amiguinha minha, eu vou saber que me tornei um caso perdido).

Mas acho que quem vai ter problemas é o Stewart, pois suspeito de que em breve Linda ficará igual à Tina. Eu identifico os sinais: a anfitriã perfeita, tudo sempre no lugar, a ambição por status, a aversão a tudo que não seja convencional.

— Viu o jogo dos Detroit Tigers ontem à noite? Que lavada, hein?

— Não vi, não — respondo. Acho que o Stu ainda não sacou que eu perco todos os eventos esportivos.

Peço licença ao Stewart, vou ao banheiro e então dou uma espiada lá fora, pela porta dos fundos. A caminho daqui, descobri que há um venda de garagem na rua vizinha; não vou conseguir abrir a loja nos próximos dois dias, logo não seria má ideia dar um pulo lá e ver se arrumo alguma coisa. Além do mais, estou precisando.

Chego lá e encontro um prato de cerâmica Harlequin turquesa perfeito. Também peguei uma Tonette, uma flautinha de plástico preto rechonchuda (obviamente, o que eles davam às crianças do ensino básico que não tinham absolutamente nenhum talento musical). Ela vem com um manualzinho de instruções chamado *Divirta-se com as melodias! Como tocar a Tonette!* É simplesmente *louco* o suficiente para que alguém queira comprar.

TENHA UM BOM DIA

Os sofás da Casa Funerária Meldrum têm estampa xadrez. E ali também há um monte de quadros retratando temas muito semelhantes: com paisagens estranhas, serenas, surreais, pendurados como se fossem janelas panorâmicas para o Planeta Malva. Esse tipo de coisa sempre me dá nos nervos e, nesta manhã, mais ainda. (Você pode me dar quadros de cachorrinhos jogando pôquer ou de um palhaço chorando, na hora que bem entender. Pelo menos, são um tipo *bom* de coisa ruim.) Depois há todos aqueles meus parentes trotando por ali, choramingando, rindo, gritando, indo lá fora comer, dizendo coisas como "Que maravilha te ver de novo, pena que não seja numa circunstância melhor!" ou "Esta casa funerária é maravilhosa, você não achou?" ou "A Ellen está com uma aparência maravilhosa, como se estivesse só dormindo". (Não, não está dormindo. Ela está com uma aparência horrível, amarela e enrugada e com uma peruca enorme!) Não sei o que acontece com a minha família, talvez seja algum tipo de toxina genética, mas parece que estão todos programados pra dizer a palavra "maravilhoso" a cada quinze segundos. Tudo é tão fodidamente *maravilhoso* que eu tenho vontade de me castrar com um abridor de lata enferrujado, como se fosse meu humilde presente à humanidade, só pra não perpetuar essa descendência mutante de caras maravilhosos que é a minha família.

Todo mundo, é claro, está sendo maravilhoso comigo. Os amigos, primos e vizinhos da minha mãe vêm até mim, com seus olhos imensos de crianças Keane, me dão abraços de apoio, tapinhas nas costas e condolências sinceras e embora eu saiba que é com a melhor das intenções, eles fazem com que eu me sinta desconfortável. Ficam dizendo que estou aguentando bem. O que eles querem dizer com isso? Até a Tina está sendo gentil comigo — bom, mas ela sempre faz isso quando tem mais gente por perto. Mais tarde, ela me pega sozinho num canto e faz piada com meu terno de tweed clássico ("Muito adequado para a ocasião, Richard. O terno de um cadáver").

À noite, estou tão cansado que nem penduro minha roupa. Simplesmente jogo meu paletó em cima do Tom, o manequim, na sala, depois deixo a calça dobrada sobre o braço esticado dele, pronta para amanhã, e vou para a cama.

Não estou me sentindo *maravilhoso*.

MEU SONHO COM MÃOS

Essa noite eu tenho sonhos bem específicos. Minha mãe aparece em todos os que consigo lembrar. Não são sonhos com algum enredo — não há perseguições, ninguém voa por cima da água, nem mesmo há diálogos. É mais uma série de minissonhos, uma montagem da minha mãe fazendo esquisitices, como aquelas coisas que aparecem no final de um filme quando o personagem se lembra de algo. São coisas assim: ela molhando um lenço nos lábios e limpando alguma coisa do meu queixo; acendendo um cigarro; tirando migalhas de cima da mesa da cozinha; tomando uma xícara de café; dando um tapa na minha boca; segurando minha mão e me levando pra escola; misturando uma bebida; lixando suas unhas pra deixá-las pontudas; rasgando um pedaço de pano; enxugando lágrimas de viúva; ajeitando a gravata do meu pai; mostrando à minha irmã como aplicar maquiagem; lendo um livro; cobrindo os olhos com as palmas das mãos por causa da enxaqueca; trocando uma fralda; morrendo, com as mãos murchas e inúteis, a parte de cima delas roxa de tanto ser perfurada, as veias estouradas, dizendo pra eu ir lavar as mãos. É quando me dou conta de uma coisa. Nos sonhos, o rosto e o corpo dela estão um pouco mais escurecidos, mas as mãos estão realçadas, como se fossem a única parte da fotografia que não ficou superexposta.

Quando acordo agitado às três e meia da manhã, tenho certeza de que acabei de sentir as mãos da minha mãe alisando meu cabelo. Toco minha cabeça e procuro a área na qual sei que meu cabelo foi tocado, onde sei que minha mãe acabou de mexer, do jeito que fazia quando eu era pequeno. De repente, lembro-me de uma coisa que ela me disse quando estava no hospital, um raro momento em que ela não estava pegando no meu pé: "Eu costumava ir até seu quarto antes de me deitar, só pra ver como você estava. Você dormia, e então eu afastava seu cabelo para trás e dava um beijo muito de leve na sua testa e, às vezes, os cantos da sua boca levantavam só um pouquinho, e você sorria no seu sono. Era muito lindo. Seu pai nunca acreditou que você fazia isso. Quando eu tentava mostrar a ele, você nunca fazia, seu pirralho!".

Parece que eu não consigo parar de tocar meu cabelo.

Mas a única coisa que sinto com as minhas mãos são minhas mechas suadas, emaranhadas e se projetando, rebeldes, da minha cabeça. Por fim, desisto e volto a dormir.

TINA DÁ O TOQUE DIVERTIDO AO FUNERAL

O enterro da minha mãe: bem, não é o caso de entrar muito em detalhes. Todas as coisas de praxe acontecem. O pastor, ou seja lá que diabos ele é na igreja da Linda, faz alguns comentários vagos e genéricos sobre a minha mãe, que pessoa maravilhosa ela era, quanto amava os filhos, sua religiosidade, a coragem que demonstrou ao enfrentar a doença. E aí ele a chama de Elaine em vez de Ellen. As bobagens de sempre.

Tia Tina, que se manteve relativamente reservada até então, enfiada entre mim e Linda, conteve toda a sua dor para poder expressá-la agora, bem no meio da missa, momento em que irá produzir maior impacto, mostrar ao maior número possível de pessoas quanto ela era uma irmã amorosa. Percebo que, apesar de todos os lamentos e soluços inconsoláveis, não há lágrimas. Afinal, isso acabaria estragando a maquiagem.

Depois do cemitério, vão todos para a casa de Linda, onde há mais abraços de apoio e tapinhas reconfortantes nas costas e sinceras condolências, e mais comentários sobre como foi *maravilhosa* a cerimônia fúnebre, e também mais comida. Sim, todo mundo enchendo a pança. Comendo tudo o que os vizinhos de Linda prepararam, além das coisas que os demais parentes e amigos da minha mãe trouxeram — carne enlatada, feijão, presunto, salada de batata, travessas de legumes e gelatinas. Montes de gelatinas — gelatina de banana com bananas misturadas, gelatina verde com creme e pequenos marshmallows, gelatina vermelha com abacaxi e nozes, e muitas outras. Devem ter abatido uma boiada inteira só pra conseguir a gelatina para o jantar do funeral da minha mãe.

É como um banquete dos Bacanais. Só falta todo mundo ir até o deck pra vomitar, e depois voltar e continuar se esbaldando. Primeiro o comportamento é comedido, mas, pouco tempo depois, vira a maior festa, muita risada, principalmente após servirem a bebida. Não sei como é que eu esperava que as pessoas reagissem à morte da minha mãe, mas com certeza não era bem assim, com todo mundo enchendo a cara e se empanturrando. Mas foi desse mesmo jeito quando meu pai morreu: *Ele já foi enterrado. Então vamos ao rango!*

O DIA SEGUINTE

Fazer o quê? Retomo a minha vida.

Durmo até umas dez e meia, o que não é comum no meu caso. Já é um pouco tarde pra sair atrás de peças de brechó, mas definitivamente quero ir para a loja. Sinto-me surpreendentemente bem. Com vontade de trabalhar. Faço a barba, tomo um banho, me visto, pego um biscoito e saio para o trabalho.

No trabalho, não acontece nada. Não entra ninguém. Eu só fico lá sentado.

Finalmente, lá pelas três da tarde, entra um cara. Não é do tipo de sujeito que costuma vir aqui. Está com um casaco chique, paletó e gravata.

— Quanto você quer naquele rádio Emerson velho lá em cima? — pergunta ele, apontando para um dos rádios antigos alinhados perto do teto da minha loja.

— Aqueles lá não estão à venda — respondo. — Nenhum daqueles rádios está à venda.

Não há nenhuma grande razão para isso; é só que os rádios dos anos cinquenta e sessenta são uma coisa que eu ainda gosto de colecionar. Não que tenham muito valor. Diferente dos velhos rádios Catalina. Mas esses eu deixei só porque ficam bonitos lá em cima.

Ele parece desapontado e diz:
— Eu dou cem por ele.
Meu coração dispara e, então, me lembro da história daquele rádio. Metade das válvulas está faltando, as outras queimaram. Eu gosto de ficar olhando para as coisas, na verdade não sou muito de consertar.
— Ele não está funcionando... — aviso.
— Não importa. Eu quero mesmo assim. Cento e vinte e cinco?
O cara está praticamente implorando. Talvez eu seja um panaca que não conhece nem os rádios que tem na loja (acho que sou mesmo), mas começo a pensar que à minha frente tem alguém que simplesmente quer muito esse objeto. Posso ver isso nele. Colecionadores sérios sempre estabelecem uma distância, como se não se importassem nem um pouco se você vai ou não vender aquilo. Querem ter a palavra final. É por isso que sempre faço de tudo para obrigá-los a baixar a crista quando entram aqui.
— Tudo bem — digo ao rapaz. — Mas não está funcionando. Quero deixar isso bem claro.
A essa altura, ele está sorrindo, como se fosse um doido.
— Não tem problema, sério.
É um acontecimento raro. Nunca vem ninguém aqui me oferecer um monte de dinheiro por coisa nenhuma. São muitas as semanas em que eu não chego a faturar esses cento e vinte e cinco dólares. O dinheiro à parte, eu me sinto bem em ver alguém querendo muito alguma coisa só por causa da sua beleza.
— Você coleciona rádios? — pergunto, depois de embrulhar o Emerson e pegar o dinheiro. Espero que ele não me diga que acabei de lhe vender um protótipo raro que vale milhares de dólares.
— Não. Meu pai e minha mãe tinham um desses quando eu era criança. Nunca tinha visto outro igual até hoje.

Isso me deixa ainda mais feliz por ter vendido o rádio ao rapaz. É uma coisa que eu mesmo já experimentei: querer algo porque me faz me lembrar da infância. É uma coisa estranha nas pessoas. A gente tem alguma coisa quando criança e, depois de adulto, quer comprar de novo por cem vezes o valor original. Talvez imagine estar comprando a própria juventude, a inocência ou algo do gênero, mas o que a gente de fato está comprando de volta é a própria ignorância. A gente quer se lembrar de um tempo em que não sabia de tanta coisa.

O PODER DOS OBJETOS DE BRECHÓ

Tem um cara na Califórnia que abriu um museu de objetos usados. Ele não chama assim, mas é exatamente o que é. O propósito do museu é que as pessoas vejam coisas que possam despertar memórias fortes de suas vidas. Eu tenho esse tipo de experiência muitas vezes nas minhas viagens. Vejo isso na minha loja. O que acontece é o seguinte: você está passeando, absorvendo a atmosfera e, então, de repente — pimba! — você vê um copo de suco igual ao que tinha aos seis anos de idade. Não há dúvida. Você sabe, do mesmo jeito que sabe qual é o seu nome, que o copo é exatamente igual àquele seu copo favorito da infância.

É como um tapa no cérebro. Esse objeto, que foi tão importante para você em uma época da sua vida, havia desaparecido tão completamente do seu pensamento consciente, havia ficado tão enterrado, que você sequer pensou nele por décadas. Memórias, sentimentos, ideias, medos daquela época, tudo isso volta. E não precisa ser um copo de suco; pode ser qualquer coisa — um rádio, uma lancheira da Moranguinho, um velho LP de Ferrante & Teicher, cortinas de quarto com naves espaciais, uma tigelinha de molho Harlequin de cerâmica, qualquer coisa.

Essas epifanias, esses instantes de recordações comoventes, são os "momentos brechó" das nossas vidas, detritos de memórias que deixamos espalhados e armazenados nas dobras de papelão bolorentas e de cantos amassados do nosso cérebro, embrulhadas em papel de jornal psíquico, marcadas com pilotos, com o número do centro de memória correspondente, e então deixadas lá para mofar. É a maior bagunça lá nos nossos sótãos. As coisas ficam lascadas, desbotam e encolhem, esfarelam e amarelam. Mas essas coisas que parecem insignificantes são aquilo que compõe nossas histórias pessoais. É por isso que precisamos de brechós. À medida que o tempo passa, percebemos que essas coisas que a gente vem ignorando se tornaram valiosas. Temos que revisitar, dar vida outra vez. É nisso que consiste a minha loja.

Eu me lembro de uma coisa da faculdade, Wordsworth ou um desses velhos chatos, falando sobre "pontos de tempo", momentos de experiência em que alguma coisa trivial se torna significativa. É isto que as peças de brechó são para mim: a descoberta desses pequenos pontos de tempo, só que eles são coisas que você segura na mão, que você pode encontrar por toda parte. Você só precisa saber onde procurar.

UM PAPO COM A MANA

Sábado de manhã, logo cedo, quatro dias depois do funeral, Linda e eu nos encontramos na casa de nossos pais. Estamos na mesa da cozinha. Eu tomando chá, ela tomando uma caneca de café Maxim instantâneo.

— Quem disse que você poderia vasculhar a casa inteira sozinho? — diz Linda. — Você se acha algum tipo de especialista só por causa da sua lojinha? Acha que entende mais do que as pessoas que fazem vendas de espólio?

— Não. Mas com certeza eu provavelmente sei o que vale alguma coisa e o que não vale. E talvez conheça alguns locais onde as coisas possam ficar bem-guardadas. E as pessoas que comandam essas vendas de espólio estão nisso só para descolar um trocado.

— Richard, querido — diz Linda, com sua voz pretensamente sincera, tocando minha mão, não de um jeito afetuoso, mas de uma maneira calculada, para me fazer sentir alguma obrigação de irmão. — Na realidade, não me importo se as coisas vão ficar em bom lugar. Eu simplesmente gostaria de resolver isso logo. Eu adoraria me livrar dessa tranqueirada toda, vender a casa e continuar tocando a minha vida.

A gente faz o possível para tentar se entender. Eu sei que ela também está tentando, porque não trouxe junto o Stewart, que não liga para outra coisa além de grana. Ele teria o maior prazer em tentar me intimidar. E, por mais que eu odeie admitir, minha irmã tem um pouco de razão. Provavelmente, eu poderia ficar um ano inteiro vasculhando cada quarto, classificando tudo, selecionando etc.

— Eu entendo o seu ponto de vista — respondo. — Mas eu gostaria de poder dar uma primeira olhada nas coisas. Além disso, talvez eu consiga bem mais dinheiro pelo que realmente tem valor.

Minha irmã olha pra mim e suspira, sem paciência. Mas aposto que acertei na veia. Tudo o que você precisa dizer para a minha adorável irmã é "mais dinheiro", e ela ouvirá o restante.

— Ah, meu Deus! Tudo bem, eu vou te dar umas duas semanas, mas só isso. E você precisa me contar tudo o que estiver levando embora, além do que vai fazer com cada coisa. Promete?

Sorrio para Linda.

— Palavra de escoteiro.

— Você nunca foi escoteiro, Richard. Foi a uma reunião só, e bateram em você. Você também não gostava do uniforme, lembra?

Minha irmã consegue mesmo ser desagradável quando quer.

A HISTÓRIA DE UM MANEQUIM

Depois disso, caí fora rapidinho. Decidi parar no Fred's Unique, uma lojinha não muito longe da casa dos meus pais. É um lugar bom e barato, como a minha loja, embora o Fred não seja especializado no mesmo tipo de mercadoria que eu. As peças de brechó do Fred são, como posso dizer, de um calibre diferente. Coisas mais delicadas, com maior apelo para senhoras idosas e amantes de antiguidades. Às vezes Fred pega as suas peças mais extravagantes, aquelas que ele não consegue vender, e passa pra mim.

O Fred morava perto da minha casa, e a gente costumava topar um com o outro nas vendas de espólio. Às vezes, íamos juntos a alguma expedição de coleta de peças. Certa vez, fomos até uma cidadezinha ao norte de Flint, onde a loja de departamentos local estava fechando (isso é algo que um dono de brechó desenvolve depois de um tempo: a intuição, a capacidade de saber quando tem alguma coisa ali pra você; não sei explicar, simplesmente acontece). Fred e eu circulamos por aquela loja de departamentos velha e imensa, e dava pra sentir a história, sentir todo o tempo que havia passado, toda a vida que acontecera ali. Aposto que havia um monte de gente andando pela loja e tendo esses "momentos brechó". Eu nunca tinha estado naquele lugar antes e, ainda assim, me parecia familiar. Lembrava a velha loja Hudson's no centro de Detroit, antes de ela fechar, alguns anos atrás.

Esqueci tudo isso quando avistei um manequim velho,

muito bacana por quinze dólares. Sempre quis ter um, e lá estava ele, bem barato. Não me pergunte a razão, mas manequins são uma coisa que os comerciantes de objetos usados adoram. Peguei a parte de cima dele, Fred, a parte de baixo, e fomos até o caixa.

Quando estávamos colocando o manequim na caminhonete, tentando decidir se seria melhor ele ficar sentado com a gente ou simplesmente ir deitado lá atrás, uma mulher se aproximou e ficou olhando. Depois que instalamos o manequim (no banco de trás, sentadinho, com o cinto de segurança e tudo), perguntei à mulher se havia algo de errado.

— Não — disse ela. — Eu só desci pra dizer tchau pro Tom.

A mulher contou que vinha vestindo aquele manequim nos últimos dezenove anos e que ficara muito apegada a ele. Ela ainda estava lá de pé quando começamos a sair com a caminhonete, então pedi pro Fred levantar o braço do manequim pela janela para dar um tchauzinho. Parece que esse gesto tornou as coisas mais fáceis pra ela. Então ela correu até a janela e gritou:

— Esqueci de dizer pra vocês. O colarinho dele é 38/39, e ele calça 41! — Foi basicamente assim que o Tom passou a ser meu manequim.

Entro na loja do Fred, e os sininhos presos no alto da porta tilintam contra o vidro. Ele aparece, vindo de trás de uma cortina de algodão fino com desenhos anos sessenta em laranja e amarelo desbotado. Ele tem cinquenta e tantos anos, usa óculos Mondrian e tem um cavanhaque branco comprido, com um elástico preso na ponta.

— Richard! — diz ele pra mim, sorrindo. — E aí, brechozeiro? — Apertamos as mãos, felizes. Ambos somos membros da comunidade dos brechozeiros.

— E aí, Fred, meu bróder?

— Um chazinho? A água acabou de ferver.

— Um chá, rapidinho — respondo. Ele sai um minuto e

volta com uma velha caneca com a imagem de uma fábrica na lateral e os dizeres "KenCo Spline Gage". Aceito o chá. É um Earl Grey, um dos meus chás favoritos. — Quer dizer que você arrumou alguma coisa pra mim hoje?

— Não muita coisa — diz ele, indo para os fundos de novo e voltando de lá com uma caixa cheia de itens. Coloca todos em cima do balcão, um por um. — Olha só, temos um telefone padrão, preto, com dial — anos cinquenta, eu acho —, um forno Easy Bake meio detonado, dois vasinhos Shawnee, um ViewMaster com slides da Feira Mundial de 1964, uns livrinhos de bolso antigos do Donald Goines e um par de óculos de sol Floyd the Barber, da década de 1960, original, do qual eu não fui capaz de me livrar até agora. — Quando Fred diz "original", ele estica bem a palavra, diz "originaaaal". Eu acho isso o máximo no Fred. Ele é um cara muito legal.

Examino as coisas e descarto o fogãozinho de brinquedo.

— Você não quer tentar vender isso pra um desses maníacos por brinquedos? — pergunto.

— Complicado demais. Além disso, eles querem tudo em perfeito estado.

— Tudo bem, eu fico com tudo então. Ei — digo, segurando exemplares de *Eldorado Red* e *Daddy Cool*. — Como é que o Goines veio parar aqui nesse bairro de branco?

— Sei não, cara — diz Fred. — Provavelmente algum branquelo rato de shopping, apaixonado por gangsta rap. Nem acho que eles valem alguma coisa. Mas pode ficar com eles.

— Obrigado. E quanto você quer pelo resto?

Fred revira um pouco os olhos.

— Bem, tem feito um tempo quente. Esses óculos vão vender como água lá na sua área central mais moderninha.

— Não é bem a minha área, você sabe disso.

— Mas fica perto. Tô sentindo você empolgado. Acho que hoje você está em condições de me pagar vinte pelo lote inteiro.

— Eita! Que tal dez?
— Não faça isso comigo, cara. Quinze.
— Fechado.
Geralmente não gosto de comprar coisas desse jeito. Vai contra tudo o que eu defendo, mas o Fred sempre tem peças que eu posso vender. E eu preciso de peças que vendam bem.

TODO MUNDO ADORA SOPA!

O dia na loja foi totalmente morto. Mas pelo menos eu tenho alguma coisa pra fazer: antes de a Linda chegar à casa da minha mãe, enchi uma sacola de feira com alguns livros de receitas antigos. Não sei por que peguei esses livros, provavelmente a força do hábito quando se trata de alguém que trabalha com coisas de brechó, mas, na hora em que bati o olho neles, senti que precisava levá-los. Nem mencionei isso pra Linda, porque ela teria armado a maior confusão. É claro, isso significa que eu já havia quebrado a promessa antes mesmo de fazê-la. Francamente, não importa, porque pretendo pegar tudo que eu quiser. Pode soar terrível, mas na realidade não é, porque garanto que, seja lá o que for, não será nada que Linda possa querer também.

No meio da tarde, para matar o tédio, começo a folhear os livros de receitas. São bem interessantes. Percebo que boa parte daquele material das décadas de 1950 e 1960 foi publicada por fabricantes de aparelhos domésticos ou por grupos que tinham algum interesse específico, como a Associação Nacional do Chucrute ou a Liga das Molejas. Só a partir dos títulos, você já aprende bastante sobre como funcionava o mundo na época: *As doze tortas que os maridos mais adoram, Carnes para homem, Boa comida para maridos famintos.* A capa e o miolo estão cheios de fotos a quatro cores, supersaturadas e superprocessadas, de comidas também supersaturadas e superprocessadas. A ideia era fazer os pratos parecerem apetitosos, mas o efeito é exatamente oposto: bolos recobertos de glacê de resíduos tóxicos, almôndegas num molho de lava, pernis obtidos de porcos marcianos vermelhos e cheios de cicatrizes decorrentes de esfoladura. Quase todos os livros têm desenhos engraçados, parecendo esboços, mostrando ingredientes animados: legumes com pernas, peixes felizes dentro da frigideira, vacas sorridentes lambendo os beiços na frente de um hambúrguer. *Coma-me, sou delicioso!*

Folheio um livro publicado pela Campbell's chamado *Cozinhando com sopas*, cheio de "608 pratos de frigideira, caçarola, cozidos, molhos, caldos, sopas no liquidificador e guarnições". Toda receita tem como ingrediente algum tipo de sopa enlatada, em geral creme de cogumelos. Esse nunca faltou na cozinha da minha mãe durante toda a minha infância. Do lado de uma receita de "Cozido apimentado à base de vagem", vejo uma pequena anotação na margem, feita à mão pela minha mãe: "Acrescentar duas colheres de sopa de manteiga". E então, embaixo disso, "Prato favorito do Richard".

Isso realmente me comove. Sério, me comove mesmo. Suponho que é um bom exemplo de como um pequeno item de brechó pode despertar ondas de emoção em uma pessoa ou, no meu caso, simplesmente agarrar o sujeito pelo tórax. Seja como for, começo a chorar, lá mesmo, atrás do caixa da minha loja. Toda a choradeira que eu não consegui pôr pra fora no hospital, no enterro, no fim de noite, quando até tive vontade de fazer isso, ou em qualquer outro lugar, parece que sai de mim agora. Não consigo parar. As lágrimas simplesmente continuam vindo. Não demora muito e não consigo nem mais respirar direito. Nem sei explicar por que dói tanto, mas acho que é porque é um gesto pequeno, triste, essa adição de duas colheres de sopa de gordura saturada. É algo que quase me faz sentir pena da minha mãe por eu ter sido tão importante pra ela, a ponto de ela não só marcar meu prato favorito no seu livro de receitas, como também modificá-lo pra que ficasse ainda mais especial pra mim. Me faz sentir saudade da pessoa muito "dona-de-casa", maternal que ela era, da pessoa da qual não consigo mais me lembrar. Eu não consigo me lembrar nem mesmo da pessoa que eu era. E faz décadas que não provo um cozido de vagem.

Continuo me debulhando em lágrimas, a ponto de a água do meu nariz pingar no balcão, em cima desse estúpido livro de receitas das Sopas Campbell's, quando, é claro, a campainha da porta toca e, depois de três horas seguidas completamente sozinho, entra um cliente, uma hipster meio doidona. Então percebo que é aquela de olhos escuros da semana passada que veio procurar badulaquezinhos de cachorro. Ótimo. Mas eu nem ligo. A essa altura, estou praticamente em convulsões, então não tenho outra opção a não ser ir pra trás da cortina, até a minha salinha dos fundos, e terminar meu surto de choro ali. Nem me incomodo se ela roubar alguma coisa.

Após alguns minutos chorando em silêncio junto à bancada onde eu deixo meu fogão elétrico e minha chaleira, finalmente começo a me acalmar. Ouço a campainha de novo. Ela foi embora, imagino. Fico contente, porque tem um monte de caixas lá atrás e nenhum lugar pra sentar. Além disso, preciso de um lenço de papel. Quatro, pra ser exato, e sei que eu tenho um pacotinho do lado do caixa.

Quando volto para a frente da loja, a hipster ainda está ali, então enxugo os olhos. Devo ter feito cara de surpresa, porque ela olha pra mim e sorri.

— Oi. A campainha tocou porque alguém entrou, olhou e foi embora — diz ela.

Pego um lenço de papel, assoo o nariz duas vezes, bem assoado, e então enxugo os olhos.

— Acontece bastante isso — consigo grasnar. — As pessoas nunca têm muita certeza de que tipo de loja é aqui, então, assim que elas veem do que se trata, caem fora.

Ela olha pra mim e sorri de novo, um sorriso que diz que ela não está nem um pouco incomodada.

— Está se sentindo melhor? — pergunta ela.

— Está difícil de respirar — digo, e isso soa como se eu tivesse um pano de prato enfiado no esôfago. Assoo o nariz de novo, ou melhor, dou uma buzinada com meu nariz. — Precisa de alguma ajuda?

— Eu sempre me sinto melhor depois de um acesso de choro. Faço isso quase todo dia. Uns bons dez minutos de choro e a cabeça fica bem mais leve.

Assoo de novo o nariz, desejando que ela vá embora.

— Posso perguntar por que você estava chorando?

Olho para ela com a cara fechada. Mas, se eu estivesse chateado de verdade, não teria feito nada.

— É uma coisa muita estúpida pra falar.

— Tudo bem, então. — Ela rói a unha do polegar.

— Minha mãe acabou de morrer — respondo, pegando outro lenço.

— Bom, dificilmente eu diria que isso é algo estúpido.

— Essa não é a parte estúpida. É que eu estava dando uma olhada numa receita dela de Cozido Apimentado à base de Vagem e de Creme de Cogumelos quando de repente o dique desabou.

— É assim mesmo. A gente nunca sabe o que vai causar isso.

A essa altura, começo a me recompor um pouco. Essa mulher é relativamente atraente, com um estilo meio venda de garagem, que é um bom estilo. Ela está de novo com suas coisas de couro dos anos setenta, mas com uma camiseta da banda de rock MC5 desbotada e um camisão anos sessenta com cartolinhas floridas. Fico com vontade de dizer mais alguma coisa, de preferência algo espirituoso ou intelectualizado, mas preciso assoar o nariz de novo. Tento, depois tento outra vez, mas meus seios nasais não aguentam mais. Vejo sangue no lenço de papel.

— Meu Deus, meu nariz está sangrando. — Aperto bem o nariz, mas em segundos o lenço está todo empapado.
— Tome aqui — diz a mulher, me passando outro lenço. — Você não pode assoar tão forte. — Ela agora me dá uma boa olhada de cima a baixo e, na mesma hora, eu fico vermelho e abaixo a cabeça. — Não abaixe a cabeça, é pior.
Ela vem até atrás do balcão, põe suas mãos nas minhas têmporas e inclina minha cabeça um pouco pra trás, tirando, sem querer, meus óculos do lugar. As mãos dela são quentes e úmidas.
— Fique assim um pouco — diz ela. Quando tira as mãos, percebo que estão cheias de arranhões, as unhas roídas, em carne viva. Olho pra ela, tento sorrir, enquanto enfio o lenço no nariz. Não acredito que isso está acontecendo.
— Acho que já está parando — digo.
— Qual é o seu nome, senhor Homem Brechó? — pergunta ela.
— Pode me chamar desse jeito — respondo, tentando não engasgar. — Eu atendo por qualquer nome que tenha a ver com brechó.
— Está com medo de dizer seu nome? Acabei de ver você chorando durante uns dez minutos.
Abaixo a cabeça.
— Richard — digo. — Mas as pessoas às vezes me chamam de Brechozeiro.
— Hum...
Meu nariz parou de sangrar. Ainda sinto sangue descendo pela parte de trás da garganta. Dou outra olhada furtiva nela. Olhos grandes, castanhos, lábios finos, a boca só um pouquinho torta.
— Como é que eu nunca vi você por aqui antes da semana passada? — pergunto.
— Não sabia que existia essa loja aqui.
— Ainda está procurando coisas de cachorro?

— Não.
— Qual é seu nome?
— Theresa. Zulinski.
— Eu apertaria sua mão, Theresa, mas está toda suja de sangue.
— É verdade.
— Bom, oi.
— Oi.

Assim que começo a relaxar um pouco, ela passa a se mostrar um pouco inquieta. Começa a dar voltas.

— Bem, eu tenho que ir.

Tento pensar em alguma coisa para segurá-la um pouco.

— Você estava procurando alguma coisa em particular, ahn, Theresa?

Ela já está junto à porta.

— Não. Achei que estivesse. Mas, na verdade, não. Nem cheguei a procurar. Fiquei mais interessada em saber por que você estava chorando lá atrás.

— Passe de novo por aqui outro...

Foi embora.

SINTO MUITO PARECE SER A COISA MAIS FÁCIL DE DIZER

Depois que ela sai, eu me pego pensando nessa Theresa. Ela não se incomodou nem um pouco por eu estar chorando. Se eu entrasse numa loja e visse algum maluco chorando como um condenado, eu sairia na mesma hora, rapidinho. Além do mais, me sentiria mal por causa disso o dia inteiro. Mas ela não se perturbou nem um pouco.

Outra coisa interessante a respeito dela: não ficou se desculpando como se fosse, de alguma forma, responsável pela morte da minha mãe. Estou de saco cheio desse tipo de coisa. Você conta que sua mãe morreu, e as pessoas ficam se desculpando como se fosse culpa delas (na verdade, eu nunca sei o que dizer quando alguém conta que algum ente querido morreu. Algumas vezes eu já disse "Ah, sinto muito" e tal, mas não faço mais isso. Aliás, é uma das poucas ocasiões em que não digo "Sinto muito"). É um inferno, ainda hoje ouço pessoas fazendo isso em relação a meu pai. Certa vez, teve até o seguinte diálogo:

EU: ... isso foi há uns cinco anos, quando meu pai morreu...
OUTRA PESSOA: Ah, sinto muito.
EU: Você sente muito? Por quê? Não é culpa sua. Você por acaso o obrigou a fumar três maços por dia durante trinta e cinco anos? Ou ele ficou colecionando cupons dos cigarros Galaxy para trocar por presentes valiosos pra você? Você o incentivou a ignorar seus sintomas durante sete meses? Você ria dele ao vê-lo respirando com um chiado depois de tentar subir dois degraus? Você lhe deu cigarros furtivamente no hospital? Escondeu seu tanque de oxigênio? Arrancou à força a última dolorosa expiração de seus pulmões? Não? Então você não tem do que se desculpar.

Eu pergunto a você: Quando será que devemos parar de dizer "Sinto muito"? Depois de dois meses? Um ano? Dez anos? Será que eu tenho que expressar meus pêsames quando alguém menciona o assassinato de Lincoln? Foi por esse motivo que decidi parar com isso de vez. Agora simplesmente lanço um olhar de preocupação para a pessoa de luto. É como se eu mandasse à pessoa um cartão telepático de compaixão. Dizer que você sente muito parece vazio. Eu deveria saber disso muito bem, porque peço desculpas por tudo.

Agora o que eu lamento de verdade é não ter feito mais a respeito dessa Theresa, tipo perguntar onde ela morava, onde trabalhava ou se eu podia ligar pra ela. Sobre isso, sinto muito mesmo. Mas, como eu disse, lamentar faz parte da minha rotina. É como se eu vivesse permanentemente no modo "lamentos". Meu relógio está acertado na Hora Média dos Lamentos. Sento sozinho e leio revistas em quadrinhos na casa da árvore dos lamentos. Já teve gente que gritou comigo por eu me lamentar tanto. As pessoas dizem que eu me desculpo com tanta frequência que é como se estivesse pedindo desculpas por existir. Eu respondo que elas têm razão. E adivinha o que faço depois: peço desculpas.

Fecho o livro de receitas da minha mãe, coloco junto com os outros dentro de uma caixa e vou até o fundo da loja preparar um chá.

A MINHA SOLTEIRICE NÃO TÃO DIVERTIDA ASSIM

Preciso explicar uma coisa agora. Nunca fui casado e, na realidade, não tenho necessidade desse tipo de coisa. O que é bom, porque não tem um monte de mulheres na minha vida. Nunca fui muito bom com mulheres. A verdade é que elas me apavoram. Sempre foi assim. Não sou capaz de sair por aí atrás de mulher, do jeito que alguns homens fazem. Se eu conheço alguma, tem que ser por acidente. Eu preciso tropeçar nela, do jeito que tropeço numa luminária interessante quando vou a uma loja da Goodwill. Mesmo quando acontece desse jeito (o que é raro), ainda tem o problema da minha personalidade. As mulheres já me disseram algumas vezes que preciso me abrir mais, e eu faria isso, só que eu sei que, depois que me abro e elas descobrem que não tem nada ali, aí é que eu fico realmente encrencado.

Um tempo atrás, decidi que não iria me preocupar mais em sair com mulheres. É uma coisa que acabou ficando difícil demais em algum ponto do caminho (não o fato de sair, porque eu nem vinha fazendo isso, mas o fato de me preocupar). Arrumei uma namorada uma vez, quando tinha uns vinte anos. Nós dois trabalhávamos no Exército da Salvação. Ela era solteira, mas tinha um filho. As coisas correram bem por um tempo. Ela não se incomodava com meu interesse por objetos usados, com o entulhamento de coisas no meu apartamento, nem mesmo comigo. Então descobriu que eu havia feito faculdade, e isso mudou o jeito de ela me ver. De repente, eu me tornei uma pessoa com potencial. Alguém que poderia estar ganhando dinheiro, que poderia ajudá-la a sair daquele mundo de vales-refeição, casas pré-fabricadas e lojas do Exército da Salvação, fedidas e tristes (um mundo no qual, segundo ela, eu me instalara de modo ilegítimo). Então, basicamente, ela ficou muito empenhada em tentar me atrair para a armadilha do casamento. Se eu não tivesse visto tantos filmes dos anos cinquenta em que o tema é justamente essa "cilada" do casamento, poderia muito bem ter caído nessa.

Tudo bem, não foi exatamente assim. Digamos que foi mais ou menos como num filme da Doris Day, só que, em vez de uma virgem, a Doris era uma mulher branca, pobre e bêbada que sabia fazer um boquete como ninguém. Sabe, não é que eu nunca tivesse feito sexo antes de a Doris aparecer (houve outra vez). Era só que ninguém antes tinha me mimado sexualmente daquela forma (não estou falando nada de tão bizarro: apenas aquele envolvimento básico, nenhum incômodo, um entusiasmo ocasional). Mesmo eu sabendo o que estava rolando, era difícil resistir (tudo bem, a verdade é que eu não sabia mesmo o que estava acontecendo. Eu havia caído totalmente na armadilha. Estava de quatro. Só comecei a perceber as coisas muito, mas muito tempo depois). Se Doris não tivesse conhecido um vendedor de carros usados, um cara que ganhava dinheiro de verdade, em vez de apenas ter potencial para isso, eu provavelmente estaria casado agora, trabalhando em um escritório, engravatado, sustentando a Doris e a Réplica de Satanás (o ex-marido, que cumpria dez anos na Penitenciária de Jackson, quatro delitos, assalto e roubo à mão armada), e vivendo com os tostões contados e possivelmente com chances concretas de me suicidar. Pelo menos, eu talvez tivesse sexo de vez em quando, mas talvez não. De qualquer modo, eu era estúpido a esse ponto.

No final, a coisa toda só me fez gastar tempo demais, que eu poderia ter aproveitado fazendo algo mais importante, tipo procurar peças de brechó. Gosto da minha vida, estou bem satisfeito sozinho e sou totalmente autossuficiente. Como sempre, o brechó provê os que têm fé nele. Eu tenho uma incrível coleção de revistas masculinas das décadas de 1940 a 1970, *Argosys*, *Nuggets*, *Adams* e *Stags*. Não importa o que aconteça comigo, essas loiras peitudas e essas beldades negras irão me amar sempre — as Bettie Pages, June Wilkinsons, Lilly Christines e Mamie Van Dorens. Não me arrependo de nada.

O QUE O MUNDO DO BRECHÓ ME ENSINOU

O mundo do brechó tem sido meu amigo, meu mestre, meu mentor. Através dele, aprendi o que não é necessário. Aprendi a apreciar as coisas, mas sem precisar delas. Que comprar coisas novas conduz apenas aos três Ds: dívidas, desesperos e desastres. Aprendi que encontrar novos usos para um objeto descartado é um ato de pureza resplandecente. Aprendi que um estojo de câmera pode virar uma bolsa fina maravilhosa ou que quarenta LPs de *Whipped Cream & Other Delights*, de Herb Alpert & the Tijuana Brass, podem ser usados para cobrir uma parede do quarto.

Objetos usados me ensinaram a descobrir minha natureza. Todo mundo neste país parece obcecado pelas mesmas coisas: fazer dinheiro, sexo, encher a cara, ver tevê, comprar coisas. Você pode ver isso nos próprios objetos de brechó — todo mundo está tentando viver a mesma vida, comprar as mesmas coisas, exibir as mesmas caras tristes para o mundo. O universo do brechó me mostrou que fazemos sempre as mesmas coisas, sempre, década após década, usando basicamente o mesmo equipamento, com pequenas diferenças e melhorias. O mundo dos objetos usados me ensinou que, em algum momento, as pessoas realmente quiseram comprar toda essa tralha que eu acho tão divertida. Elas cobiçaram e pouparam para comprar aquela bola de boliche de granito cor-de-rosa, aquele estéreo de oito pistas, aquela espremedora elétrica de roupas — sacrificaram outras coisas para conseguir essas. Agora é tudo peça de brechó. É claro, as outras coisas que elas sacrificaram também estariam num brechó agora, quer dizer, no final praticamente dá na mesma. Mas a maioria das pessoas ainda está disposta a passar pela via-crúcis do brechó — poupando e sacrificando-se por causa de coisas, e depois jogando essas coisas fora e poupando e se sacrificando por mais coisas.

Não me entenda mal. Adoro coisas materiais. É que simplesmente não entendo por que precisam custar tanto, por que as pessoas abrem mão de tanto do seu tempo aqui na terra só para ganhar dinheiro para comprar coisas que são novas, mas que, assim que passam a tê-las, deixam de ser. Sou prisioneiro da minha natureza materialista convencional, mas o mundo do brechó me ensinou a fazer o possível para me opor a isso, pelo menos um pouco. Ensinou-me que um dia tudo vira tralha usada, e mais cedo do que você imagina.

JANTAR NA CASA DE PAPAI E MAMÃE

Está frio lá fora, noite de segunda-feira, primeira noite em que vou à casa dos meus pais. A temperatura caiu de maneira repentina e bizarra, algo bem típico de Michigan. Apesar de estarmos em meados de junho, faz doze graus lá fora. Depois de tremer o caminho inteiro dentro da caminhonete (aquecimento quebrado, calça de trabalho velha, camisa de técnico de TV), eu me enfio na casa dos meus pais. Assim que entro e fecho a porta, percebo que, do outro lado da rua, nesse elegante bairro de classe média anos cinquenta em que meus pais viveram seus últimos anos aqui na face da terra, um dos vizinhos abre a porta da frente para me olhar, daquele jeito que as pessoas olham pra você nos bairros mais metidinhos, *só pra você ficar sabendo que eu estou de olho*. Esses caras brancos nervosinhos não estão acostumados a me ver nem a ver minha caminhonete por aqui, no bairro deles. Seria de se esperar que eles lembrem que eu sou o filho da Ellen, mas não andei muito por aqui desde que meu pai morreu.

Dentro da casa dos meus pais, está tudo incrivelmente silencioso. Parece casa de gente morta. Cada som que faço conforme vou andando parece ser absorvido pelo silêncio: a porta se abrindo, as chaves em cima da mesa, o chiado do salto de borracha no linóleo. Quando entro na sala de jantar, percebo que a Linda já andou por aqui. Dois dos televisores já foram embora, junto com o forno micro-ondas, além de duas luminárias de teto. Mesmo a gente tendo dito que as coisas seriam divididas igualmente, eu sabia que seria desse jeito. Linda vai levar embora todas as coisas "de valor" e eu vou levar o resto. Me sinto melhor assim, já que não fui eu que quebrei a promessa (exceto por aqueles livros de receitas, que, na verdade, não contam, digo a mim mesmo).

Não consegui comer, vim pra cá direto da loja, então a primeira ideia é jantar alguma coisa. Minha mãe guarda um monte de comida enlatada nos armários, mas parte dela já está com o prazo de validade vencido. Checo as datas de todas as latas. Estou com sorte. Descubro uma lata de cozido de carne Dinty Moore, além de um ravióli Franco American e um creme de milho Spartan. Esquento em três frigideiras diferentes, depois jogo tudo no mesmo prato. Fica bem misturado, típico prato feito, para comer vendo tevê. Mas o gosto é muito bom. Há semanas não comia tanto. Sei que a Linda nem encostaria nessas coisas, então é tudo meu e vou levar pra casa.

    Depois do jantar, nem sei por onde começar. Muita coisa, eu vou ter que simplesmente jogar fora ou dar. Até eu sei disso. Faz parte do respeito pelas coisas usadas. Você tem que ser seletivo; senão, vai acabar se afogando no meio delas. Aprendi isso depois de um ano no Exército da Salvação. Meu apartamento ficou tão atravancado que mal dava pra alguém se mexer. Então, hoje à noite, vou examinar as coisas com calma. Primeiro, vou até o aparelho de som e ponho um disco. Escolho um velho LP do Gene Krupa, da coleção do meu pai. Em seguida, dou uma volta pela casa (um bangalô de seis quartos, com um sótão habitável), andando no ritmo da batida incansável do Krupa, só para sentir o que é que atrai meu olhar. Um bom método se você é especialista nas técnicas de lidar com objetos de brechó. Eis algumas das coisas que me chamaram a atenção:

— Um conjunto dinamarquês moderno de sala de estar e jantar, muito bem conservado (não é de estranhar que esteja bem conservado, já que a minha mãe nunca deixou a gente ficar na sala de estar. Mesmo agora, andar por ela faz com que eu me sinta um menino desobediente).

— Um par de lindos lustres antigos década de 1960, não daqueles que eu gosto, horrorosamente feios, com brilhos e texturas e luzes pontiagudas saltando pelos lados, mas de muito bom gosto, marrom e branco, com chanfrados e em forma de pera, como as cabeças invertidas dos quadros de De Chirico.

— Sofá e poltrona xadrezinho. Inúteis. Essas peças substituíram o elegante sofá anos sessenta verde-azulado, conservado intacto durante décadas, que passou para a Linda depois do seu primeiro casamento e, em dois anos, foi arrebentado, destruído e jogado fora, assim que eles tiveram dinheiro para comprar algo "melhor".

— Torradeira Toastmaster para duas fatias. Presente de casamento para os meus pais na década de 1950. Ainda funciona

e tem muito valor para alguém que aprecie artefatos de qualidade e com design atemporal. Isso exclui a Linda.
— Dois quadros vermelhos e pretos, com pequenas estátuas orientais dos anos cinquenta. As estátuas parecem estranhamente ocidentais, apesar de serem exageradamente japonesas, do mesmo jeito que as estatuetas *pickaninny* e outros badulaques da minha mãe são exageradamente africanos (eu vejo essas peças por aí, mas tenho receio de levá-las para a minha loja, com medo de gerarem conflitos raciais). Minha mãe me iniciou na coleção dessas estatuetas orientais depois que eu comprei um par delas numa venda de garagem que ela mesma promoveu (as duas por um quarto de dólar, um bom negócio). Sempre via esses quadros no hall dela nos últimos anos, e sempre tive vontade de ficar com eles pra mim.
— Um quarto cheio de mobília de vime. Na verdade, era o meu antigo quarto. Minha mãe, por alguma razão, sentindo a necessidade de erradicar qualquer vestígio meu depois que eu saí de casa, pintou o espaço e o encheu com esse horrível vime branco (não tem problema, a Linda adora essas coisas. Por ora, porém, vou fechar a porta).
— A mobília Early American da "sala da família". Apesar do tecido estampado com desenhos tipo pergaminho, mostrando heróis nacionais e a Declaração de Direitos, apesar das pernas em madeira de bordo torneadas, essa coisa nunca vai ter graça pra mim nem parecer interessante ou irônica. Talvez para algumas crianças nascidas no Bicentenário, mas não para alguém que cresceu nele.

O QUARTO DOS MEUS PAIS

Não sei o motivo, mas não me sinto pronto para entrar ali. Mesmo assim, vou até o andar de cima. Faz muitos anos que não entro no quarto dos meus pais. Mas não está muito diferente do que era quando eu tinha dez anos; só mais sujo e largado. Ainda é o mesmo conjunto de móveis de carvalho escovado que eles tinham desde que eu me lembro. O mesmo tapete felpudo bege anos setenta, agora gasto e desbotado, desfiado por anos de negligência, do jeito que só os idosos conseguem negligenciar. Quase consigo sentir a oleosidade e a pele morta debaixo dos meus pés, através dos meus tênis.

Bum, bum, faz o Gene K., num excelente ritmo *jungle*. E tome *bum* e *bum* e *bum*. Aqui em cima, o ar é abafado, com cheiro forte: um *pot-pourri* de poções e decepções. Depois que meu pai morreu, começaram a dizer que ela havia mudado, mas a verdade é que, muito antes disso, minha mãe já tinha parado de gostar de tudo, inclusive de si mesma. Conforme fui crescendo, vi a insatisfação dela brotar e florescer a cada parente morto e em cada decepção financeira (cortesia do meu pai). Ela odiava estar envelhecendo e colocava a culpa nos tempos. Não importava tanto o que estava acontecendo no mundo, ela não gostava nem um pouco. "No meu tempo", dizia ela, "as pessoas se arrumavam muito mais e corriam muito menos risco de levar um tiro". Lá pelos meus vinte e poucos anos, ela foi ficando cada vez mais amargurada e não havia nada que meu pai ou eu pudéssemos fazer em relação a isso.

Depois que me mudei, era estranho quando eu vinha fazer uma visita — ela e eu na mesa da cozinha, fazendo o maior esforço para entabular uma conversa, e meu pai sentado a alguns metros de nós, em sua poltrona reclinável La-Z-Boy Early American, na sala da família. Acho que ele ficava feliz diante daquele pequeno respiro da ira da minha mãe. Ficava lá, lendo o jornal. Você achava que ele não estava prestando atenção, mas, de vez em quando, ele se intrometia com algum comentário irônico e você percebia que ele estivera ouvindo cada palavra. Meu pai achava interessante o fato de eu gostar de peças usadas. Achava que minha paixão podia dar resultados interessantes. "Você gosta do passado, Richard", dizia ele. "Gosta de segurá-lo na mão. Acho que você precisa fazer alguma coisa com isso."

Depois que ele se foi, minha mãe e eu começamos realmente a não nos dar bem. Ele havia sido uma espécie de mediador entre nós. Ela passou a se mostrar perpetuamente incomodada com a minha escolha profissional, ou com a minha não escolha. Perguntava de onde eu tinha tirado essa história de ficar remexendo o lixo dos outros. Eu disse a ela, inúmeras vezes, que havia uma grande diferença entre lixo e objetos usados, mas ela nunca pareceu dar ouvidos. Sem perceber, comecei a desistir dela. Não demorou muito e ela piorou, não só se instalando de vez na própria infelicidade, como também se tornando uma colecionadora das infelicidades alheias. Quando algo ruim acontecia com alguém da família, ela competia com a Tia Tina para ficar mais próxima dessa pessoa, obter o máximo de detalhes, sentir a dor dessa pessoa, experimentar seus ressentimentos.

Dois suportes de perucas de Styrofoam me observam da penteadeira. Uma cabeça é toda coberta de cachos alvoroçados, a outra é careca, pois era a que sustentava a peruca, que parecia bem maior, com que minha mãe foi enterrada. As duas cabeças estão cheias de marcas de batidas e escurecidas pelo uso e, conhecendo minha mãe, provavelmente suportaram também seus gritos. O nariz da cabeça careca está quebrado.

Do lado da cama em que minha mãe dormia, há alguma coisa pendurada na parede. Nunca havia reparado nisso antes: uma pequena prateleira de vime, pintada de branco, cheia de frascos esquisitos de perfume. Todos têm nomes exóticos: *Evening in Paris, Aphrodisia, Jungle Gardenia, Tabu*. Seus formatos são muito interessantes, o que me dá novas ideias sobre coisas para vender na loja. São obviamente presentes do meu pai, embora eu não me lembre da minha mãe usando nada mais misterioso do que o que ela achava na Avon. Pego o frasco de *Evening in Paris* e o viro. Através do vidro azul-cobalto, vejo que ainda há um resto de perfume. De repente, me dá vontade de sentir o cheiro desse presente do meu pai para a minha mãe. Mas, quando tento abrir o frasco, a tampa não gira. Checo os demais frascos. Todos parecem conter algumas gotas de perfume. Todas as tampas estão grudadas e não abrem.

Do outro lado do quarto, está o closet do meu pai. Entro nele. Depois que meu pai morreu, minha mãe deixou todas as coisas dele do jeito que estavam. Ainda estão lá. Não sei dizer se isso é sinistro ou comovente. Se fosse eu, acho que continuaria esperando a pessoa morta voltar para casa. Há apenas algumas peças no closet: luminária de metal escovado com quebra-luz de *fiberglass*, manchada de amarelo pela fumaça de cigarro; pequena cabeça de jogador de golfe, de cerâmica, com chapéu destacável (para guardar itens masculinos); um porta-joias forrado em couro com uma pata dourada encardida impressa na tampa. A caixa é o que me atrai. Eu era fascinado por ela quando criança. Na minha casa, não havia muito território exclusivo do meu pai — a garagem (óbvio), uma pequena bancada de trabalho no térreo e essa caixa. Ela parecia conter todos os segredos envolvidos no fato de ser homem, coisas que eu ainda nem tinha descoberto. Abro a caixa. Lá dentro, estão todos os itens dos quais eu me lembro: abotoaduras, palhetas para camisas, prendedores de gravata, moedas da sorte etc. O que me assusta são os broches de lapela da empresa em que meu pai trabalhava — com o logo da empresa indicando dez, quinze, vinte, vinte e cinco anos como funcionário. Esse é um segredo que não preciso desvelar. A vida toda do meu pai está nessa caixa.

Bum, bum, bum. Dou a volta na cama. A gaveta de cima do criado-mudo da minha mãe está entreaberta. Ela guarda os itens esperados: aspirinas, Tylenol, Vick Vaporub e Mioflex, um par extra de óculos de leitura baratos de farmácia ("Esses aqui estão ótimos. Não preciso ir ao oftalmologista"), um frasco antigo de Valium, um livro da Danielle Steel. Quando tento abrir a gaveta de baixo, vejo que está emperrada. Chacoalho e mexo de lado, tento fazer a gaveta ir para a frente e para trás, mas nada adianta. Por fim, tiro tudo que está em cima do criado-mudo (como é que não reparei? O relógio verde de baquelita da minha mãe, em perfeito estado!) e puxo a gaveta de cima toda para fora, então inclino o criado-mudo para a frente e enfio a mão lá dentro. Lá no fundo, consigo sentir uma bolota endurecida e lisa, de alguma coisa que fez a gaveta ficar colada. Pressiono os dedos atrás dela e puxo. A gaveta de baixo então sai voando, e o canto dela bate na minha virilha. Além da dor, o grito que eu solto ressoa tão alto na casa deserta que até me assusta.

Na parte de trás do fundo da gaveta, grudado no interior do criado-mudo, havia um glóbulo cor âmbar, uma pastilha para tosse meio derretida, com umas lascas de madeira grudadas. Já fazia muito tempo que essa gaveta não era aberta. Dentro dela, encontro alguns talões de cheques velhos e papéis, mas, embaixo disso, o que chama minha atenção é um pacote de camisinhas *Trojans* e um exemplar do livro *Tudo o que você queria saber sobre sexo mas tinha medo de perguntar*.

Começo a entender. Essa é a Gaveta do Sexo. Já deparei com criaturas desse tipo antes. Quando criança, com meus amigos, vasculhando os quartos dos pais deles; também em vendas de espólios, pondo o nariz onde não devia. Mergulho um pouco mais fundo na gaveta. Mais no fundo, encostada na lateral, encontro uma moeda dourada de alguma liga desconhecida. Gravada nela, está a imagem de uma mulher nua segurando uma taça de coquetel. Um dos lados é a visão frontal ("Cara"), o outro é a mesma pose, mas vista por trás ("Coroa"). Eu sei de onde é essa moeda.

UM MOMENTO BRECHÓ SEXY

Tenho oito anos de idade e estou viajando de carro com meus pais e Linda no Pontiac Bonneville verde do meu pai. Estamos indo para o oeste, a fim de visitar alguns parentes. É nosso segundo dia na estrada, e paramos para abastecer em algum lugar da Rota 66 (papai havia feito esse caminho anos atrás e ainda gostava dele, apesar da estrada degradada e de tudo mais). Depois de encher o tanque, meu pai e eu vamos até o banheiro masculino.

Entro antes do meu pai. Enquanto lavo as mãos, vejo que há uma máquina cromada, presa bem no alto da parede. Nela, há uma foto meio indefinida de uma mulher com os peitos de fora e as palavras "Suvenir Sexy" embaixo. Com oito anos de idade, eu fico, é claro, fascinado por isso. Consigo tirar rapidamente os olhos dali quando meu pai sai do banheiro. Aposto que ele também viu essa máquina. Ele então me diz para ir esperá-lo no carro. Relutante, saio do banheiro.

Na estrada, Linda está dormindo, e eu estou pensando naquela imagem, com aquela estranha sensação de fascínio e medo que só os meninos conseguem sentir, quando meu pai se inclina e diz alguma coisa para a minha mãe. Ele dá uma olhada pelo retrovisor, e daí eu pego um gibi e finjo que estou lendo. Então, eu o vejo tirar uma coisa do bolso da camisa. Mesmo no banco de trás, espiando por cima do gibi, posso ver que é uma moeda. Sei que é o tal do Suvenir Sexy. Quando meu pai passa para a minha mãe, a moeda reflete o sol, e um lampejo dourado brilha pelo teto do carro, um fio de luz conectando os dois. Meu pai tem um sorriso malicioso no rosto que eu nunca tinha visto antes. A expressão da minha mãe olhando a moeda é quase de quem está sem graça, ou talvez finja estar. Depois de um momento, ela ri e cochicha alguma coisa para o meu pai, apertando o braço dele. Ele murmura algo de volta. Eu quero muito conseguir ouvir. É uma das últimas vezes que vejo os dois trocando algum afeto.

Um ou dois anos depois disso, descubro a moeda de novo, xeretando a caixa de joias do meu pai. Depois disso, vou furtivamente todo dia dar uma espiada na mulher da moeda, até que a minha mãe me flagra fazendo isso (provavelmente foi assim que ela veio parar na Gaveta do Sexo). Eu queria perguntar o que ela dissera ao meu pai naquele dia no carro, mas sabia que não podia fazer isso. Não importava o que fosse, eu nunca poderia imaginar alguém falando comigo assim.

Eu não deveria estar aqui agora, bisbilhotando as coisas dos meus pais. Mas não consigo me segurar. Ouço que lá na sala o LP do Gene Krupa está pulando, repetindo sem parar o mesmo trecho de "How High the Moon" (ah, o vinil). Estou cansado e pronto pra ir embora, se bem que só faz uma hora que cheguei. A história toda da Gaveta do Sexo me perturbou de um jeito que eu não sei explicar, mas, mesmo assim, jogo tudo dentro de uma caixa, incluindo alguns livros antigos e envelopes, e deixo para ver mais tarde, em casa. Pouso a caixa perto da porta de entrada, junto com as outras coisas que estou levando. Desligo o som, apago todas as luzes, carrego as coisas na caminhonete e vou embora.

MAL-ESTAR NO MOOSE LODGE

Na manhã seguinte, estou exausto. Não dormi mais o resto da noite, depois de sonhar com a casa velha. Finalmente, lá pelas sete e meia, desisto, levanto minha bunda da cama e ponho pra dentro uma caneca de chá Morning Thunder.

Tomo metade com um monte de açúcar, despejo o resto na minha térmica de xadrezinho vermelho. Dou uma olhada nos jornais. É terça-feira, não há quase nada acontecendo em termos de vendas de espólio, mas felizmente tem o mercado semanal de pulgas lá no Moose Lodge. Digo felizmente porque agora estou tão pilhado por causa do chá atômico que preciso muito fazer alguma coisa.

Quando chego lá, é horrível. A maioria das coisas é aquele lixão de *Guerra nas Estrelas*, coleções de cartões, revistas em quadrinhos etc. Imaginei que eles poderiam ter pelo menos alguma coisa decente. Alguns pratos ou travessas antigos, algo assim. Já saindo daquele lugar, por volta das nove e quinze, vejo alguns cartazes de vendas de garagem, parte da feira de usados. Salvo pelo gongo. Pego alguns postais antigos e um conjunto de descansos de copos dos anos sessenta (com carros antigos).

No trabalho, vou levando a tarde adiante aos trambolhões, já com medo de voltar até a casa dos meus pais hoje à noite e provavelmente todas as noites pelas próximas duas semanas. É um dia sem vendas e de perguntas estúpidas ("Você não vende nada *novo* na sua loja?" "Você está precisando lavar suas janelas?" "Você vende alguma coisa relacionada a macacos? Não importa o que exatamente, mas tem que ser de macaco ou ter algum macaco no meio"). Um dia maluco. Olho o calendário pra ver se hoje vai ter lua cheia.

O CORAÇÃO DAS TREVAS ESTILO MIDWEST

Quando chego à casa dos meus pais, descubro que a Linda levou tudo o que havia de porcelana no armário de cozinha da minha mãe. Isso me incomoda. Não que eu quisesse alguma daquelas coisas, mas, mesmo assim, me incomoda. É hora de ser mais prático. É horrível que isso aconteça tão cedo, mas tenho que começar a saquear a casa de meus pais. Sinto-me um lixo fazendo isso, mas acho que é o que precisa acontecer, porque, daqui a pouco, a Linda já vai ter tirado tudo de valor e vai começar a levar embora também as peças de brechó. Aí vai ter confusão.

Decido que meu melhor plano de ataque é mergulhar de cabeça no turbilhão. O porão. É onde minha mãe guardava praticamente tudo que ela já possuiu. Minha expectativa é encontrar tesouros indescritíveis ali. Minha mãe, por um bom tempo, mesmo antes de eu ter me tornado oficialmente um dono de brechó, me proibiu de descer ali, sabendo o que aconteceria se eu fizesse isso. Ou seja, eu descobriria todo tipo de coisa que gostaria de ter. E ela não estava pronta para abrir mão dessas coisas. Acho que ela havia decidido: você não vai pegar os ossos desse velho cadáver, ainda.

— O senhor fique longe dali — ela dizia toda vez que eu implorava para ela me deixar descer e olhar, só olhar.

Desde que ela morreu, não senti muita vontade de descer lá. Era diferente quando ela estava viva, porque ainda era tudo dela, coisas que ela poderia facilmente ter dado pra mim, para eu guardar ou vender, sem compromisso. Agora, é tudo a coisarada da minha falecida mãe. Interessante como isso funciona. Não é tão ruim quando se trata de coisas da mãe falecida de outra pessoa.

Eu abro a porta, acendo a luz no alto da escada. O ar está levemente abafado, a descida dos degraus é assustadoramente familiar — a sensação do corrimão na palma da minha mão, os rangidos das tábuas dos degraus. No final da escada, lá está ele, o porão de pinho nodoso dos meus pais. Vejo as cadeiras de estúdio e a mesinha de café com gavetas do primeiro apartamento dos meus pais, os mosaicos que costumavam ficar pendurados no andar de cima, na sala. Esse lugar é incrível — painéis anos cinquenta, mobília anos sessenta, tapetes anos setenta. O aposento todo já estava como que suspenso no tempo quando eu tinha sete anos de idade. Eu adorava ficar vagando à toa aqui embaixo.

Sinto vontade de examinar tudo, sentar naquelas cadeiras, olhar as revistas, mas tenho um trabalho a fazer. Acho que o melhor lugar pra começar é o depósito, aquela saleta que a minha mãe manteve trancada pelos últimos oito anos. Atravesso a cortina de bambu que separa o lado do porão de pinho nodoso do lado sem acabamento, levanto a mão e puxo um fio que acende a luz. A lâmpada acende, a caldeira de calefação dos meus pais se ergue sinistra à minha frente, seus tentáculos com manchas de ferrugem agarrando o piso não envernizado do andar de cima. Quando criança, essa caldeira me dava calafrios. Aquele zumbido de seu bafo quente me acordava no meio da noite e me fazia lembrar da presença de algo espantoso, mantendo-me alerta com aquela sequência de pings e pocs. Mesmo quando eu tinha dez, onze anos, me sentia mal ao passar perto da caldeira. Nesta noite, ainda sinto um pouco daquele velho arrepio. Aperto o passo, sem admitir isso, em direção ao depósito, que é simplesmente um closet grande que meu pai construiu com compensado barato e ripas 2 x 4, compradas numa liquidação.

Giro a tranca de madeira e abro a porta. A sensação é de estar entrando na tumba do Tutancâmon. Puxo outro fio acima da minha cabeça. Uma lâmpada de cem watts joga uma luz forte numa colorida e confusa miscelânea de objetos típicos de classe média. As prateleiras estão cheias de objetos fantásticos: uma casa de bonecas estilo rancho, meio tombada de lado; um relógio de cozinha de plástico vermelho; uma cafeteira cromada; uma bandeja para coquetéis verde-musgo pintada com caricaturas e receitas de drinques. Começo a abrir caixas: mais estatuetas orientais da minha mãe; bandeja do tamanho de uma calota de carro com dourados salpicados, década de 1950; um isqueiro de mesa imitando um revólver; secador de cabelo cor-de-rosa portátil; o jogo de tabuleiro

"Mistery Date"; pratos de latão tipo caubói, esmaltados em amarelo, e copos para acampar; livros infantis (*Go Dog Go*); a câmera Polaroid Land do meu pai; todas as bolsas que a minha mãe já teve desde os anos cinquenta; meu toca-fitas em formato de detonador, que eu achei que estava perdido; discos da gravadora Command, da década de 1960 (a mania de hi-fi do meu pai); mais caixas fechadas com fita adesiva e provavelmente cheias de mais do mesmo.

Fiquei zonzo com todos esses objetos usados incríveis. Nem acredito na minha sorte. Meu instinto de caçador de objetos usados me diz que eu descobri o filão de ouro e que preciso agir logo. Provavelmente é aqui que todas as coisas boas estão. Subo correndo até o andar de cima para abrir a porta lateral e, então, trago a caminhonete pra cima. Nem me dou ao trabalho de ver o que há dentro das caixas, e arrasto uma por uma do porão lá pra cima. Depois de carregar a caminhonete, volto ao depósito. Com a caminhonete lotada, desço de novo. Ainda há algumas coisas lá dentro, mas vão ficar lá. Fecho a porta, tranco novamente, tento deixar tudo de um jeito que pareça que ninguém esteve ali.

DESCUBRO UMA COISA SOBRE MEU PAI

São dez da noite quando chego em casa, dez e meia quando termino de colocar todas as caixas no meu porão. Está muito apertado lá embaixo, ainda mais com toda a nova tralha, mas consigo criar um corredorzinho para ter acesso a tudo. O problema é que não há espaço para mais nada. Minha loja já tem muita coisa guardada, então sou obrigado a manter um monte de mercadorias em casa ou, então, na minha garagem. E preciso continuar com a minha triagem.

Sei que preciso ir dormir para poder acordar cedo amanhã, mas começo a ficar animado de novo com o que pode haver dentro das caixas. Digo a mim mesmo que não há problema se eu abrir uma, mas só uma. Sento no tapete e escolho a caixa mais sem graça e sem etiqueta, achando que pode haver algo realmente muito incrível ali dentro. Quando abro, não há tesouro algum, só uma bolsa de couro a tiracolo e três ou quatro caixas amarelo-vivo com a etiqueta "Papel Fotográfico Kodak". Começo a me arrepender da minha decisão de ter carregado minha caminhonete às cegas com essas caixas. Mas a bolsa é bonita, um couro marrom liso, diferente de algumas das pastas velhas que eu encontro de vez em quando nas vendas de espólio.

Tiro a bolsa de dentro da caixa — é bem pesada. Solto o fecho e, ali dentro, acondicionadas em isopor esfarelado, há duas câmeras, uma velha Leica e uma Rolleiflex enorme, tipo caixote. Tem também várias lentes. Viro a bolsa e vejo gravado na frente, em dourado, o nome do meu pai: Terrence Stalling. Isso é novidade pra mim. Meu pai tirou fotos durante toda a minha infância, mas era só isso — instantâneos. Em geral com sua Polaroid e depois com câmeras populares baratas, como a Swinger e a Instamatic. Mas uma Leica?

Abro as caixas amarelas. Estão cheias não de papel fotográfico, mas de fotos — em preto e branco, 18 x 25. A julgar pelos carros, pelas placas nos prédios e pelas roupas das pessoas, parecem ser principalmente dos anos cinquenta e sessenta. Têm um aspecto profissional, mas não retratam cenas glamourosas — são imagens sombrias, com um clima melancólico, de pessoas comuns fazendo pequenas tarefas. Algumas das fotos me lembram o trabalho de Walker Evans na Farm Security Administration, que eu vi na faculdade, ou as fotos do livro *The Americans*, de Robert Frank. Depois há outras fotos, que não me fazem lembrar de ninguém, mas são igualmente maravilhosas. Descrevo algumas das fotos que vejo:

— Mulheres sentadas atrás de máquinas imensas, costurando capas de assentos de automóveis.
— Uma fileira de seis homens cortando o cabelo no Detroit Barber College, um salão baratinho no centro aonde meu pai me levava para cortar o cabelo.
— Trabalhadores saindo de antigas minas de sal no rio, rostos fantasmagóricos devido ao pó de sal, carregando marmitas. Chama a atenção um homem em particular, de aspecto quase cômico com seus óculos armação tartaruga, quadrados, Kabuki, com astigmatismo.
— Um jovem negro com expressão viva polindo uma calota num lava-rápido chamado Paul's Wash-O-Mat.
— Uma foto do meu pai (atraente, de gabardine surrada), parecendo muito feliz, segurando a Leica que está agora no chão ao meu lado, fotografando uma pessoa que, por sua vez, bate a foto dele.
— Um mecânico, cabeça inclinada para baixo, fronte escura, enrugada, cigarro pendurado do lábio, mão bem erguida debaixo do para-lama de um carro grande com duas cores. Na etiqueta da sua camisa de trabalho manchada de graxa, lê-se "Buick V-8".

Isso é algo incompreensível para mim. Não consigo acreditar que meu pai fez essas fotos. Quando será que as fez? Por que parou? Por que nunca me contou nada? Abro outra dessas caixas da Kodak. Debaixo de algumas pastas bege, encontro velhos calendários em espiral, cinco ao todo, de um estúdio fotográfico do centro, um lugar chamado Tollman Photographic. "Retratos de formatura, nossa especialidade" está escrito debaixo do nome, junto do endereço, na Avenida Woodward. Cada calendário traz a foto de um marco de Detroit: o Edifício Penobscot, a Cabana de Troncos do Palmer Park, a fonte do Edison Memorial no Grand Circus Park, o Santuário da Pequena Flor, a Igreja dos Marinheiros. Os calendários são de 1960, 1962, 1963, 1964 e 1965.

A caligrafia angulosa do meu pai pode ser encontrada em todas essas fotos dos calendários, rabiscada nos pequenos quadradinhos dos dias. A maioria das anotações indica as ocasiões em que, ao que parece, estava agendado para ele trabalhar nesse lugar. Mas também há muitas outras anotações, como "Sair à noite", "Foto às 10h15" ou "Fábrica". Para 1960 e 1962, há um monte de agendamentos e sessões de fotos, junto com anotações como "Fotos apresentadas à LOOK" ou "Três cópias para a LIFE", "2 para o Sat. Eve. Post". Para cada uma dessas anotações, havia outra que era uma continuação, três ou quatro semanas mais tarde, dizendo "LOOK — rejeitadas" ou "Fotos devolvidas pela LIFE" ou "Sat. Eve. Post — Não".

Em 1963, as anotações começam a mudar um pouco. Existem mais observações pessoais. Coisas como "Sofá novo" ou "Sala pintada". Em seguida, todo domingo é marcado com "Ir ver casas". Mas as ofertas de fotos e as rejeições continuam, com meu pai indo procurar outras revistas, obviamente baixando um pouco o nível de suas aspirações. "Rev. Argosy — Rej.", "LIKE — mandei 3 fotos", "Rev. Vue — 4". Em 23 de dezembro de 1963, há uma anotação que se sobrepõe aos quadrados em volta e diz: "Rejeitado pela LIFE. Quase deu certo. Verso da foto coberto com iniciais". Começo a me sentir mal por meu pai.

No entanto, eu abro 1964 e, logo no dia 6 de janeiro, está escrito: "ACEITA — Revista LIKE!!!" Sinto uma onda de euforia por ele, como se isso tivesse acontecido há alguns instantes. Quero saber mais, mas não há outros detalhes. Meu pai nunca mencionou nada disso. Estou aqui atolado no futuro, sem uma pista sequer. Olho mais à frente naquele ano para ver se encontro alguma outra menção, mas não há mais nada a respeito dessa foto aceita nem sobre quando será publicada. Em 16 de abril de 1964, há duas palavras: "Bebê chegando". Uma semana e meia mais tarde, no dia 26, está escrito simplesmente: "Uma menina!". Nascimento da Linda.

As anotações vão ficando cada vez mais esparsas nos meses seguintes, mas, lá pela metade do ano, ele está novamente apresentando fotos e fazendo novas sessões.

Justamente lá, no porão, um lugar que ele nunca visitava, sinto a presença do meu pai, mas é um pai que eu não conheço de verdade. Não é o pai que trabalhou na American Mutual durante vinte e sete anos, o pai que nunca ficou decepcionado comigo por eu ter ido mal na escola, por não me destacar nos esportes e não fazer sucesso com as garotas, ou o pai que sentou no carro dele na ponte Belle Isle tossindo em silêncio com o lenço na boca. Esse é um pai diferente, o artista, o fotógrafo, aquele que eu não tinha ideia que havia existido, que eu suponho que não era de fato meu pai, porque, depois que virou meu pai, se tornou todas aquelas coisas que eu já sei.

De repente, sinto que estou muito cansado. Ali no chão do meu porão, sentado num tapete rasgado, à sombra da minha caldeira imensa e escura, rodeado pela tralha dos objetos da vida de meus pais, da minha vida e da vida de um monte de outras pessoas, percebo simplesmente quanto estou cansado.

FILHO DA TEORIA MALUCA

Na manhã seguinte, levanto arrastando-me do chão do porão às sete e quarenta mais ou menos. Tirando as minhas costas, eu me sinto bem. Meio entorpecido, ponho as fotos de volta nas caixas e subo para ferver a água do chá. Ao ler os jornais, descubro uma intrigante venda de garagem. Fica a alguns quilômetros da minha casa, por isso, depois dos meus biscoitos Pop-Tart, visto uma roupa e vou pra lá.

Às oito e meia, eles ainda não abriram, o que é ótimo. Fico sentado na caminhonete e termino de ler o jornal. Essa é provavelmente uma das melhores coisas do mundo: ficar sentado num bairro tranquilo, o sol batendo quente no seu rosto, um copo de chá docinho e reconfortante da sua térmica, esperando uma venda de garagem começar.

Quando a venda finalmente começa, às nove e quinze, sou o primeiro a entrar. Na verdade, eu nem deveria frequentar vendas de garagem, eu sei. Quase sempre, são uma perda de tempo, e é comum eu não encontrar nada que preste; a maioria dos donos de loja nem se dá ao trabalho de ir a vendas de garagem, pois são muito imprevisíveis. Mas eu gosto disso. Você nunca sabe o que pode encontrar lá. Nessa aqui, porém, é tudo lixo — roupinhas de bebê, brinquedos quebrados, videogames antigos e discos de rock ruins dos anos oitenta — e eu estou quase indo embora quando a localizo no canto da garagem: uma linda caixa de brinquedos antiga de madeira com caubóis, índios e comboios de carroças pintados. Em letras grandes, bem no alto, lê-se "A FRONTEIRA". Uma preciosidade.

Vou até ela. Posso garantir que ficou ali na garagem por um bom tempo, porque uma das alças de corda está podre, e a caixa tem um monte de arranhões na superfície, mas nada que não possa ser limpo com Liquid Gold e um pouco de amor de dono de brechó. Deslizo a mão sobre um cavalo selvagem pintado na tampa. Tenho certeza disto: quem quer que tenha sido o dono desse objeto era um vaqueiro feliz. Não sei se mencionei isso, mas, quando coloco a mão em certo tipo de objeto usado, posso dizer se o dono gostava dele ou não (na realidade, a maior parte dos objetos não revela muito sobre vibrações, mas, de vez em quando, eu realmente sou capaz de sentir isso). Também acredito que é possível extrair esse tipo de satisfação dos usados. Preciso admitir que ainda não tenho uma ideia clara de todo o processo alquímico. Quando tiver, vou dispor de um produto poderoso, uma espécie de destilado concentrado de memória. Eu sei que isso é possível. Enquanto isso, eu me contento com a osmose. Meu plano é me cercar desses objetos de pessoas felizes. Quanto mais, melhor. E uma caixa de brinquedos é o ideal. É algo que esteve junto com crianças, e as crianças são muito melhores em curtir a vida do que os adultos.

Depois de ver a caixa de brinquedos, tento me manter calmo e procuro freneticamente a etiqueta de preço. Não vejo nenhuma. Vou até a mulher grávida que está atrás da mesa de papelão, com o nariz enfiado numa novela volumosa da Jackie Collins.

— Quanto é a caixa de brinquedos? — pergunto.

— Caixa de brinquedos? — diz ela, tirando os olhos do livro, meio perdida; atividade demais antes da sua segunda caneca de café instantâneo Folger.

Aponto para a relíquia, e tento não ficar babando. Será que dei bandeira? Será que ela sacou quanto eu quero essa caixa de brinquedos?

Ela aperta os olhos, olhando ao longe.

— Ah, aquela coisa lá. Eu esqueci completamente. É do meu marido, de quando ele era criança. Acho que ele não liga muito pra ela.

Eu acho que ela está absolutamente equivocada em relação a isso, mas, como um bom covarde, evito comentar e apenas dou de ombros.

— Eu não sei — diz ela. — Está bastante detonada... cinco dólares?

Quando o preço é justo, eu não discuto.

— Hum, tudo bem.

Pago, ponho a caixa na caminhonete e levanto voo, em êxtase absoluto.

SOU MEIO ESTÚPIDO COM UMA CLIENTE

Chego à loja e decido abri-la, embora ainda sejam dez e meia. Nem bem abro a porta, a campainha toca, e *ela* entra de novo. Theresa. O que está acontecendo com ela? Por que não me deixa em paz?

Olho para ela sem expressão. Não estou feliz por vê-la. Sei que não tenho motivo para estar zangado com ela, mas, mesmo assim, estou. Ela levanta seus óculos escuros Lana Turner e acena pra mim, um gesto largo e animado, como se eu fosse o Johnny Stompanato antes que a filha dela fizesse picadinho de mim com uma faca de cozinha. Ela está com uma palidez dos infernos de novo, usando uma camisa de discoteca de seda sintética florida, punhos desabotoados, calça cáqui masculina e suas velhas botas de peão Red Wing, obviamente de algum brechó. Ela exibe sua gengiva vermelha, sorrindo pra mim.

— E aí, como vai? — cumprimento, meio com o pé atrás. Começo a me sentir estúpido por ter achado que isso tudo poderia ter resultado em alguma coisa.

— Maravilhosa. E como anda seu lado dark, Senhor Brechó?

Tento evitar sorrir.

— Estou bem.

— Abriu cedo. Deve estar se sentindo melhor do que no outro dia.

Dirijo-lhe uma cara de estranhamento. E a dirijo diretamente a um rostinho doce e arredondado, com uma mecha de cabelo castanho levemente oleosa pendendo perto do seu olho esquerdo.

— Por que você está aqui? — ouço a mim mesmo perguntando. — É a terceira vez em cerca de uma semana e meia. Você está me perseguindo ou algo do gênero? Ou está esperando que eu comece a me debulhar em lágrimas de novo bem na sua frente? Você vai comprar alguma coisa aqui algum dia ou não?

Ela levanta os óculos de novo, ergue a cabeça e olha pra mim: olhos castanhos líquidos, grandes, um pouco saltados, levemente cansados. Esses olhos me fazem derreter por inteiro. Daqui a pouco vai ter apenas um montinho de gabardine e de algodão havaiano encharcados no chão.

— Que tal se a gente fosse comer alguma coisa? Lá no Sammy's, aquele tailandês, por exemplo. Você gosta de comida tailandesa?

Fui oficialmente pego de surpresa, como diria a minha mãe.

— Eu, ahn, é meio cedo ainda, não é?

Óculos para baixo de novo.

— Isso depende mais de você estar com fome ou não.

Opto por mudar de abordagem.

— Onde está seu amigo hoje, o Príncipe das Trevas?

Ela parece não entender por um momento, mas depois sorri, com repentina clareza.

— Ah, tá. Você quer dizer o Roger? Ele está ótimo. Isso é algum tipo de pergunta sobre minha condição atual em termos de namoro? Você está curioso para saber se ele é meu namorado?

Como é que eu me meto nessas encrencas?

— Não, é só que...

— Você parece assustado. Você está assustado porque eu convidei você pra comer?

Eu me odeio por ser assim tão transparente.

— Não, é que...

Ela dá a volta no balcão, pega minha mão gelada na mão quente e suada dela e começa a me arrastar até a porta.

— Bom, então, vamos lá!

Esse tipo de coisa nunca acontece comigo. Eu me esforço para não desmaiar.

— Espere um pouco — digo. — Posso mostrar o que consegui hoje? Numa venda de garagem?

Tenho certeza de que ela ficou interessada, pois tirou os óculos.

— O quê?

Levo-a até a sala dos fundos, onde guardei a caixa de brinquedos.
— Isso.
— Uau — diz ela. — Muito louco. Você vai pôr pra vender?
— Não sei ainda. Talvez fique com ela, sei lá, dou uma limpada e uso como mesinha, algo assim.
— Quanto você pagou?
— Cinco.
— Excelente, hein, Brechozeiro. Parabéns. O almoço é por minha conta.

ALMOÇO COM THERESA

A gente chega ao Sammy's assim que o lugar abre. Pedimos pad thai e pad prik e chá gelado com leite. Enquanto esperamos a comida, Theresa fala sem parar, como se não conseguisse dizer o que quer com a rapidez que gostaria.

— ... minha amiga Bettina, ela trabalha no Reva's Salon de Beauté, você não acha esse nome adorável? Aqui estamos nesse bairrozinho meio triste, e alguém decide dar esse nome francês sofisticado a um salão. Isso me mata. Salão de Beleza Riva. Você já tinha visto esse salão? Quanto tempo faz que você tem a sua loja? Eu nunca tinha reparado que ela existia. Eu gosto das coisas que você tem ali, de verdade. Você tem um olho bom pra coisas interessantes, sabia? Não é uma dessas lojinhas metidas, de revender produtos. Essas pessoas estão estragando a nossa reputação. Quanto tempo faz que sua mãe morreu? A minha morreu faz seis anos...

Basicamente, se você inserir, a intervalos regulares, os meus "Eu..." ou "Bem, ahn...", já terá uma ideia muito boa da minha participação na conversa. Ela faz um monte de perguntas a meu respeito, sobre o negócio, sobre todas as coisas, tudo acompanhado por um gestual alucinado. As suas mãos, percebo, não estão melhor hoje do que no primeiro dia em que a vi, avermelhadas e cobertas de arranhões, alguns sarando, outros novos, outros cobertos por curativos. Quando a comida chega, tento fazê-la desacelerar um pouco, falar um pouco de si mesma. Mas a nossa conversa retoma esse ímpeto surtado. A honestidade dela é contagiante, e eu me vejo dizendo o que estou realmente pensando, o que não é comum para mim. Quando se trata da arte da conversa, geralmente prefiro ficar no meio de uma grande nuvem de ambiguidades, diplomacias e desculpas. Não parece provável que eu vá fazer isso com ela.

— Eu estou falando demais? — pergunta ela, o dedo entre os dentes (não com ar de coquete, mas de ansiosa). — Eu faço isso quando estou nervosa, às vezes.

— Você está nervosa? Por que você está nervosa?

— Não sei. Eu quero que você goste de mim.

— Agora é você que está me deixando nervoso.

— Você já estava nervoso.

— Eu sempre estou nervoso.

— Então você gosta de mim?

— Você me assusta. Agora eu vou lhe fazer uma pergunta comum. O que você faz pra, tipo assim, ganhar dinheiro?

— Trabalho no Abrigo Anticrueldade de Detroit.

— É de pessoas ou animais?

— Animais.

— Então suponho que é por isso que você pode se vestir do jeito que se veste.

— O que há de errado com o meu jeito de me vestir?

— Nada. Está tudo certo. Eu gosto. Eu me vestiria desse jeito se tivesse coragem pra isso.

— Você se veste muito bem. Você se veste como se tivesse saído do filme *Rebelde sem causa*.

Fico examinando um pedaço de amendoim moído na ponta do meu pauzinho tailandês. Então digo:

— Mas não como o James Dean. Mais como aquele amigo pateta dele que acaba sendo morto no final.
— Eu achava que ele tinha morrido na garagem.
— Como assim?
— O Sal Mineo.
— Do que a gente está falando?
— Nada, eu fiz uma piada. Mas tudo bem, o Sal Mineo era uma gracinha também.
— De um jeito meio pateta — observo.
Bem nessa hora, Theresa passa as pontas dos dedos dela por cima da minha mão, que ainda segura o pauzinho tailandês. Sinto partes de mim vibrarem quando ela me toca. Sinto isso atrás das orelhas e na parte de cima das coxas.
— O que... — digo eu — ... você faz com eles?
— Eles quem?
Três dedos dela ainda estão tocando a minha mão. Eu não quero movê-la, mas parece meio esquisito, eu congelado, a mão dela simplesmente suspensa ali. A vibração se espalha pelos flancos das minhas costas e pelo meu umbigo.
— Os animais — digo.
— Eu cuido deles, limpo as jaulas, as gaiolas, fico no telefone tentando arrumar um lar pra eles, confiro os classificados à procura de anúncios de animais de estimação perdidos e, muitas vezes, eu os mato.
— Você está brincando?
Ela puxa sua mão.
— Não, não estou.
— Isso parece meio cruel para um abrigo anticrueldade.
Ela coloca as mãos, uma em cima da outra, sobre a mesa. Pela primeira vez em nossa conversa, ela não me olha diretamente nos olhos.
— Na realidade, é a única coisa que você pode fazer com um monte deles. Boa parte dos que a gente recebe são animais que estão doentes demais ou não estão domesticados

o bastante para ir para alguma casa, isso se houvesse casas em número suficiente, o que não acontece. Então, a opção é ou sacrificá-los ou soltá-los na rua, para que fiquem doentes, sejam atropelados por carros ou mortos por doentes mentais. E, de qualquer jeito, se ficarem soltos, vão acabar *cruzando* e fazendo mais animais, e não precisamos de mais animais.

Sinto uma leve constrição na minha garganta quando ela diz aquela palavra.

— Então vocês têm que matá-los?
— Eu coloco eles para dormir.
— E eles obedecem?

Ela olha para suas mãos, agora entrelaçadas, brancas e cor-de-rosa e vermelhas, e solta uma risada forçada.

— Não, eu mato os bichos mesmo, como eu disse antes.
— Certo... — digo, lamentando ter trazido essa coisa toda à tona. Mas agora ela não parece mais disposta a parar, apenas desacelerou um pouco, está mais pensativa do que antes.

Ela pega seus pauzinhos, mas na mesma hora coloca-os de novo em cima da mesa.

— Quem faz você se sentir mal são os animais saudáveis, aqueles que ninguém quer porque já têm dois ou três anos de idade, ou dez anos. A maioria só quer saber de filhotes. Os outros a gente só consegue manter por um tempo e depois precisa se livrar deles para abrir espaço para os que chegam. É muito horrível, mesmo.

— Deve ser.
— Mas tem que ser feito.
— É, com certeza.
— Ainda por cima, o salário é ruim, e os pesadelos incomodam.

Ela está rindo, mas eu vejo que algo muda nos olhos dela. A energia parece escorrer dela, como por um buraco de agulha. Eu me sinto mal. De repente, preciso fazer alguma coisa. O que eu faço é tão completamente distinto de mim que nem

acredito que fiz. Pego um pouco do pad thai com meus pauzinhos e ponho em sua boca.
A luz volta aos olhos dela, e ela olha pra mim.
— Hum — diz ela.

EU TAGARELO SEM PARAR

Depois de comer, Theresa e eu ficamos ali na Mile Road, número 9, em frente ao Sammy's Thai. O trânsito passa rugindo por nós — picapes chacoalhando, carros esportivos potentes com escapamento aberto, carros importados com vidro fumê e estéreo tocando *hip-hop* — e nós dois numa conversa agradável. Eu esqueço o barulho, as vitrines de lojas vazias, os tipos normais passando por nós, olhando, abestalhados, para as roupas da Theresa — estamos isolados disso, envolvidos num casulo, conectados por filamentos de névoa e luz. Fico despejando nela minhas várias teorias malucas a respeito de brechós, do acaso, da busca e de como conseguir boas cadeiras de sala de jantar usadas quando percebo que fiquei falando sem parar.
— Meu Deus, desculpe. Eu não tinha a intenção de ficar falando tanto — digo.
Theresa se inclina e me beija, simples assim. Os lábios dela têm gosto de amendoim e de azeite picante e da torta roxa que ela acabou de comer. Enquanto me beija, coloca sua mão esquerda do lado do meu rosto, bem ao longo do meu queixo, e, então, com seu dedo, desenha uma linha até a minha garganta.
— Mmmmmm. Você tem um gogó grandinho — diz ela, depois que se afasta.
Penso em falar pra ela ficar à vontade se quiser dar uma mordida nele, mas não consigo dizer nada naquela hora.
— Gosto de você, Brechó. Você é um cara diferente.

Fico paralisado por um momento. Finalmente, quando faço menção de beijá-la de volta, ela diz:

— Preciso ir. — Ela me passa um pedaço de papel amassado, úmido e manchado de tinta, com o telefone dela. — Me ligue, o mais rápido que puder, gostosão... — grita ela por cima do ombro.

Eu a observo descer a rua até um estacionamento da Prefeitura. Mesmo com a calça folgada, aposto que ela tem o que meu pai teria chamado de uma bela carroceria. Eu, é claro, sendo um homem esclarecido do final do século XX, nunca pensaria em tal coisa. Vejo-a entrar num carro Volaré prata todo detonado. Ela passa por mim, agita os dedinhos para fora da janela e exibe um sorriso doce e malandro.

Eu flutuo de volta para a loja e, estranhamente, tenho um dia até decente. Vendo um conjunto de chifres de boi antigos para alguém, junto com um par de toureiros de veludo preto, iguais aos que tenho em casa. Ficaria bom pendurado na parede, digo a eles. E ficaria mesmo. Nada como juntar peças boas de brechó e criar alguma coisa.

A NOITE E A CIDADE DO MEU PAI

Quando chego em casa, tem uma mensagem na minha secretária eletrônica. É da Linda, que está atrás de mim por causa das tranqueiras da casa dos nossos pais ("Quando é que você vai terminar, Richard? A coisa está andando? Eu adoraria que tudo isso terminasse logo."). Decido ignorar. Mesmo assim, sei que preciso ir até lá e continuar o trabalho. Talvez fazer uma lista de coisas e levar para os negociantes, tirar umas fotos de Polaroid e mostrar por aí.

Mas, quando chego à casa dos meus pais, à noite, a ideia que me vem na hora é descer até a tumba para vasculhar as caixas deixadas na noite anterior. A primeira caixa que abro está cheia de cartões de Natal e agendas de endereços. Empurro a caixa até perto da escada para levar embora depois, junto com o lixo. Outra caixa tem conjuntos de xícaras e pires, todos de cores, estilos e tamanhos diferentes, embrulhados em papel de jornal. Obviamente, alguma espécie de coleção da minha mãe. Parecem ser dos anos cinquenta e sessenta, mas eu deixo tudo ali quieto e fecho a caixa.

Percebo o que é que estou procurando e encontro na caixa seguinte — mais caixas amarelas da Kodak. Quando abro a caixa de cima, noto que essas fotos têm algo diferente das outras. São todas feitas à noite, ousadas e com fortes contrastes, inquietantes e instantâneas. Olhando as fotos, tenho a sensação de que estou descobrindo o trabalho do meu pai em períodos nos quais era influenciado por pessoas diferentes. Há uma qualidade Weegee nessas imagens, aquela coisa de estar em um lugar na hora certa para registrar algo errado acontecendo. Também me passa pela cabeça que o interesse que desenvolvi por fotografia na escola foi instilado em mim primeiro pelo meu pai. Ele comentava às vezes sobre Weegee ou Walker Evans ou Ansel Adams, mas nunca me ocorreu que falava deles como um colega fotógrafo. Eis algumas das fotos:
— Um homem junto a uma casa noturna chamada Frank Gagen's, inconsciente, em cima do capô reluzente de um Cadillac.
— A janela iluminada de um prédio de apartamentos escuro, art-déco, em Palmer Park, com a silhueta de duas figuras atrás de uma persiana fechada. As mãos de uma das figuras estão no ar, numa gesticulação intensa, como se estivessem no meio de uma discussão.
— Homens aguardando na fila, ao entardecer, na frente do velho Capitol Burlesk, em Woodward, os chapéus abaixados, olhando ao longe.

— Uma foto noturna furtiva, borrada, de uma mulher correndo por uma rua, com luz saindo dela, como um clarão de medo.
— Um homem branco olha de esguelha, com ar malicioso, enquanto conversa com uma mulher negra diante do velho Willis Show Bar, no Cass Corridor.
— Uma sombria loja de penhores no centro, à noite, com a porta da frente aberta. Um negro idoso está junto à porta, olhando feio, em direção à escuridão, para a pessoa que bate a foto.

Em duas fotos, há uma marcação a lápis, "1960", no verso. Fico imaginando quando meu pai teve tempo de sair à noite para fazer aquelas fotos. Ele havia acabado de casar e me surpreende que pudesse fazer parte desse submundo, vagando pelas ruas do centro de Detroit depois que escurecia, numa época em que ainda se podia fazer isso.

Dentro da caixa seguinte, encontro outro calendário da Tollman Photographic, junto com alguns pedaços de *passe--partout*, um velho estilete X-Acto com cabo de alumínio e um carimbo com nome, endereço e telefone do meu pai. O calendário é de 1966, o ano em que nasci. Nos primeiros meses, as anotações são como as dos outros calendários — agenda de trabalho, recados, tarefas, a maioria de natureza doméstica, como "Dentista" ou "Pendurar as cortinas" ou "Terminar o quarto de cima". À medida que vou virando as páginas, localizo algumas anotações sobre envio de fotos para revistas, mas nem de longe são tantas quanto as de "Entrevista de emprego". Depois da anotação do dia do meu nascimento em maio ("Um menino!"), não há mais nenhuma naquele ano, exceto um registro duas semanas depois do meu nascimento, no dia 23. "Comecei no novo emprego", está anotado ali.

Enquanto tento entender por que nunca ouvi falar do meu pai trabalhando na Tollman Photographic, as seguintes coisas passam pela minha cabeça:

a) Logo depois que eu nasci, ele se tornou vendedor de seguros.

b) Ele não gostava de falar desse período. Lembro que eu perguntava sobre os primeiros anos dele e de mamãe casados e que ele dava respostas vagas sobre como trabalhava "num monte de lugares diferentes antes de encontrar meu nicho".

c) Depois que eu nasci, ele não teve mais tempo de ficar rodando por aí à noite, para fazer fotos cheias de clima, não lucrativas, invendáveis. Precisava levantar cedo de manhã, bater o ponto, trabalhar para o sistema. Afinal, tinha que pagar a hipoteca da casa, comprar cortinas, atapetar a sala de uma parede a outra, colocar Malt-O-Meal naquelas nossas boquinhas famintas, que só gritavam e pediam.

d) Eu sou a razão pela qual meu pai desistiu da fotografia. Certo, Linda foi o primeiro passo, mas obviamente eu fui a gota d'água que acabou com o ânimo do meu pai.

Eu arruinei a vida do meu pai. É terrível chegar a uma conclusão assim. Mas agora vejo que foi isso o que aconteceu. Meu pai precisava ganhar dinheiro, então abriu mão do que gostava de fazer para pagar o aluguel (a velha história: arte *versus* comércio, criação *versus* procriação). Se fosse de outro modo, que tipo de homem ele teria sido? (Acho que "feliz" é a palavra que estamos procurando.) Sento em algumas das caixas e tento digerir isso tudo. Sei que não havia nada que eu pudesse fazer, que não era culpa minha. Não pedi pra nascer. Não pedi a ele que fizesse parte desse velho cenário cansado — casar, ter filhos, desistir dos seus sonhos, virar um zumbi de gravata com prendedor, pagar as contas, cuidar de seus ingratos descendentes, ser infeliz, deixar a esposa amargurada, cair morto. Cansado ou não, aparentemente foi esse o cenário da vida do meu pai.

Tudo isso é muito deprimente. Levanto, empacoto as demais coisas da sala dos tesouros, um par de luminárias extravagantes dos anos sessenta, a mesinha de café e as cadeiras de estúdio (não ligo mais se Linda vai perceber ou não). Empacoto também três caixas de livros velhos do meu pai — todos sobre detetives e espiões: Matt Helm, Mike Hammer, James Bond. Esses livros agora fazem muito sentido para mim. Depois de examinar algumas das fotos do meu pai, vejo um homem que desejava ardentemente excitação, procurava intrigas vagando pelas ruas da cidade à meia-noite. Mais tarde, quando já estava preso a uma casa de conjunto residencial, com duas maquininhas de cocô berrando e um emprego das nove às cinco, ele se encantou pelos livros de Mickey Spillane e Ian Fleming, vivendo a loucura dos anos sessenta em novelas românticas só para homens frustrados, hiperdomesticados, e não para mulheres. Depois que eu tiver lido esses livros, vou vendê-los na mesma hora para dois clientes meus que curtem essa literatura barata, com capas vulgares e escritores que fazem pose segurando uma Luger ou um trinta e oito cano curto.

Fechando a porta da sala dos tesouros, imagino que a intenção da minha mãe talvez fosse que eu, e não a Linda, encontrasse tudo isso, especialmente as fotos do meu pai. Fico imaginando que ela pode ter se sentido culpada por incentivar meu pai a desistir de algo que ele obviamente adorava. Para ela, deve ter sido como abrir mão do homem pelo qual se apaixonou. Ela se casou com um fotógrafo, e não com *O homem do terno de flanela cinza*.

Não consigo mais pensar. Quero ir para casa, para o meu sofá de caubói, para a minha tigela listrada cheia de massa enlatada SpaghettiOs, para o meu porão, que rapidamente está ficando lotado com os tesouros que fui levando da casa dos meus pais. Quero ir para casa e ligar para uma mulher, mas está ficando tarde.

POR QUE ODEIO SECRETÁRIAS ELETRÔNICAS

O primeiro lugar ao qual vou nessa manhã de quinta-feira é uma venda de espólio, numa casa em East Dearborn, cheia de coisas boas, mas todas caras demais, até mesmo as coisas que eu gosto, que na realidade, não deveriam custar muito. É como se eles tivessem medo de que alguém fizesse um bom negócio ao comprar, então subiram o preço de tudo. Obviamente, obra de algum diabólico gerente de venda de espólio. Mesmo assim, saio de lá com um saleiro e uma pimenteira em forma de pino e bola de boliche dourada, mais uma colher Old Faithful para a minha coleção (já calculei o valor da minha vida com base nas colheres de suvenir, e não é muito alto) e uma única cadeira de cozinha estofada de vinil com um desenho incrível tipo era espacial, cor-de-rosa, amarelo e turquesa. É só limpar um pouco, quem sabe colocar um friso de guizos em volta do assento e fica perfeita para alguém que tenha cadeiras de cozinha cada uma de um jeito.

Tem outra venda na qual eu poderia dar uma passadinha, mas decido chegar cedo à loja de novo, achando que Theresa talvez passe por lá, como fez na véspera, mas não há sinal dela. Vou até o Delia's, para tomar uma xícara de chá, e, como quem não quer nada, passo pelo Reva's Salon de Beauté, mas ela não está lá. Isso quer dizer que vou ter que ligar pra ela. Não sou muito bom ao telefone. Na verdade, conforme fui ficando mais velho, passei a odiar o telefone e todos os seus incômodos concomitantes: o *pager*, a chamada em espera, o celular e, especialmente, a secretária eletrônica (a minha incluída). Por isso, é claro, quando volto para a loja e ligo pra ela, cai na secretária. Eu devia ter imaginado: em vez de uma mensagem convencional, há algo muito *interessante*. A mensagem é um trecho de uma velha música da Laurie Anderson que eu reconheço, chamada "O Superman". Na música, a voz da Laurie sampleada fica repetindo "ah ah ah ah ah ah ah ah" e, quando você já está quase gritando, a Laurie Anderson diz, numa voz eletrônica meio cantarolada: "Oi, não estou em casa no momento, mas, se você quiser deixar uma mensagem, comece a falar após o sinal...". Essa seria a hora certa de encerrar a mensagem, mas ela continua, com a Laurie Anderson dizendo com uma voz diferente: "Alô? Aqui é a sua mãe. Você está aí? Você vai passar aqui em casa? Alô...". Então soa o bipe. E essa parte sobre a mãe me tira do eixo, de modo que, quando soa o bipe, eu me vejo totalmente mudo. Só consigo dizer: "Eu... Eu.... Eu....". Não consigo dizer mais nada, então simplesmente desligo. Talvez seja suficiente para ela ouvir a minha voz e me identificar como o gênio que criou essa mensagem minimalista.

Depois disso, eu me sinto muito estúpido. Não sei se devia ligar de novo e deixar outra mensagem para me explicar ou simplesmente esquecer essa coisa toda e esperar que ela volte à loja.

Mas ela não aparece hoje. O dia inteiro, toda vez que a campainha da porta soa, eu olho, na esperança de que seja ela. Vejo-me então pensando: *Ah, é só um cliente. Droga*! O lado bom é que até apareceram muitos clientes. O negócio tem andado bem nos últimos tempos, têm aparecido mais alguns hipsters, comprado coisas, só essas coisas mais bestas e inúteis, como livros para colorir ou esses pratos grandes de metal que você vê em qualquer brechó do país. Andei juntando esses pratos regularmente no ano passado. A cinquenta centavos cada um, realmente não há como errar. Quando juntei muitos deles, cobri uma parede inteira da minha loja com eles e ficou maravilhoso, pode acreditar. Se eu tivesse colocado apenas um ou dois, seria sem sentido, mas uma parede inteira... Portanto, agora esses pratos estão vendendo bem, aqueles que sobraram, e saem dois ou três de cada vez. Você simplesmente nunca sabe o que as pessoas irão comprar.

Lá pelas quatro e meia, decido que vou tentar ligar pra Theresa de novo. Cai na secretária outra vez, e eu digo: "Theresa, aqui é o Brechó, fiquei pensando de a gente se ver mais tarde. Vou ficar na loja até umas seis". Então digo meu número pra ela. Estou quase desligando, mas quero dizer algo mais, tipo "eu gostaria que a gente se visse de novo". Mas não consigo arrancar isso de mim, e então soa mais como se eu estivesse limpando a garganta, acho.

Tento de novo pouco antes das seis, só para checar se ela já está lá, mesmo sabendo que estou sendo insistente demais, mas parece que não estou conseguindo me controlar. E, quando ela atende, eu me odeio por ter feito isso, porque dá para ver que eu liguei numa péssima hora. Estou com a impressão de que Theresa, a minha Theresa de rostinho redondo, cabelo liso, deusa vestida de roupinha de poliéster de brechó, que eu não tenho o direito de chamar de minha Theresa, andou chorando. Agora realmente não sei o que fazer.

— Theresa?

Ela não tenta esconder que andou chorando. Acho que isso é saudável.

— Oi.

— E aí, você está bem? Quer que eu ligue mais tarde?

Fungada, depois uma grasnada alta.

— Desculpe. Não. Na verdade, eu gostaria que você desse um pulo aqui e jantasse comigo e me desse um beijo e quem sabe rolasse algo mais, eu não sei. Mas você precisa trazer alguma coisa pra comer, porque eu tô sem um puto. Tudo bem? — Outra fungada.

— Combinado — digo. — Estou chegando. — A essa altura, eu me sinto, e não conheço outra palavra melhor, exultante. Se bem que estou um pouco preocupado com o choro dela. Mas quem sou eu pra julgar? Eu sou o pateta que fica sentado na própria loja e chora, o empresário chorão. Ela me dá o endereço e me explica como chegar lá. Desligo e, então, fecho rapidinho a loja e, ao sair, viro a placa para o lado que diz "Fechado" .

O prédio dela é bem caído, de longe o mais pobre de uma cidade que, nos últimos anos, simplesmente se tornou um bairro muito *trendy*, uma versão Midwest em escala 1/25 da

Melrose Avenue. O edifício dela é bem afastado das avenidas principais, e habitado por pessoas que parecem estar a um passo da rua — mães sustentadas pela assistência social, ex--residentes de casas de reabilitação e senhores aposentados que começam seu dia às nove da manhã com uma cerveja acompanhada por uma dose de whisky naqueles poucos bares que ainda não foram convertidos em casas de vinho ou bistrozinhos elegantes. É estranho que nenhum magnata imobiliário tenha comprado o prédio para recuperá-lo e posto pra fora todos os "indesejáveis".

Espero no corredor de Theresa, que tem cheiro de comida indiana, com uma pizza numa mão e, na outra, um monte de sacos de papel que contêm: um falafel, uma salada grega enorme, dois cachorros-quentes gigantes e vários biscoitos. Eu não sei bem o que ela gosta de comer, não falamos sobre isso na única vez que comemos juntos, então tentei cobrir todos os estilos da culinária.

Espero ali, paralisado, por ter medo de mulher e também pelo fato de não ter como bater à porta. Chego mais perto da porta e ainda ouço soluços lá dentro. Finalmente, bato com a cabeça na porta e, por alguma razão, isso me faz sentir melhor. Digo:

— É o Richard.

A voz lá dentro, que eu sei que é da Theresa, diz: "Quem?"

— Brechó.

— Ah, entra — diz ela. Outro longo assoar de nariz buzinado, agudo. — Não posso levantar agora.

Eu equilibro a pizza contra a porta e giro a maçaneta lentamente, então me vejo inundado, na mesma hora, por objetos de brechó, pelo menos tantos quanto os que eu tenho em casa, e por luzinhas de Natal, e pelo cheiro forte de xixi de gato. Na minha frente, sentada numa velha poltrona reclinável de veludo cotelê azul-elétrico, vejo Theresa, menos pálida, com os olhos vermelhos, numa velha camisa verde masculina de

Ban-Lon e com uma calça preta boca de sino, rodeada por, ou melhor, coberta por oito ou dez gatos de vários tamanhos, formatos, cores e raças. Ela me lembra São Francisco de Assis, só que com gatos. Antes de eu abrir a porta, estavam todos quietos; agora, todos falam comigo, berram, guincham, resmungam, uns poucos até sibilam. Um gato grande cor de mel salta da cadeira e se estatela no chão, me rodeia, cheira a perna da minha calça e, então, enfia os dentes no meu tornozelo. Eu berro, quase derrubo a pizza, e o gato sai correndo para o outro quarto. Esfrego meu tornozelo machucado contra a panturrilha, enquanto examino uma parede decorada por uma fileira de calotas de carro.

— Bom, você passou no teste — diz Theresa.

— Nossa, estou muito orgulhoso — digo. — Ele faz isso com todo mundo?

— Ela. É tudo fêmea. E, sim, faz isso com todo mundo.

— E isso quer dizer que ela gostou de mim? É esse o teste dela?

— Não. Esse é o meu teste. Se você tivesse tentado dar um pontapé nela ou coisa do tipo, teria que ir embora.

— Ah, tá. Bem, de qualquer jeito, não adianta nada bater em gato. Eles sempre saem ganhando. O melhor que você pode fazer é simplesmente atazanar o bicho. — Dou uma olhada na Theresa. Tem um gatinho preto, magrinho, montado no ombro dela, miando pra mim. — Alguém está com ciúmes — digo.

Theresa sorri pra mim.

— São todas ciumentas. Mas elas superam isso. O que você trouxe pra comer, Brechó?

— Um monte de coisas. Pizza, falafel, fritas, salada.

— Um bufê. Bacana. Ponha tudo em cima daquela mesa ali.

— Às suas ordens.

Ela aponta para uma velha mesa de cozinha de fórmica

vermelha com pernas de tubo cromado. Theresa é uma daquelas pessoas que eu falei que não precisam que todas as cadeiras combinem. A mesa é rodeada por quatro cadeiras de cozinha diferentes, cromadas, cada qual com estofamento de uma cor — turquesa, amarelo, verde e vermelho —, todas as cores misturadas. Vou até a mesa e dou uma olhada em volta, no apartamento. Ali no canto da sala de jantar, ela pôs um manequim (eu falei que brechozeiro adora esse tipo de coisa). O dela é de mulher, nu, mas coberto com bilhetinhos de Post-it amarelos. Só consigo ler dois deles: "Lembre de pegar o cachorro" e "Leve comida para o abrigo". Então ouço Theresa dizer atrás de mim: "Muito bem, pessoal. Hora de me deixar levantar. Obrigada".

Ouve-se o som de trinta e duas patas batendo no chão. Eu ponho a comida na mesa, que ela arrumou com uma variedade de pratos como eu nunca vi (ela deve ter dado uma paradinha no choro pra arrumar a mesa. Fiquei tocado com isso). Tem tudo que é marca, Starburst, Poppy-cock, Color-Flyte, Jadite, American Modern, Western Tepco e um monte de outras marcas ótimas, que eu não consigo nem identificar. Não tem um prato que combine com outro. Estou sorrindo quando Theresa chega, seguida por um grande gato tigrado.

— Bela arrumação de mesa — digo, virando-me.

— Pois é, eu sou mesmo a rainha dos pratinhos.

— Por que você estava chorando quando liguei?

Ela se inclina um pouco pra frente, e seu cabelo cortado *à la* joãozinho cai, cobrindo o rosto. Ela passa a mão no cabelo, ajeita atrás da orelha.

— Às vezes fico deprimida depois do trabalho. A maioria das vezes, eu simplesmente volto pra casa, sento naquela cadeira e passo um tempo com alguns bichos.

Eu olho pra ela.

— Bom, parece que você conseguiu salvar muitos.

— Nada perto da quantidade que eu já tive que matar.

Longa pausa embaraçosa.

— Posso imaginar como isso deve te afetar depois de um tempo.

Theresa concorda com a cabeça.

— Hoje duas pessoas diferentes trouxeram caixas cheias de filhotes. Elas deixam na minha mão como se fosse uma espécie de presente. *Você vai conseguir achar um dono pra todos eles, não é?* Elas querem que eu minta. Eu digo: "A gente vai achar dono pro maior número possível, mas a maioria a gente vai ter que pôr pra dormir". Então elas olham para mim como se eu fosse o diabo encarnado. São elas que dispensam os bichos, e *eu* é que sou a vilã. O pessoal é foda, eles adoram me entregar a culpa deles junto com os bichinhos. — Theresa dá um longo suspiro e olha pra mim. — Desculpe, eu não queria ficar desabafando. É esse período do ano. Nos últimos tempos, virou uma loucura de gente trazendo gatinho. A gente está com bichinhos demais no abrigo. Ela sorri pra mim, então pega meu lóbulo da orelha e dá um puxãozinho. — Mas você, Senhor Brechó, você tem o melhor trampo do mundo. Fica só indo a vendas de espólio e de garagem e lojinhas de quinquilharias. Cara sortudo.

O gato cor de mel grandão, voltando do outro quarto, mia.

— Fica quieto, Sedgwick — diz ela.

Eu faço uma careta. Realmente não gosto de conversa que termina comigo sendo o cara sortudo.

— É, fuçar o refugo das pessoas o dia inteiro realmente pode ser muito gratificante — digo, sentando à mesa.

— Eu nunca pensei nisso desse jeito, sério — diz ela. — Eu acho que nós dois lidamos com o que as outras pessoas jogam fora.

— É, acho que é isso. — Eu preciso desesperadamente ter o que fazer. — Você se incomoda se a gente comesse alguma coisa já? Tô com fome.

— Ótima ideia — diz Theresa. Ela abre a caixa de pizza,

meio rasgando a tampa, sem se dar ao trabalho de soltá-la com cuidado por onde foi grampeada. Pega uma fatia e morde. — Hummmmm. Bom. Experimenta.

— Ela segura a fatia na minha frente, e eu dou uma mordida bem no lugar onde ficou a marca dos dentes dela. Será que sou eu? Ou nunca provei uma pizza tão gostosa?

— Obrigado — digo.

— Você é muito educado, sabia?

— É, eu sei. É meio um problema que eu tenho. Nunca consigo nada que eu quero, sou educado demais pra pedir.

— Isso não é bom, menino.

— A essa altura, Theresa já deu umas duas mordidas no falafel, e agora eu fico olhando para ela enquanto se estica toda em cima da mesa para pegar a salada grega. Ela tem um belo apetite. Conforme ela se estica, a blusinha de Ban-Lon dela sobe um pouco e mostra uma barriga branquinha, mas fofa, debruçada um pouco por cima do cinto. Atrás da minha orelha direita, sinto uma gotinha de suor pingar da haste dos meus óculos e cair na da nuca.

— Me diga alguma coisa que você quer — desafia ela.

Deve ser apenas o rumo dessa conversa que me dá coragem, ou simplesmente o fato de que começo a sentir que nada do que eu, Richard "Brechó" Stalling, homenzinho triste que fuça as coisas dos outros, pudesse dizer chocaria essa mulher que está perto de mim. Mesmo assim, não consigo olhar para ela quando gaguejo:

— Você.

THERESA ZOMBA DE MIM

Quando, finalmente, ergo os olhos, Theresa está me olhando, sobrancelha levantada, com ar surpreso e casual de quem não acredita.

— Muito bem, muito bem. São sempre os quietinhos, minha mãe dizia. É com eles que você precisa tomar mais cuidado.
Eu, é claro, tomo isso como insulto. Não sei bem por quê. Quer dizer, eu sei. Odeio ser um dos quietinhos. A vida inteira tenho sido um cara quietinho, e isso não me ajudou em bosta nenhuma. Eu nem percebo, mas sempre pareço rabugento. Herdei isso do meu pai.
— Calma, calma, não fique magoado com isso, Brechó. Por que você acha que *eu* fiquei indo lá na sua loja? Por causa da sua fabulosa mercadoria?
Agora estou a ponto de falar grosso. Você não pode fazer pouco-caso da mercadoria de um cara.
Theresa sorri para mim, e todos os pensamentos de revide vão embora pela janela.
Ela me dá um tapa brincalhão na mão esquerda, dá um apertinho nela.
— Não que você não tenha coisa interessante ali, Brechó. É que, com três idas, a gente já vê tudo o que tem na loja. Eu fui lá pra ver você.
A mim? Não pode ser. A essa altura, eu estou quase dizendo alguma coisa, porque percebo que não estou tendo papel nenhum nessa conversa. Mais ainda, fico imaginando se Theresa percebeu isso. Dá a impressão de que ela nem precisa de mim para continuar falando, porque já sabe tudo o que eu vou dizer. O estranho é que, na maioria das vezes, ela acerta. Eu tento falar.
— Sabe... é que..
Mas é tarde demais. Theresa se levanta da cadeira dela, dá a volta na mesa, arrasta minha cadeira comigo sentado nela e pula no meu colo como se fosse um dos gatos dela. Ela não é leve. Eu gosto disso. Gosto da sensação do corpo dela no meu. Gosto disso tudo, embora não me faça sentir menos aterrorizado pela assertividade dela. Eu não tive nem mesmo a chance de limpar a boca. Mais uma vez, ela

dá aquele sorriso pra mim, e então tira os óculos armação tartaruga do meu rosto.

— Nunca ninguém tirou meus óculos do rosto antes — balbucio, conseguindo finalmente balbuciar uma frase. Theresa não diz nada e põe uma mão dentro da minha camisa de boliche e me dá um beijo em cheio na boca.

Assim que se solta de mim, Theresa diz:

— Hummmm. — Eu me sinto como se estivesse num daqueles filmes em que o chefe tira os óculos da secretária e descobre que ela é bonita.

A essa altura, penso seriamente que posso estar perdendo os sentidos, e por nenhuma outra razão a não ser que todo o meu sangue escorreu do cérebro para as minhas partes baixas. Meu coração bate forte, eu suo muito, penso num monte de coisas ao mesmo tempo (assuntos como: medo, óculos, seios contra o meu peito, minha respiração (como será que está meu bafo, será que vou perder o fôlego), o calor do corpo dela, camisinha, gatos, falta de experiência sexual, insensatez, medo). No entanto, no meio disso tudo, está essa mulher, essa deusa do brechó, no meu colo, deslizando sua língua doce, sedosa, com gosto de queijo grego, na minha boca.

Theresa se afasta de mim de novo.

— Isso ia ficar muito melhor se você participasse, Brechó.

Eu tento falar, mas não sou bem-sucedido nessa tentativa.

— Eu, eu, faz tempo... não tenho ninguém na minha vida, eu na verdade não sou muito... talvez eu devesse...

Nessa hora, Theresa afunda os dentes dela no meu pescoço, e eu sinto que minha consciência vai embora. Eu esqueço do fato de que sou eu, o que não é fácil, porque tenho me resignado a isso há muito tempo.

Fico um pouco envergonhado em contar o que aconteceu em seguida. Na realidade, eu me sinto completamente mortificado em contar o que aconteceu em seguida. A essa altura, Theresa e eu estamos nos beijando furiosamente, e isso é muito maravilhoso. Depois que ela abre mais alguns botões da minha blusa de boliche, fica de pé, sem se soltar dos meus lábios, senta de pernas abertas no meu colo na sua cadeira de cozinha e começa a se esfregar em cima de mim.

— Essas cadeiras antigas têm isso de bom — diz ela. — São muito resistentes.

Não acho que ela poderia ter me dito algo mais excitante. Ela tira a blusinha de Ban-Lon. Eu talvez esperasse alguma coisa mais incrível em termos de lingerie (ou a ausência total dela), mas ela está usando um sutiãzinho pequeno cor-de-rosa com uma franjinha de renda em volta dos bojos. Isso me faz pensar que essa estranha criatura, misteriosa, pálida, é filha de alguém. Percebo que a cor rosa parece escura em comparação à carne dela, aos seios dela (que são lindos e cheios, e isso é tudo que eu vou dizer sobre eles, porque você sabe como os homens são capazes de ficar falando e falando sobre seios), e posso ver veias sob a sua pele clara, de um azul cintilante. A visão disso me dá vontade de gritar, por ela, por mim, por toda a humanidade mortal, mas decido que quero muito colocar meu pênis dentro dela pra ficar pensando nisso.

Na verdade, o problema é justamente esse. Eu querer isso demais. E, quando Theresa encosta a parte de baixo dela na minha parte de baixo, acontece uma coisa cujo nome fica melhor quando dito em latim. É uma disfunção que nunca aconteceu comigo antes e, francamente, não poderia ter me deixado mais infeliz com a coisa toda. Mas fazer o quê? Eu não sabia o que era sexo havia quatro anos. Fiquei excitado demais.

— Hummm — digo.

— Chiiii — diz Theresa, percebendo a mancha aumentando rápido na minha calça de gabardine (oficialmente, eu culpo essas calças vintage por isso; diferentemente dos tecidos sintéticos de hoje, que matam o sensorial, essas calças

velhas, confortáveis, de tecido maleável e arejado, que deslizam suavemente contra a pele, podem criar uma quantidade de fricção perigosa).
— Ai, que merda — digo. — Desculpe.
— Tudo bem — diz Theresa.
Eu também preciso declarar, neste exato instante, que não há duas palavras que uma mulher possa pronunciar para um homem em uma situação sexual como essa que sejam mais devastadoras do que "Tudo bem". Realmente, elas são piores do que qualquer coisa, exceto talvez "É parecido com um pau, só que menor".
— Ah, merda. Merda, merda, merda...
— Brechó, tudo bem.
— Por favor, pare de dizer "tudo bem". O mais provável é que não esteja *nada* bem. Bem é a última coisa que poderia estar.
Tudo o que eu quero é cair fora dali, pra sempre e sempre. Eu tento levantar, mas Theresa prende as pernas dela em volta da cadeira e me segura. Eu poderia fazer alguma comparação com aquela aranha, a viúva-negra, mas eu não acho que ela mate sua vítima antes de ser bem-sucedida em seu processo de acasalamento, coisa que eu definitivamente não permiti.
— Por favor — digo. — Deixa eu ir embora....
Theresa não diz nada. Ela simplesmente me beija de novo. Eu resisto um pouco mais, e então paro. Isso se revela uma boa ideia. Ela me beija como se tudo *estivesse* bem. Começo a gostar da coisa e, de repente, não me sinto mais tão horrível com tudo aquilo. Finalmente, depois de uns minutos nisso, sinto-me menos péssimo. Ainda estou molhado e grudento, porém menos péssimo.
— A gente tá indo rápido demais — diz ela. — É culpa minha.
— Obrigado por essa mentira. Agradeço de verdade.

— Não é mentira.
— Acho que eu devia ir embora — digo baixinho.
As pernas dela me apertam de novo.
— Não, por favor. Tenho medo de que você não volte mais. Isso não quer dizer nada pra mim, Brechó. Não vou mais falar nisso, porque eu sei que você não quer que eu fale mais. Então, agora chega, a gente não fala mais disso, e eu vou arrumar outra calça jeans para você vestir, e a gente vai terminar de jantar e, de repente, a gente assiste a um filme, o que você acha? Na verdade, não precisa responder, porque é isso mesmo que a gente vai fazer e pronto. Esse outro assunto a gente termina quando pintar o clima certo.

Ela sorri pra mim, aquele maldito sorriso maravilhoso dela, de boquinha fechada, lábio apertadinho.

O que é que eu posso fazer? Fico quieto, dou um beijo nela e tento não pensar no fato de que ela tem um par de jeans de homem na casa dela que vai me servir.

SUPERANDO A INFELIZ OCORRÊNCIA

Fico impressionado ao ver que Theresa tem uma grande coleção de filmes do gênero *blaxploitation* dos anos setenta (um ex-namorado tinha videolocadora, ela conta), incluindo a cópia de um dos meus favoritos, *Coffy*, com a Pam Grier. Um baita filme, com a Coffy vingando a morte da irmãzinha dela, usando sua incrível manha de sedução para pegar os traficantes de drogas, e depois dando cabo neles. Theresa fica feliz por eu gostar desse tipo de filme (e seria de estranhar, considerando o tanto de tempo que a Pam Grier passa de topless?), e eu penso em quanto esse tipo de coisa é importante para certas pessoas, como nós. É assim que pessoas como nós encontram umas às outras. "Você já viu esse filme estranho?" "Você tem algum desses objetos bizarros?" "Você já ouviu essa música esquisita?" Na verdade, é muito foda, é um pouco triste a gente precisar comunicar a nossa pequena política do que é legal por meio de coisas esotéricas, efêmeras e marginais. Geralmente pensar nisso me deprime pra caramba, me faz sentir um membro inútil de uma geração inútil, talvez porque eu, basicamente, tenha dedicado a vida à perpetuação de tudo isso, mas, com Theresa, eu não ligo. É tudo simplesmente divertido. E não ligo para o que nada disso possa significar.

Mesmo depois que a coisa terrível aconteceu, eu ainda me divirto bastante. Ficamos assistindo a Coffy quebrando tudo, eu e Theresa, sentados no seu sofá listrado anos setenta, com cinco ou seis gatos em volta. Então, de repente, Theresa desliza e se apoia de costas contra mim, a cabeça dela encostada na minha clavícula. Imagino que não deve ser muito confortável, porque eu sou, sei lá, um cara meio ossudo, mas ela fica ali. É tudo que ela faz, mais nada. Depois de um tempo, simplesmente começo a sentir a satisfação brotando dos meus poros.

São quase dez horas quando o filme termina. Theresa rebobina a fita e se vira para mim.

— Eu também tenho o *Black Cesar*, Brechó. Tá a fim de ver ou precisa voltar pra casa?

— Talvez a gente possa assistir numa outra hora? — digo isso, e aí faço uma careta por causa da ironia, pensando *E se não tiver outra hora? E se ela simplesmente estiver sendo incrivelmente gentil com o pequeno e triste ejaculador precoce? E se essa for a única noite em que a gente vai estar junto e depois eu nunca mais for vê-la de novo?* Eu realmente não sei o que fazer caso tudo isso seja verdade, mas tento empurrar para o fundo da minha mente.

— Sabe o que eu gostaria mesmo de fazer?

Theresa me olha apertando os olhos, tentando descobrir minhas intenções.

— O quê?

— Eu gostaria de dar uma boa olhada aí nas suas coisas. Você se incomoda?
Ela desata a rir e põe a mão no meu joelho.
— Brechó, você é um cara tão, tão...
— É, eu sei. É um problema.
— Nossa, acho que eu devia ter feito um pequeno tour mostrando a casa quando você chegou.
— Pois é, que coisa feia — digo, mexendo meu indicador pra ela. — Afinal, a gente é do Midwest, não é?
Theresa abaixa a cabeça, fingindo-se envergonhada.
— Desculpe, não vai acontecer de novo.
— Então, você não se incomoda?
— À vontade. Eu vou ficar aqui sentada. Já vi tudo isso.

Levanto do sofá e dou uma volta. Theresa continua sentada. Pelo canto do olho, percebo que disfarçadamente ela pega um livrinho que estava no chão, do lado do sofá. Antes de ela dobrar a capa ao contrário, como eu faço, porque não gosto que ninguém veja o que estou lendo (eu julgo as pessoas pelo que elas leem e suponho que elas fazem o mesmo comigo), consigo ver o título: *À sombra do vulcão*, um livro que eu sempre quis ler, mas que nunca li por falta de tempo.

Dou uma volta e fico surpreso ao ver como prestei pouca atenção às coisas do apartamento até agora. Isso provavelmente quer dizer alguma coisa. Tem todo tipo de coisa legal. A sala é uma barafunda total de estilos, do jeito que eu gosto. Realmente, quase tem coisa demais para mergulhar dentro: uma cadeira de escritório anos quarenta aqui; um suporte de plantas de macramê (e também balanço de gato); uma prateleira cheia de canecas Tiki; a tal fileira de calotas de carro; um lindo suporte de LPs de ferro trabalhado, cheio de discos antigos bizarros de mambo, e ao lado um velho console de estéreo, completo, com uma pilha de fitas de oito pistas e tudo; um globo de espelhos de discoteca pendendo do meio do teto. E mais, arte do centro, do Cass Corridor — um quadro sombrio, meio borrado, com desespero riscado na superfície (não estou querendo ser poético ao dizer isso; é que a palavra "desespero" está de fato riscada na superfície da pintura); uma mesa de metal feita com peças de carro soldadas; objetos encontrados aqui e ali, pregados num mural caiado. A cozinha impressiona menos, talvez porque é onde ficam as caixas de areia dos gatos, e eu decido sair de lá rapidinho. Mesmo assim, tem uma linda coleção de relógios antigos de cozinha, uns nove, de todo tipo, desde o clássico relógio do mestre-cuca gordo, o relógio Kit-cat, em formato de gato de pescoço comprido dos anos sessenta, até o Telechron padrão. Também localizo uma torradeira Toastmaster dos anos cinquenta, bem parecida com a que meus pais tinham, e que hoje está numa caixa no porão da minha casa.

— Uau — foi tudo que consegui pronunciar ao sair da cozinha. — Coisas muito boas.

— Vou encarar isso como um elogio do mestre — diz Theresa atrás do seu livro.

— Estou falando sério. Você tem coisas muito boas aqui.

— Obrigada.

Ainda estou olhando as coisas da sala quando vejo a porta do quarto dela.

— Posso?

— Espero que sim — diz Theresa.

Viro-me, para que ela não me veja corar. Entro, deixo a luz apagada por um instante. Claro, minha atenção é atraída imediatamente para a cama. Está desarrumada, o que normalmente me incomodaria, por causa desse meu lado convencional, burguês, mas neste exato instante o que eu quero é apenas pular nessa cama e sentir o cheiro dela, cheirar o seu travesseiro, pôr meus pés onde ela põe os pés dela quando dorme. Mas esses pensamentos cessam quando encontro o interruptor do lustre do teto. Acendo a luz, que brilha não tanto para iluminar o lugar, mas para animá-lo. O quarto está pintado de azul-escuro com o teto preto — tipo caverna à meia-noite. Meus olhos são levados a uma das paredes, o mural de um cemitério pintado com tinta fosforescente, com velas douradas, misteriosas flores vermelhas e alaranjadas, esqueletos de chapéu e xale, comendo e bebendo entre os túmulos. Na parte de baixo, algo escrito em espanhol:

Venimos solo a dormir, solo a soñar
No es cierto, no es cierto que venimos a vivir en esta tierra
— *Netzahualcoyotl*

Theresa entra no quarto, planta-se atrás de mim, enquanto eu tento em vão traduzir.

— Viemos apenas para dormir, apenas para sonhar — diz ela. — Não é verdade, não é verdade que viemos viver nesta terra. Ela cruza os braços. — É o trecho de um poema asteca. Nem me pergunte como é que se pronuncia o nome do cara.

— Ah, certo.

— Quem fez o mural foi um velho pintor que eu namorei. É no estilo do Posada — diz ela. — Conhece?

Nego com a cabeça.

— O Posada fez todas aquelas gravuras para tabloides no México, no século XIX. Mas ele é mais conhecido pelos desenhos de esqueletos, as *calaveras*.

Continuo olhando. Por todos os cantos do quarto, há esqueletos — pinturas, desenhos, estatuetas. Num dos cantos, tem uma mesa cheia de velas — curtas e grossas, outras dentro de cilindros de vidro altos decorados com palavras em espanhol e imagens de santos. Tem ainda fotos escuras espalhadas pela mesa — de pessoas, cachorros e gatos, e até uma ou duas de pássaros. E depois mais caveiras: umas de papel-machê em cores vivas, outras brancas, translúcidas, com decorações divertidas, como bolos de aniversário.

Certo, preciso confessar que nessa hora eu vacilo um pouco.

Não sei se é por causa de toda essa história de morte e da minha mãe ou porque estou vendo alguma coisa pessoal demais da Theresa ou simplesmente porque isso tudo é muito sinistro (ou então por causa do "velho pintor que eu namorei").

— Um monte de esqueletos — consigo pôr pra fora.

— Pois é, um probleminha que eu tenho — diz ela, com uma risadinha.

— Você e o Jeffrey Dahmer — digo, sem ter muita certeza se estou sendo engraçadinho ou cruel.

Ela para de sorrir.

— Foi meio perverso você dizer isso.

— Foi só uma piada — digo, com o pânico brotando dentro de mim. — Desculpe.

— Você quis dizer que eu sou, tipo assim, uma porra de uma assassina? — vejo a energia drenar dela de novo, como no restaurante.

— Não foi com esse sentido, juro.

Ela vira as costas e caminha até a sala. Eu vou atrás — bem colado. Encaro de modo frenético a parte de trás da cabeça dela.

— Realmente sinto muito, Theresa.

— Acho melhor você ir, Brechó.

Pânico.

— Ah, droga! Por favor, não faça assim, Theresa. Não tive a intenção. Nem sei por que fui dizer isso. — Consigo perceber que ela está ficando fria comigo.

— Posso ligar pra você? — peço, perdendo toda a aparência de calma, que na verdade nunca tive.

— Vá embora — diz ela. Então ela se lembra da pergunta. — Sim, ligue pra mim daqui a um ou dois dias.

— Theresa senta na cadeira em que estava no início da noite. Cutuca com os dentes a cutícula do dedo médio. Um gato pula no colo dela.

Vou embora, e ela não me acompanha até a porta.

A MANHÃ SEGUINTE

De manhã, estou com a maior ressaca. Não é ressaca de beber, porque não bebi nada na noite anterior. Eu costumo ter essas ressacas emocionais. Toda vez que me exponho de algum modo ou faço alguma coisa vergonhosa ou digo algo estúpido — tudo o que eu fiz aos montes na noite passada —, acordo com a cabeça desse tamanho, paralisado, com tanta vergonha que não quero nem pensar nisso, mas não consigo parar de pensar, na maior ressaca emocional.

Quando isso acontece, sei que vou passar o dia inteiro pensando nas besteiras que fiz na noite anterior. Vou repassar mil vezes (reprises contínuas, a cada quinze minutos). Vou ficar num estado de vergonha permanente. O medo vai me dar azia, travar minha garganta, estremecer minhas pálpebras. Vou pensar nas coisas que eu disse, nas coisas que fiz (uma delas em especial), e de repente vou ficar vermelho (ninguém que cruzar comigo nessas horas vai entender por quê. Vão pensar que estou sentindo muito calor). Vou estar fodido o dia todo.

Antes, quando algo assim acontecia, eu simplesmente ficava na cama. Um bom indicador do meu estado era quanto minha cabeça ficava enfiada debaixo das cobertas. A cabeça totalmente exposta significava uma paralisia leve, e eu saía da cama lá pelas duas. Cabeça meio coberta: sair da cama às quatro. Cabeça totalmente coberta: vejo você amanhã. Mas essa é a vantagem de ter seu próprio negócio. Faz você sair da cama toda manhã, não importa quanto esteja mal. Porque não importa quanto você se sinta horrível, nunca vai ser pior do que um sem-teto vivendo dentro de uma caixa de geladeira debaixo de um viaduto.

Como é sexta-feira, tem um monte de vendas de espólio acontecendo esta manhã, mas eu simplesmente não consigo me obrigar a sair da cama às seis horas. Ou às sete. Ou às oito. Ou às nove. Às nove e quinze, levanto minha desconsolada bunda da cama, a cabeça latejando, o rosto em brasa. Digo a mim mesmo que vai dar tudo certo, mas não acredito em mim. Sei que me manter ocupado é a única coisa que pode ajudar. Passo pelo Tom, o manequim, no meu trajeto para o chuveiro. Levantei a mão dele há alguns dias enquanto trocava sua roupa (chapéu de palha, um vistoso terno com estampa tropical). Agora parece que está apontando para mim.

Atrasado ou não, encaminho-me para uma venda na zona leste da cidade. Fica numa casa velha. Obviamente, o casal que era proprietário morreu. Tudo já foi escolhido pelas pessoas que chegaram mais cedo. Ainda tem um monte de coisas à venda, como inaladores, assento sanitário elevado, andadores — não é o que eu precisaria ver esta manhã. Estou quase indo embora quando descubro uma caixa cheia de suvenires — uma velha fronha de Atlantic City, um prato de Las Vegas (mostrando a represa Hoover, os cassinos Sahara, Caesars, Dunes, Stardust) e um pratinho de gorjeta Moshe Dayan (não faço ideia de por que uma coisa dessas existe). Há ainda alguns estranhos vasos dos anos cinquenta que certamente serão vendidos e mais um antigo copo de bar da boate Frank Gagen's. Enquanto pego o copo e coloco na minha sacola, lembro que uma das fotos do meu pai foi tirada na frente do Gagen. Esta é a parte do encanto dos usados, essas colisões no tempo, momentos em que o presente acerta o passo com o passado. Isso fez meu humor melhorar um pouquinho.

Quando chego à loja, minha ressaca já diminuiu um pouco. Infelizmente, o dia hoje é meio parado, portanto tenho tempo de sobra pra gastar. Tento pensar em outras coisas, negócios, mercadorias, coisas que eu tenho que fazer na loja, de que jeito eu deveria terminar de ajeitar as coisas da casa dos meus pais. Hoje, porém, tudo isso me deixa pra baixo. A maior parte do tempo, fico pensando em Theresa.

Às cinco e quinze, um cara tenta me fazer baixar o preço de uma travessa Stork Club que eu tenho na vitrine. Custa vinte mangos, é um dos itens mais caros da loja.
— Essa travessa vale uns cinco mangos — diz ele.
— Não acho — retruco.
— Você deve estar louco de pedir tudo isso.
Tenho vontade de dizer que, se ele não acha bom, pode cair fora da minha loja. Mas não faço isso.
— O preço é esse, senhor — digo. Então, o cara me olha como se fosse me bater.
— Você tá louco, cara.
Experimento encará-lo, mas não funciona. Ele simplesmente fica lá de pé por uns três ou quatro minutos, e aí sai, puto. Depois de cinco minutos, eu ainda estou tremendo. Depois de dez minutos, solto a mão, que aperta mortalmente um taco de beisebol oficial Mickey Mantle Louisville Slugger, que eu sempre deixo atrás do balcão.

SUMIDOS PARA SEMPRE

Decido que vai ser um dia perfeito. Quando entro na casa dos meus pais naquela noite, Linda e Stu estão lá com uma van Ryder. A porta da frente está aberta, escorada. Quando entro, noto que tem muito mais coisa faltando, coisinhas como o estéreo, a televisão da sala, a mesa da cozinha e as cadeiras, e a maior parte da mobília Early American da sala de estar.
— Bem, isso é muito interessante — digo, chegando perto de Linda. — E o nosso acordo?
— Richard, já faz quase uma semana. Você tomou alguma providência? Vendeu alguma coisa? Cumpriu alguma das suas tarefas?
— Com certeza, muita coisa.

— O quê? Nada, além de esvaziar o porão, o que, aliás, invalidou nosso acordo.

Stu chega, carregando um rádio portátil e uma estante vazia de *home theatre*.

— E aí, Rich — diz ele.

Não digo nada. Fico de cara feia.

— Richard, não se preocupe. Não estou levando embora nada do que você gostaria.

— Eu sei. Mas será que a gente não podia sentar e conversar a respeito?

Linda revira os olhos para mim.

— Muito bem, vamos conversar.

Eu procuro freneticamente em volta algum lugar para sentar.

— Você levou embora a porra da mesa da cozinha com as cadeiras, Linda. A gente não tem nem onde sentar agora! O que você vai fazer com essa coisarada toda? Você não precisa de nada disso.

Linda suspira, para acompanhar a expressão dela de "Estou lidando aqui com uma criança".

— Calma, Richard. A gente está dando algumas dessas coisas para o irmão do Stu e a mulher dele. Eles acabaram de se casar.

— Ah, tá, tudo bem então. Por que vocês não me disseram antes? A única coisa que eu quero é que as coisas sejam usadas. E quanto ao resto?

Agora Linda sorri pra mim de um modo indulgente.

— Richard — diz ela, meio rindo. — Por que você está tão preocupado? O porão é seu. E não ache que eu não sabia o que estava guardado no depósito. Não quero nada daquilo. Já tinha conversado sobre isso com nossa mãe há muito tempo.

Linda junta as palmas das mãos como se estivesse rezando, só que com todos os dedos apontados para mim.

— Veja, o que vai acontecer é o seguinte, Richard. O pessoal

da venda de espólio vai vir aqui na próxima quinta-feira, à uma da tarde.
— Você chamou os abutres?
— Eles estão vindo, Richard. Você tem seis dias para tirar daqui o que quiser. O resto a gente vai pôr à venda.
— Mas...
— Já está resolvido, Richard.

O DIA MAIS LONGO

Depois disso tudo, ao chegar em casa, tudo o que eu quero é ligar pra Theresa.

Como é que isso foi acontecer? Eu mal conheço essa mulher e preciso ligar pra ela depois de um dia ruim? Como é possível que essa pessoa que acabei de conhecer, que eu mal sei quem é, essa dama dos gatos que dorme no Templo dos Mortos, possa ter todo esse efeito sobre mim? O problema, na verdade, é que eu sei que não posso ligar pra ela. Eu acredito de verdade que ela falou sério quando disse "um dia ou dois". Fico dizendo a mim mesmo: "Já se passaram quase vinte e quatro horas. Isso é um dia, certo?". Sei que não foi isso que ela quis dizer. Também fico apavorado de ligar, com medo do que posso acabar ouvindo.

Sento à mesa da cozinha e tento dar um suspiro profundo. Todo o pavor do dia se concentrou e se comprimiu em uma esfera quente e brilhante do tamanho de uma bolinha de pingue-pongue entre os meus pulmões. Cada vez que tento respirar, sinto calor e pressão, peso e dor. Não sei o que fazer. Fico olhando fixamente para o padrão da minha mesa da cozinha. Acompanho os desenhos com os olhos, mas eles simplesmente me trazem de volta a mim mesmo. Bem, afinal, são bumerangues.

SONHO DE NOVO

A noite é uma tremenda bagunça, uma grande pilha de imagens obscuras entre as quais eu me arrasto. Sonho que estou andando pelo porão da casa dos meus pais, caminhando horas a fio pelas fileiras e fileiras de tralhas, e não consigo identificar nada (o que é estranho). Por fim, vejo uma caldeira na minha frente, mas não sei dizer se é a caldeira da minha casa ou da deles. Ela está iluminada apenas pela chama piloto, brilhando por trás da porta de ferro com nervuras. Mal consigo enxergar os braços dela erguendo-se até o piso de cima e, mesmo assim, eles me assustam. Mas eu não consigo fugir porque, quando me viro, tem mais tralhas atrás de mim. Está se fechando ao meu redor.

Sigo adiante. Passo pela caldeira e vejo a porta que dá para o depósito dos meus pais. Quando entro, não é o quarto de bagunça deles, mas um quarto escuro de fotografia. Há bandejas compridas de revelação e um velho ampliador gigante num dos lados da salinha. Meu pai está lá sentado à mesinha, na qual eu costumava construir meus carrinhos de brinquedo. Está escolhendo fotos. A mesa está coberta por pilhas de fotografias — 8 x 10, 10 x 12, em preto e branco e coloridas. Em volta dele, há armários cheios de fotos, caixas superlotadas. Meu pai está enterrado no meio das fotos. Só consigo ver a cabeça dele. Quando ele me vê de pé ali, olhando para ele, arregala os olhos.

— Saia daqui — diz ele. E então desaparece na pilha de fotografias.

— Richard — diz minha mãe, aparecendo na porta. — Deixe seu pai em paz. Não tem mais nada pra fazer?

Eu saio do quarto escuro, passo pela minha mãe e volto para o porão. A tralha começa a mudar. Posso identificar aquilo tudo agora e é um monte de coisas que nem mesmo eu iria querer: cadeiras quebradas, potes de graxa, sacolas de papel marrom, pedaços de barbante amarrados em formato de bola, caixas de papelão, pilhas de latas de Cool Whip e jornais velhos — pilhas em cima de pilhas de jornais velhos, estendendo-se, ao que parece, por quilômetros. Continuo por um caminho entre os jornais. A tipografia deles é desbotada e tem um aspecto antigo. Começo a sentir mau cheiro. Identifico como cheiro de fruta podre e cheiro de suor, mas há muitos outros cheiros desagradáveis, camadas de odores, cada qual terrível a seu modo. A coisa fica pior à medida que vou avançando, e então olho à direita — num recesso entre os jornais e uma pilha de caixas de leite vazias (crianças perdidas pousam seus olhos vazios em mim), está um homem bem velho, magro como um palito, vestido em farrapos, cercado por pedaços de cascas de laranjas enroladas e secas, e percebo que é dele que vem o cheiro. Devagar, ele inclina a cabeça para o lado. Seus olhos são de um cinza leitoso. Penso que ele pode estar tentando me dizer alguma coisa, mas seus lábios param de se mexer; eu começo a correr, e agora tudo atrapalha meu caminho.

Acordo sobressaltado, como se tivesse acabado de me segurar antes de cair em algum lugar. Assim que recupero o fôlego, acendo a luz. Fico lá deitado, ainda suando, tentando repassar o sonho inteiro antes de esquecer. Não sei o que pensar dele. É a primeira vez que sonho com a minha mãe desde que ela morreu (e com ela me dando bronca, é claro). Não imaginei que fosse começar a sonhar com ela tão cedo. Passou-se pelo menos um ano até eu começar a sonhar com meu pai, e ele surgiu desse mesmo jeito — como uma breve aparição. Mesmo assim, foi bom ver os dois. Eu nem fiquei bravo por meu pai ter me mandado embora. Não o culpo. Quanto ao velhinho, ele me deu calafrios, mas não tantos quanto toda aquela tralha ruim atrás de mim.

São cinco e quinze da manhã, e parece que meus olhos têm areia por eu ter dormido tão mal, mas não estou nem um pouco cansado, então decido tirar proveito disso tudo.

Se eu levantar agora, posso chegar a uma venda de espólio realmente cedo. Então pulo da cama e vou tomar uma ducha. Visto minha camisa de trabalho com a logo da Kar's Nuts e uma bermuda. Pego o jornal na porta da frente, vou para a cozinha e checo os classificados enquanto a água ferve. Tem uma venda em Dearborn que promete. Outra na zona noroeste da cidade, não muito longe daquela de Dearborn. Posso pegar essa depois e, então, se sobrar tempo, vou conhecer um ou dois bons pontos do Exército da Salvação perto dali.

Sinto-me surpreendentemente bem. Minha ressaca finalmente passou. Preparo uma caneca de chá bem forte, tomo e jogo o resto na minha garrafa térmica, pronuncio um breve agradecimento aos deuses do brechó pelo que parece ser um dia promissor. Ao sair, confiro o relógio Telechron turquesa na parede da minha cozinha: cinco e meia. Cedo demais para ligar pra Theresa, certo? Com certeza. Sim, claro que é.

PONTO PRA MIM

Chegar cedo lá na venda compensa. Como sou o primeiro da fila (duas vezes no mesmo mês!), fico dando as senhas de dentro da minha caminhonete a quem vai chegando. Pouco antes das oito, um homem chega guiando uma caminhonete e para na porta dos fundos. Um minuto depois, surge na porta de entrada e começa a dar as suas senhas. Nós trocamos as nossas pelos números correspondentes dele, definindo quem entra primeiro para o saque. Pela última meia hora, todos nós — donos de loja, comerciantes, colecionadores e lunáticos variados — ficamos em fila única diante dessa construção pós-guerra, meio sonolentos, fungando e coçando o corpo, copinhos de isopor com chá doce na mão, como dependentes de heroína esperando abrir a clínica para tomar metadona.

Finalmente, a porta se abre, e o cara do espólio deixa os cinco primeiros entrarem. Já vi esse cara em dezenas desses eventos, mas ele nunca me reconhece. Quando entramos, a caçada tem início. Encontro um velho e elegante ventilador de chão estilo otomano da marca Breeze-All, com a parte de cima de plástico e um padrão tipo mármore marrom; um lustre Op Art década de 1960; um porta-lembretes Letter-Hound alimentado por mola, com um cachorrinho dachshund; uma caixa de LPs da Three Suns; uma caixa de charutos cubanos feita de tampinhas de garrafa; um castiçal de igreja que eu posso transformar num belo candelabro.

O placar foi folgado a meu favor. Encho a caminhonete e vou para a venda de espólio em Detroit. As chances de encontrar alguma coisa provavelmente são pequenas, mas nunca se sabe. Trabalhar com usados é como apostar: quando você está ganhando, continua jogando. Mas, quando chego lá, fico impressionado de ver como tudo é ruim, depressivo e surrado nesse velho casarão colonial dos anos trinta — cadeiras com estofamento todo arrebentado, objetos de cozinha revestidos com o tipo de fuligem acumulada por décadas cozinhando comida que não faz bem a você, pilhas de roupas sujas — mas, no meio de tudo aquilo, no porão, debaixo de uma colcha de chenile puída e de uma caixa grande cheia de pantufas com quarenta anos de craca grudada, encontro uma televisão Motorola do começo dos anos sessenta (tela de catorze polegadas, gabinete de bordo), uma réplica perfeita daquela à qual eu cresci assistindo, aquela que causou todo esse dano. Depois que eu subo até o térreo para pegar minhas coisas, eles me dizem que a TV não funciona, que o tubo de imagem pifou. Eu não me importo muito. Conheço alguns caras que manjam de eletrônica e podem colocá-la para funcionar de novo, isso se eu mesmo não conseguir, ou posso tirar tudo de dentro dela e usá-la como expositor na loja ou, então, levá-la pra casa e enfiar minha TV atual naquele gabinete. Digo que eu pago cinco mangos por ela, e eles aceitam. Não tenho ideia de onde vou enfiá-la, mas é que algumas coisas você simplesmente tem que levar.

    Volto pra loja umas quinze pras onze. Não tenho tempo para muita coisa antes de abrir, talvez um almocinho rápido, só que estou sem fome. Decido que depois de abrir, se tiver tempo, vou me dedicar a limpar as coisas que comprei hoje (nas coisas dos meus pais lá no porão, ainda nem mexi, lembro isso a mim mesmo). Assim que viro a plaquinha de "Aberto" na porta, o medo me invade de novo. Não sei por quê. Eu deveria estar de alto-astral depois da excitação de ter feito boas compras, mas, em vez disso, sinto a depressão avançando e tomando conta de mim. Ela manda um eu alternativo aqui fora para enfrentar o mundo — um eu com membros de argila, um cérebro atolado em xarope Karo, uma garganta que prende as palavras como armadilha chinesa de dedos. Penso em talvez virar a plaquinha de novo e nem abrir a loja hoje, mas isso seria uma péssima ideia. Além de eu não adiantar serviço nenhum, sei que não ia demorar até eu perder a vontade de ligar pra Theresa. Ela é o que está me impedindo de tropeçar e cair no abismo. O problema é que ela é também uma das razões pelas quais isso ainda pode acontecer.

    Instalo esse eu num banquinho de bar atrás do meu balcão e espero o dilúvio de clientes. Não entra nenhum. Vai ser um dia fraco, é claro. Vou até o som hi-fi pra pôr alguma coisa animada. Escolho *The In Sound from Way Out*, de Perrey and Kingsley, um dos primeiros LPs com sintetizador Moog. É tudo *buuups* e *buaaarps* e *biiiuuus*. Basicamente, é uma música tão boba que, se você ouve por uns dez minutos, ela acaba deixando você mais feliz. Mas, se passar um pouco disso, você pode enlouquecer de vez.

OS DEUSES DO BRECHÓ DÃO RISADA DE MIM

Às seis, fecho as portas e viro a plaquinha para "Fechado". Tiro da tomada as luzinhas de Natal em volta da vitrine da frente, desligo minhas lâmpadas de lava, desligo o som do toca-discos (*Zounds! What Sounds!*, de Dean Elliott e sua banda Swinging Big, Big) e volto a ficar atrás do meu balcão. Normalmente, a essa altura, eu fecharia o caixa e faria a contabilidade do dia. Hoje não. Não fiz um centavo hoje. Um magnífico total de cinco clientes e nenhuma venda. Geralmente, num sábado as pessoas saem, acabaram de receber dinheiro e estão no clima de gastar um pouco de grana, mas este... Acho que foi o pior sábado que eu já tive na loja.

Surpreendentemente, porém, sinto-me um pouco melhor. Adorei não ter que falar com ninguém. E até consegui limpar algumas das coisas que comprei hoje cedo e deixei algumas das peças expostas na loja. Bem, agora estou simplesmente descartando a ideia de ligar pra Theresa. Não sei a razão, já que estou com vontade de ligar pra ela desde que saí do seu apartamento, na quinta. Mas primeiro preciso passar palha de aço nas aberturas do ventilador otomano, limpar o LetterHound com removedor Goo Gone e vasculhar a caixa de tampinhas de garrafa pela quarta vez.

Finalmente, lá pelas seis e meia, ligo para o número de Theresa. Quando ela atende, me parece perturbada de novo e, antes mesmo de eu dizer alguma coisa, penso que, se isso der certo, o que provavelmente não será o caso, nós dois vamos ser o casal mais deprimido da face da terra.

— Teresa, é o Brechó.

A voz dela se ilumina perceptivelmente. Na mesma hora, passo a me sentir melhor.

— Ooooi — diz ela. — Fiquei esperando você ligar, seu filho de uma mãe. Achei que você estava botando banca pra cima de mim.

A ideia toda era tão supremamente absurda para mim que eu não consegui evitar soltar um bufo no telefone.

— Eu achei que você não queria que eu ligasse por uns dois dias.

— Eu falei um dia ou dois.

— Bom, foram dois dias.

— Se você me amasse de verdade, você mal teria sobrevivido um dia sem falar comigo.

Não sei o que responder, e ela percebe.

— Brechó, eu tô brincando.

Começo a balbuciar e, de repente, parece que não consigo mais parar.

— Eu queria ligar pra você ontem à noite. Mas não queria que você ficasse assustada e se afastasse. Por isso não liguei. Não queria te chatear. Eu queria...

Ela me interrompe.

— Meu Deus, Brechó. Para de falar. — Ela ri um pouquinho, mas aposto que ficou tocada. Não sei a razão, mas ficou.

— Você pode dar um pulo aqui, tipo agora?

O tom urgente da voz dela tem um efeito interessante em mim. Claro, eu não posso ficar simplesmente excitado, também tenho que ficar aterrorizado com isso tudo.

— Humm. Certo. Eu posso levar alguma coisa pra comer.

— E cá estou eu tentando fazer a coisa soar como um encontro agradável, pra assistir TV, mas sinto que ela tem outros planos.

— Não precisa trazer comida. Só você.

Gulp. Engoli em seco.

QUERO SER SEU XODOZINHO

Dessa vez, quando chego à casa de Theresa (levo um pouco de comida chinesa, só pra garantir), ela não me obriga a entrar sozinho, porque não está instalada no Trono da Melancolia com uma colcha de gatos em cima. Dessa vez, ela me recebe na porta (camisa de menino listrada rasgada, calça de guerra), dizendo que é muuuito legal me ver de novo, me beijando antes que eu possa dizer qualquer coisa, o que é ótimo para mim, porque eu nunca sei o que vou dizer. É maravilhoso, mas eu estou nervoso e experimentando aquela sensação de estar me observando fazer tudo, quando, então, ela tira meus óculos (penso que ela realmente gosta de fazer isso) e, por alguma razão, isso ajuda. Será que, dessa forma, o outro eu que está me observando não consegue enxergar muito bem?

Eu delicadamente me liberto de Theresa, sob a desculpa de recuperar o fôlego. Na verdade, nem é uma desculpa. Acho que estou hiperventilando.

— Que tal a gente sentar um segundo? — sugiro. De início, penso que talvez alguém no fim do corredor tenha aumentado os graves em seu estéreo, mas depois percebo que o som sai da minha cavidade peitoral.

De repente, Theresa fica muito prestativa e dá o maior apoio. É o Doutor do Amor tratando o seu paciente problemático.

— Claro, Brechó. Você tem razão. A gente está indo rápido demais de novo.

Assim que a gente senta no sofá, ela olha para mim, e eu juro que ela percebe que eu fico de perna bamba quando ela dispara aquele olhar de cachorrinho abandonado em cima de mim. Tento segurar a tremedeira. Eu me sinto incrivelmente atraído por Theresa, mas ainda meio apreensivo com essa coisa toda. Mudar de assunto parece ser uma boa ideia.

— Então, me diga, como foi o seu dia de trabalho hoje? — pergunto. — O que você fez?

Ela suspira.

— Cara, você sem dúvida sabe como quebrar um clima.

Theresa fica quieta por um minuto. Ela obviamente não

está a fim de falar de trabalho. Então eu resolvo que é hora de tentar me redimir daquela outra noite. Toco no seu joelho suavemente.

— Ei, que tal você me explicar toda aquela história dos esqueletos? — Procuro dar um tom casual, mas a coisa sai como um daqueles diálogos artificiais de comercial de fim de noite. — Sério, eu quero saber.

Theresa me olha com um ar desconfiado.

— Sei, sei.
— É sério.

Sobrancelhas arqueadas.

— Brechó.
— Juro.

Ela pensa por um segundo.

— Tá bom. É quase tudo arte folclórica do México. Tem um monte de gente que gosta disso. É uma coisa que dá calafrios em algumas almas tímidas.

Chego um pouco mais perto, até que minha panturrilha encosta na dela.

— Como é que você começou com isso?
— Certa vez, consegui uma dessas caveiras em alguma loja de usados, e isso meio que me deu o primeiro impulso.

Ela corre até o quarto, pega alguma coisa e volta depressa. Segura na frente do meu rosto. É uma estatueta, um esqueleto com um pequeno uniforme, montado numa carroça com uma caixa em cima, em que está escrito *Helado*.

— Tá vendo? O cara é um sorveteiro.
— Nunca vi nada parecido com isso num brechó.
— Bom, não foi num lugar tipo Exército da Salvação. Era um brechó vintage, com algumas coisas de arte. Mais chiquezinho que o seu.
— Ah...
— Depois que eu consegui esse, fiquei ligada em tudo que tem a ver com o *Día de los Muertos*.

Concordo com a cabeça, mas devo estar com uma expressão desconcertada no rosto.

— Dia dos Mortos, Brechó. Quando as pessoas dão as boas-vindas aos mortos em suas casas, lembra? Acontece nos dias 1 e 2 de novembro, dia de Todos os Santos.

— Certo, certo. Na verdade, eu não sei muito a respeito disso. Não sou católico nem nada.

Eu me recuso a agir como se soubesse de alguma coisa quando não sei nada.

— Uma pena. Você daria um bom católico. É cheio de culpas. E você é o quê?

— Sou *non sequitur*. — Minha piada padrão.

Ela sorri.

— Eu também. Fui criada como católica, mas me enchi dessa história. Eles, na verdade, não gostam muito de mulher.

Percebo que ela vai falar mais, então fico quieto.

— Bom, seja lá como for! Dia dos Mortos. É um negócio do tipo compre um, leve dois: asteca e católico. Uma vez ao ano, as almas dos mortos voltam à terra dos vivos para uma visita. Então, quem perdeu algum ente querido pode construir um altar, uma *ofrenda* — uma oferenda. Decora o altar com flores, fotos e velas, e coloca ali as comidas e bebidas favoritas da pessoa que morreu, ou qualquer coisa que ela gostava quando era viva. Então, os falecidos podem voltar e curtir a essência deles. E as famílias se reúnem e as pessoas visitam...

— Uau!

— ... e tem esqueletos por toda parte, até nas vitrines das lojas. As padarias fazem pães em formato de caveira sobre ossos cruzados. As crianças usam máscaras, comem doces em forma de crânios com o nome delas escrito. Você come a morte, não é louco? Mas você também zomba dela. Porque isso é tudo que você pode fazer. Sei que soa meio sinistro, mas, na verdade, é como uma afirmação da vida. Eles fazem desfiles e danças...

Eu fico assentindo com a cabeça como um doido.
— E tem uma vigília no cemitério à noite. E eles decoram os túmulos com velas e queimam incenso. Você tem que ver, Brechó! É lindo.
— Quando é que você foi lá? — pergunto.
Ela para e olha para mim:
— O quê?
— Quando foi que você esteve lá?
— Ah, nunca fui.
— Achei que tivesse ido. Pareceu que...
— Veja, eu não estou exatamente nadando em dinheiro. Mas já vi toneladas de fotos.
Um dos gatos tigrados pula no meu colo.
— Billie, desça já.
— Tudo bem — digo, passando meu braço em volta do gato. Na verdade, vejo com bons olhos esse desvio da atenção. Theresa fica me observando acariciar o gato. Ela sorri. Tenho a impressão de que, como meu pai, talvez ela veja algo em mim que não está ali.
— Brechó, tem cerveja na geladeira. Quer?
— Opa, adoraria — digo. As coisas vão se normalizando um pouco, e eu sinto que começo a relaxar.
Theresa vai até a cozinha, volta com duas Motor City e me passa uma. Na mesma hora, eu tomo metade. A cerveja está geladinha, e sinto que meu olho começa a lacrimejar. Sinal de que estou bem longe de uma daquelas dores de cabeça de resfriado.
— Por que você tem tanto medo de mim, Brechó?
Isso me pega desprevenido (fico surpreso). Na realidade, quase me faz cuspir fora a cerveja.
— Não tenho medo de *você* — digo, quase engasgando.
— Eu me sinto muito atraído por você. O que acontece é que eu tenho...
— Tem medo de tudo?

Assinto com a cabeça, engulo o resto da cerveja. A gata pula do meu colo e escolhe um lugar ruim para firmar a pata.
— Então não é nada sobre mim? — insiste ela, ajeitando o cabelo atrás da orelha.
— É tudo sobre você — respondo, fazendo careta.
Ela ri, inclina-se para mais perto, me beija, com a pontinha da língua primeiro, depois esfrega os dedinhos dela no meu queixo, desce pelo pomo de adão. Está me acariciando. Eu sou um do bando agora, seu único felino macho, seu gatinho assustado, nervoso demais para ronronar. Eu a beijo de volta e, pela primeira vez, sinto-me completamente relaxado. Finalmente me entrego. Minhas defesas foram vencidas, eu paro de pensar em mim e, cinco minutos mais tarde, depois de a gente enxotar quatro gatos de cima da cama dela, acendemos algumas velas e nos instalamos profundamente no tranquilo Templo dos Mortos com aroma de sândalo.

Não sei exatamente o que dizer sobre o que acontece em seguida. Exceto que acontece o que talvez seja a mais desajeitada sessão de preliminares que duas pessoas poderiam ter. Uma longa e ridícula sequência de puxões acidentais de cabelo, zíperes que não querem abrir, batidas de cabeça, fecho de sutiã emperrado, dentes colidindo, gatos que não querem sair da cama, embalagens que você não consegue rasgar e abrir, algumas quase quedas da cama e pontadas de cãibra na perna. Eu provavelmente me desculpei umas quarenta vezes até Theresa pedir para eu parar e começar a desempenhar meu dever masculino.

Eu obedeço, feliz da vida, conseguindo enfim esquecer tudo, exceto a magnífica tarefa a ser cumprida. Estou quase dizendo uma coisa aqui que pode não soar muito bem, mas vou dizer assim mesmo. No meio do sexo, com essa mulher linda, linda, essa gatinha Afrodite, eu sou repentinamente inundado por uma exultação masculina pelo fato de estar fazendo *sexo*! Isso mesmo! (Não consigo evitar. São quase cinco anos. Se antes eu disse quatro, menti.) Aqui estou eu, fazendo sexo, e essa é a parte da qual me envergonho, pois vejo que teria me sentido desse mesmo jeito, não importa com quem estivesse fazendo sexo, mesmo que fosse uma dessas garotas que trabalham em boates decadentes (será que elas ainda existem?). Mas então eu olho (a gente estava de conchinha, entendeu, tentando fazer desse jeito) e vejo essa mulher, esse anjo de brechó, de rostinho todo corado, com esse corpo (cuja bunda estou agarrando, os dedos afundados na sua carne), com uma personalidade meiga, embora instável, com quem estou vivenciando os acima mencionados momentos de êxtase, e percebo que se trata de muito mais do que só trepar, que, com toda a certeza, estou ridícula e fulgurantemente apaixonado por ela. Mas, de algum modo, isso só serve para alimentar minha euforia masculina, e eu experimento uma epifania de testosterona. De repente, sou o Super-Homem (o dos quadrinhos da DC, não o do Nietzsche). Sou Shaft, Superfly e Mack, todos num só. Sou Dean Moriarty vivendo a mil por hora. Henry Miller depois do absinto e dos ovos crus. Sou o Rei dos Badulaques, colecionador de enigmas, amante de mulheres, espião na casa das peças de brechó.

AS COISAS ESTÃO DANDO CERTO

Na verdade, Theresa parece estar curtindo. Apesar de tudo, quero dizer. Eu não esperava que fosse acontecer. Preciso dizer que, na minha limitada experiência, nem sempre tive sorte nesse departamento, mas, com nossos corpos juntos, com nossas quatro mãos e com uma quantidade considerável de instruções por parte de Theresa ("Aqui, Brechó. Ai. Não, aqui não. Ui. Isso, aqui, aqui. Agora você achou, caubói. Continue assim até segunda ordem"), a gente é capaz de fazer o negócio bem-feito. Não me entenda mal. Não tenho nenhum problema em ouvir comandos. Não sou um bom improvisador. Não sou o Thelonious Monk do clitóris. Preciso de supervisão. Se pudesse, ligava pro AAA e arrumava um mapa da mina, umas dicas de viagem, *Seu guia de férias para o orgasmo feminino*.

Seja como for, depois de pedir para fazer uma pausa ("Por favor, pare, Brechó! Meu cérebro vai explodir!"), ela me vira (estou descobrindo quanto ela é forte), e o pouco que sobrou de mim se dissipa (não que a coisa toda tenha demorado tanto. Sério, não demorou). Conforme mergulho num puro êxtase turbinado e concentrado, vislumbro esqueletos dançando pelas paredes, crânios de boca escancarada, órbitas vazias arregaladas, olhando fixamente para mim das prateleiras e mesas, em sorrisos mortuários com a cabeça inclinada de lado. Esta noite, eles não me incomodam. Longe disso. Hoje me tornei um deles. Todas as minhas emoções das últimas terríveis semanas foram arrancadas do meu corpo, jogadas em um estranho e bizarro miasma de sensações e alegria, glória e dor. Sou reduzido ao essencial, e mergulho nisso agora, gritando o tempo inteiro na queda.

DEPOIS DO AMOR

A situação é a seguinte: estamos os dois deitados, de mãos dadas. Theresa parece muito bem. Eu, é claro, me sentindo estúpido e me auto-observando, sem saber o que dizer, já que há tanto tempo não faço isso. Então, não sei por que, pergunto a Theresa se posso lhe contar o sonho que tive à noite.

— Claro. Eu acho — diz ela, um pouco hesitante.

— É meio esquisito — digo. Então, conto a ela a coisa toda, pelo menos o que lembro, aquilo dos meus pais e das fotos e de toda a tralha malcheirosa e do cara velho e das cascas de laranja.

— Espera um pouco — interrompe ela. — Você disse que o cara era cego?

— Acho que sim, é isso.

— E você ficou andando no meio de pilhas de jornais e de lixo?

Não sei aonde ela quer chegar.

— Ahã.

Theresa vira e me encara diretamente.

— Brechó, você já ouviu falar dos Irmãos Collyer?

— Eu... não sei. Me soa meio familiar.

— Isso é muito bizarro. Brechó, acho que o cara no seu sonho era o Homero Collyer. Você deve ter ouvido falar dele, só que não lembra, porque acho que você estava na casa deles.

— Jura?

— É. Acho que essa história aconteceu na década de 1940. Esses dois irmãos moravam num casarão antigo. No Harlem, talvez? Sei lá... O caso é que os guardas estão rondando por ali um dia e entram na casa. Tem tralha amontoada até o teto. Não estou certa se tinha alguma coisa que prestasse.

— Bem, aposto que hoje em dia alguma dessas coisas deve ter valor.

— Certo, é bem provável que sim. Bom, de qualquer modo, eles começam a vasculhar aquela tralha toda de jornal velho e tranqueiras e encontram o velho Homero Collyer, cego como o poeta que inspirou seu nome, e morto como uma sardinha. Acho que eles nunca acharam o irmão dele, mas imaginam que é o cara que ligou pros guardas.

— O que aconteceu?

— É uma história bem famosa. Eles passaram tipo o mês seguinte inteiro limpando a casa, selecionando literalmente toneladas de entulho. E continuaram achando coisas e mais coisas. São os pioneiros do brechó, cara. E é isso que você pode acabar virando se não tomar cuidado.

— Nossa — digo.

— Sua mãe nunca falou "Levanta daí e arruma seu quarto. Isso aqui tá parecendo a casa dos Irmãos Collyer"?

— Não sei, talvez.

— Acho que era uma coisa que muitas mães diziam. — Theresa sorri pra mim. — Portanto, arrume o seu quarto, Brechó.

— Ótimo. Obrigado pela análise, mesmo.

Ela franze o lábio.

— Mas olha. Seu sonho tá bem melhor que os meus.

— Por quê? O que acontece em seus sonhos?

Theresa joga as mãos para cima e, depois, as junta numa falsa alegria.

— Bem, você sabe, o de sempre — diz ela, a voz toda alegre e divertida. — Eu sonho que acordo e que as minhas mãos estão cobertas de sangue. Que bobagem a minha, não é? Então fico toda assustada e corro até a pia pra lavar, mas continua brotando sangue do nada. Eu lavo e lavo, mas o sangue não para, não importa o que eu faça.

Nessa hora, Theresa abaixa a cabeça, encolhe os ombros e abre um sorriso largo, faz uma careta horrível.

— Ah, meu Deus, na verdade, é sangue por toda parte, na pia, no chão, e eu fico gritando e chorando. E aí não demora muito e... santa misericórdia! Eu estou coberta de sangue! Nadando em sangue! Ebaaaa! Esse é o meu sonho. E, pelo jeito, eu devo adorar, porque sonho com isso quase toda noite. Pelo menos nas noites em que, de fato, caio no sono.

A essa altura, Theresa olha para mim, mas não está mais sorrindo.

— Por favor, vamos trepar — diz ela.

RALA-RALA

Eu fui embora da casa de Theresa por volta da meia-noite. Tudo bem, ela é que me botou pra fora por volta dessa hora. Depois do nosso segundo encontro, a respeito do qual não vou dizer mais nada porque já falei demais sobre sexo, muito mais do que uma pessoa como eu deveria falar. Vamos dizer apenas que a gente curtiu muito ficar junto e pronto. Depois, esquecemos essa história de contar os sonhos, devoramos rolinhos primavera frios e assistimos a *Fuga do passado*, um grande filme *noir* antigo com o Robert Mitchum, que, com certeza, é um dos caras mais legais que já andaram pela Terra. Mas, assim que a gente sentou lá no sofá dela, eu tive problemas para conseguir manter os olhos no filme. Ficava olhando Theresa, de shortinho esfarrapado e camiseta do Mickey da década de 1970 toda esburacada (expondo, aqui e ali, deliciosos pedacinhos da pele dela), sentada em cima das pernas cruzadas, assistindo ao filme. Fiquei insistindo em fazer coisas animalescas esquisitas, chegava perto dela de quatro, esfregava a cabeça em suas pernas, enfiava meu nariz entre elas. Fazia essas coisas e ela ria, mas senti que ainda estava um pouquinho fechada.

Agora são oito da manhã e o que eu realmente gostaria de fazer era ligar pra Theresa, ouvir como soa a voz dela sonolenta de manhã cedo, mas receio que ela fique preocupada, achando que estou ficando muito obcecado por ela.

Não entendo por que ela se preocupa com isso.

Vou ligar mais tarde, numa hora razoável. Dar uma de cara frio. Bancar o difícil. Tentar não amá-la demais. Tentar ser a pessoa que preciso ser, portanto ser a pessoa que eu quero ser, a pessoa que está com ela. Mas agora, domingo de manhã, preciso ir atrás de coisas para o brechó.

ATRASADO

Chego à única venda de espólio anunciada no jornal mais ou menos às dez e quinze. É, eu deveria ter chegado mais cedo mesmo. Numa situação normal, eu me sentiria mal por isso. Mas hoje tenho uma desculpa: a abençoada fadiga sexual! Minha lombar dói, minhas pernas estão meio bambas e meus músculos doem em lugares onde eu tinha esquecido que havia músculos, devido aos anos de celibato forçado.

Mesmo assim, estou com o olhar vivo e cheio de energia, uma agitação no meu andar, um faiscar no meu olho, e todas aquelas besteiras que as pessoas dizem quando você, por uma única vez, não tem um aspecto horrível. E isso não passa despercebido pela Mona, a mulher que está distribuindo as senhas.

— Humm, tá todo animadinho hoje, Richard — diz ela, sorrindo.

É uma mulher mais velha. Na verdade, ela é muito agradável para alguém que lida com vendas de espólio.

— Acho que estou me sentindo bem animado mesmo, Mona. Tem alguma coisa boa hoje?

— Ah, tem. Acho que você vai gostar de algumas peças, se ninguém levar antes.

— Esse "se" é que é o problema.

Ela me passa um número, meu lugar na fila. Sou o número 21. Não é um bom presságio. Tem outras vinte pessoas que vão entrar antes de mim, disputando mais ou menos as mesmas coisas. Agora posso ir sentar na caminhonete e ler o jornal, ou pegar um copo de chá na loja de conveniência. Decido tirar uma soneca na parte de trás da caminhonete.

Quando acordo, a caminhonete está horrivelmente quente. Suei a camiseta e vazou para a camisa. Olho o relógio. Mais de meio-dia. Dou uma espiada lá fora e vejo o pessoal entrando e saindo da casa à vontade. Perdi minha miserável 21ª posição na fila. Quando entro, vejo Mona sentada à mesa dela bem na saída do hall. Ela olha para mim, confusa.

— O que aconteceu com você?

— Acabei dormindo no carro.

Mona balança a cabeça.

— Que pena, hein?

Também balanço a cabeça, resmungo e entro na sala. Tem algumas peças de cristal espalhadas, um prato arranhado: nada. Cozinha: nada. Decido descartar os quartos e vou direto pro porão. Desço, dou uma espiada num par de quadrinhos de paisagens estiloso, pintados com números para indicar cores, e um cardápio do Chin-Tiki, um antigo restaurante polinésio no centro de Detroit, fechado desde os anos setenta. Exploro o porão. Nada que interesse.

Subo ao primeiro andar, só para garantir, e checo os quartos. Minha intuição está certa. Necas. Pago Mona pela mercadoria, pego o recibo.

Na saída, dou uma olhada na garagem. Uma bagunça: ferramentas de jardim enferrujadas, latas de tinta, uma caixa de revistas velhas já praticamente com bolor juntando dentro delas (quando é que as pessoas vão entender que uma garagem é um lugar úmido?). Reviro a caixa rapidamente e encontro algumas edições da revista *Like*, do começo dos anos sessenta, então levo algumas. Estão em péssimas condições, então o cara da garagem cobra só 25 centavos cada.

No carro, pego alguns exemplares da *Like* e folheio. São de julho de 1961, agosto de 1962 e março de 1964. Não lembro bem em que ano as fotos do meu pai foram aceitas. Continuo virando aquelas páginas frágeis. As revistas estão cheias de fotos antigas atraentes e de abrigos antibomba, do Richard Nixon, esse tipo de coisa. Mas nada com o aspecto das fotos do meu pai. Não devia ter comprado as revistas, mas fiquei tão animado que nem pensei direito.

UM INCIDENTE DURANTE UMA VENDA DE GARAGEM

Vejo um cartaz anunciando uma venda de garagem ao voltar para a loja. Piso no freio e dobro a esquina. Na frente da casa, tem uma criança vendendo limonada numa banquinha. Isso nunca é um bom sinal. Estaciono a caminhonete. Esboço um sorriso para a menina quando entro, mas acho que acabei assustando-a. Ela não pergunta se eu quero comprar limonada, como faz com as outras pessoas que vêm andando comigo. Percebo que todos olham para mim enquanto ando. É tudo gente superarrumadinha, brancos dos bairros chiques, olhando para mim como se eu fosse algum tipo maluco — o cara de cabelo espetado que nem rato, de óculos de armação tartaruga, que parece que acabou de cair da cama (tudo bem, estou vestindo a parte de cima de um pijama antigo. É melhor do que aquilo que chamam de camisa hoje em dia). Passo por eles todos, dou uma olhadinha na garagem. Não vejo nada de bom por aqui — tudo roupinha de bebê, luminárias anos oitenta detonadas, roupas com padrão McCall's e duas maquininhas de fazer pipoca. Vasculho uma caixa de LPs e algo me diz que vou encontrar um *Frampton Comes Alive*.

Na garagem, avisto um homem numa cadeira de jardim, lendo jornal.

— Oi. Procura alguma coisa em especial? — pergunta. Provavelmente não é muito mais velho do que eu, mas tem aquela aparência de papai. Um pneuzinho na cintura, uma camiseta de golfe e um tênis dão essa impressão.

— Você tem alguma coisa mais antiga? — pergunto.

— Desculpe. É só o que está aí.

— Obrigado.

Eu me viro para ir embora e vejo uma camisa em cima de uma mesa, uma camisa de flanela Kmart, xadrezinho marrom-claro, com colarinho bege pespontado. É realmente uma das camisas mais feias que já vi. Pego a camisa horrorosa, percebendo que estou a ponto de ter um momento-brechó. Eu conheço essa camisa horrível. Conheço porque, certa vez, minha mãe me deu uma igual de presente de Natal, quando eu tinha vinte e um anos.

Fazia pouco tempo que eu descobrira o Exército da Salvação, e já estava enfiado nessa história de brechó. Odiava tudo o que era novo e "burguês" (acabara de conhecer essa palavra. Foi antes de entender que eu era tão "burguês" quanto qualquer outra pessoa). Abri o presente e não consegui disfarçar meu total e profundo desprezo por ele. A camisa era tão feia e tão nova e tão Kmart. Parte de mim sabia que minha mãe fizera o maior esforço, e que isso parecia adequado para ela, mas era completamente errado. Tão errado e tão completamente não a minha cara que me deixou puto, que pirralho que eu era! Pelo menos não gritei nem joguei a camisa na cara dela, mas reclamei e fiquei emburrado, resmungando o dia inteiro. Não sei por quê. Mas fiz isso.

Depois desse Natal, minha mãe nunca mais comprou nada pessoal pra mim. Só coisas genéricas: meias, cuecas ou luvas e chinelos. Foi bem por essa época que começaram os problemas com a minha mãe. Não foi por causa da estúpida camisa, eu sei, a gente simplesmente não se dava bem. Ela tampouco estava se entendendo com meu pai. Simplesmente começava a dominar a arte de ser uma pessoa muito infeliz.

E agora, de pé nessa venda de garagem, segurando essa camisa horrível, a depressão dominical invadindo minha corrente sanguínea, começo a sentir falta de ar. Faço um grande esforço para respirar, tento ficar calmo, mas não parece estar adiantando muito. Alguns sons bastante altos, sub-humanos, escapam de mim, e logo todo mundo na garagem está olhando pra esse pateta aqui, uma mão segurando uma camisa de flanela, a outra no peito, lágrimas escorrendo pelo rosto, chiando como se fosse uma limpadora de carpetes Stanley Steemer. O cara com jeito de papai com quem eu havia falado se aproxima (por quê? Por que eu tenho que fazer essas coisas em lugares públicos? Por que não posso simplesmente ter meu desabamento emocional em casa, a portas fechadas, como todo mundo?).

— Ei, você está bem? — pergunta o cara-papai.

Faço que sim com a cabeça. Estou respirando pela boca, respiração bem curta e pesada. Preciso engolir, mas não consigo, e, quando finalmente engulo, começo a soluçar.

— Sente. — O cara-papai está sendo muito gentil. — Querida? — Ele se dirige à sua garotinha. — Por favor, traga um copo de limonada para esse cavalheiro?

Um copo Dixie aparece na minha frente. Tomo inteiro. É horrível, que nem água com limão, mas tomo tudo porque não quero magoar a menininha. Ajuda. Começo a me acalmar um pouco.

— Eu vou pagar — fico ofegando e procuro dinheiro no bolso.

— Não se preocupe — diz ele. — É por conta da casa.

Eu soluço.

— Não, não, por favor, faço questão, e preciso pagar a camisa também. — Puxo um par de notas de dólar amassadas do bolso e passo para ele.

Ele me devolve uma das notas.

— Desculpe — digo. Levanto e fujo do jardim desse homem gentil e de sua família.

Na caminhonete, a alguns quarteirões dali, finalmente consigo respirar de novo. Olho para a camisa, em cima do assento do passageiro. Então, bem ali na caminhonete, ainda ofegante, o rosto ainda doendo, percebo uma coisa. Até que é uma camisa bonita.

TEORIA MALUCA Nº 3

No meu ramo de negócios, você acaba chegando à horrível constatação de que gosta das mesmas coisas que seus pais gostavam; não coisas similares às que seus pais gostavam, mas exatamente as mesmas coisas. Talvez você não goste delas necessariamente pelas mesmas razões, mas será que isso de fato importa depois de um tempo? Acho que não. Quer dizer, quem é que sabe realmente por que gostamos de alguma coisa?

O que acontece é o seguinte: você acha tudo, oh, tão divertido e está tão acima das coisas, e aí um dia percebe que definitivamente gosta de música polinésia. De início, você ouve porque é muito maluca, diferente e estranha. Mas continua tocando. Então, aos poucos, começa a entender. Você conclui que ela faz você se sentir bem. É relaxante. De fato é *exótica*. Mas e se eles tocam um koto japonês, marimbas mexicanas e gongos birmaneses, tudo na mesma música? Tem órgão elétrico na Polinésia? Será que a Polinésia existe mesmo? Mas quem se importa com isso?

Hoje em dia, tudo pode ser objeto de ironia. Se você começa a pensar demais sobre por que gosta de pequenos quadrados de veludo preto ou de luminárias de pantera ou daquelas bonequinhas Shriner que balançam a cabeça, vai ficar doido. Em seguida, vai ficar preocupado com a reação que as pessoas terão às suas coisas quando providenciarem a venda do seu espólio, depois que você morrer. (Eis a resposta para isso: as pessoas vão rir. Sim, elas vão se divertir muito. Não importa quanto você se ache bacana. Eu sempre vejo isso na loja, quando percebo gente que nasceu no final da década de 1940 elogiando alguma linda monstruosidade alada da metade do século, e aí ergo os olhos e vejo algum cara largadão nos seus vinte anos trocando olhares e contendo o riso, como quem diz: "Olha só a onda dos velhinhos". O fato é que a meninada está comprando tralha proveniente de eventos comemorativos dos anos setenta da Guerra da Independência. Eu pergunto a você, até quando vai durar essa falta de respeito?)

Então eu digo, goste do que você gosta, seja feio ou bonito ou lindamente feio. Pare de pensar a respeito. Tente não rir de tudo. Ignore as *Notas sobre o mau gosto*, de Susan Sontag. Crie seus próprios códigos. Há um quê de morte em toda ironia.

ILUDO A MIM MESMO

Hoje os negócios estão indo relativamente bem, mas, por volta das quatro da tarde, o movimento cai. Às cinco e meia, fecho a loja cedo, sabendo do trabalho que me espera na casa dos meus pais. Enquanto varro a loja, percebo que, com as compras da véspera, ela já está ficando um pouco entupida de coisas. Digo a mim mesmo que talvez deva parar de comprar por um tempo. Afinal, meu porão está cheio de coisas para vender, sem contar toda a tralha dos meus pais.

Nesse momento, eu me lembro da questão da tralha dos meus pais. Não tenho ideia do que fazer com tudo aquilo. Tem muita coisa boa, mas provavelmente não vou poder ficar com a maioria. Nem tive como examinar direito, fazer uma seleção. Sei que a resposta mais fácil seria dizer que eu tenho algum tipo de apego sentimental àquelas coisas, mas há décadas que não ponho os olhos na maior parte daquilo. Muita coisa é até anterior ao meu nascimento. Parece que eu nem vou poder fazer nada em relação a isso. A não ser o que já estou a ponto de fazer, que é arrumar ainda mais coisas.

LINDA FICA OCUPADA

Quando chego, fico chocado ao descobrir que a casa dos meus pais foi despojada de toda a personalidade. Linda andou fazendo um trabalho preliminar ao dos abutres. Nada que fosse realmente necessário, a não ser que você seja maníaco por controle. Tudo ainda está ali, só que simplesmente foi tirado das paredes e mesas — todas as pequenas quinquilharias de decoração, todos os candelabros, toda a pavorosa tranqueirada country da minha mãe foi rearranjada para propiciar fácil acesso, em mesinhas dobráveis e balcões. Agora eles vão poder facilmente atacar, marcar tudo, de espátulas a toras semiqueimadas na lareira, vender tudo o que puderem, varrer o resto para fora, e Linda vai chegar ao que realmente quer: a casa.

Respiro fundo e digo a mim mesmo pra calar a boca. Sem dúvida, Linda andou trabalhando muito por aqui. Quero dizer, é verdade que ela só quer vender a casa, mas ao menos está lidando com a situação. Eu sou aquele que só vem aqui e fica criticando o jeito que ela tem de fazer as coisas.

Dou uma volta pela sala de jantar e pelo living. O jogo de sala de jantar, a mesinha de café, os lustres, tudo bonitinho demais para mim — não estão arranhados, não têm aspecto bizarro, são de bom gosto. Não estou habituado a coisas de bom gosto. Conhecendo o pessoal como conheço, suponho que, para mim, seria fácil arrumar algum lugar para vender essas coisas, mas são muito grandes e difíceis de carregar e têm muita cara de coisas mortas dos meus pais mortos para que eu me dê ao trabalho de ficar com elas. O mesmo vale para os outros quartos. Vou ficar com as peças pequenas e surradas, mas é melhor vender o resto a algum comerciante. Decido ir até o porão. É mais o meu território. Eu sou o tipo de homem que se sente mais à vontade quando está entocado.

Lá embaixo, as coisas estão um pouco mais do jeito que eram antes, uma bagunça familiar. A porta do depósito está totalmente aberta. Eu tinha posto tudo para fora, mas agora vejo algumas caixas a mais ali. Ao que parece, são pra mim. Fico emocionado (e impressionado) por Linda ter feito algo assim. Percebo que a única maneira de Linda e eu sermos

agradáveis um com o outro é quando um de nós não está presente. Em cima de uma das caixas, tem um Post-it cor-de-rosa com a caligrafia bonita de Linda:
    Richard —
    Achei que você poderia gostar disso.
                              — L

    Espio dentro de uma das caixas. Tem uma velha garrafa térmica Campus Queen, mais livros do Mickey Spillane e uma ótima batedeira elétrica antiga, com a tigela de jadeíta. Fico surpreso ao ver como Linda escolheu bem as coisas que poderiam ser do meu agrado. Talvez eu venha subestimando a minha irmã. Em outra caixa, tem mais fotos do meu pai, meio reviradas nas pontas e amareladas, e outra caixa com os calendários dele. De novo, as fotos são diferentes das do último lote. Estas, para minha surpresa, são fotos de família em preto e branco, fotos da minha mãe e do meu pai, de Linda criancinha e de um bebê que só pode ser eu. O esquisito dessas fotos é que elas me fazem lembrar não só as fotografias profissionais do meu pai, mas também as fotos amadoras que preenchem nossos álbuns de família. É como se esse fosse o período em que ele fez a grande mudança de fotógrafo para vendedor de seguros e pai.
    Tem fotos da família debaixo de um guarda-sol, em alguma praia; uma de mim um pouco mais velho, ao que parece no desfile do Dia de Ação de Graças; aquela foto clássica do primeiro aniversário com o rosto lambuzado de bolo; a do primeiro corte de cabelo, com dois barbeiros me segurando enquanto berro histericamente; todos nós no zoológico; Linda com uma máscara de monstro no Halloween, com as mãos esticadas como se fosse me agarrar. De novo, eu apareço gritando.
    Então, passo para uma linda foto em tom sépia da minha mãe, de cabelo escuro, olhando, de modo quase beatífico,

para um bebê recém-nascido que ela carrega nos braços. O braço esquerdo dela se aninha embaixo do bebê, o direito o envolve. Embora haja um cobertor por cima, posso adivinhar que a mão direita dela está apertando os dedinhos do filho. No fundo, fora de foco, posso entrever a janela em forma de leque da porta da frente. Nunca tinha visto essa foto, mas, de algum modo, sei que foi tirada no meu primeiro dia em casa vindo do hospital, meu primeiro dia aqui nesta casa, onde estou agora de pé, segurando essa foto, aprontando-me para levar embora o que sobrou da vida conjugal de meus pais.

Experimento um momento-brechó de grande intensidade, e não é minha intenção diminuir sua importância ao chamá-lo disso. Simplesmente não sei que outro nome poderia dar. Talvez nenhum. Talvez minha intenção seja apenas ficar em pé aqui no porão, sentindo o toque da minha mãe, incapaz de compreender que isso é simplesmente como você se sente quando determinada parte de sua vida acabou. O estranho é que tenho sentido essa presença antes, ou algo bem próximo disso. Não só com minha mãe e meu pai, mas com pessoas que nunca conheci, que nunca vi, cujas coisas tenho recebido ou comprado ou vendido ou dado. Tenho sentido essas pessoas de alguma maneira infinitesimal porque minhas mãos tocaram pontos que suas mãos tocaram. Portanto, talvez esse seja mesmo um momento-brechó.

Vou até a extensão do telefone no porão e disco um número. O telefone toca uma vez, duas. Não tenho ideia se ela vai estar lá nem se ainda quer me ver, mas decido não pensar nisso neste momento. Só quero falar com ela. Só quero falar com ela.

— Theresa, é o Brechó — digo, assim que ela atende. — Posso ir aí?

— Você quer falar com a Theresa? — pergunta o homem na linha. — Só um segundo. Ela está no banho.

DESCUBRO ALGUMAS COISAS

Quando volto pra casa lá pelas dez, cansado, a cabeça latejando, tem três mensagens na odiada secretária eletrônica, todas de Theresa. Ouço-as, ainda segurando na mão as últimas coisas do porão dos meus pais.
1) "Brechó, você acabou de ligar pra cá? O Dorr falou que tinha um cara no telefone dizendo que queria vir pra cá, mas que aí o cara desligou. Pode me chamar de louca, mas achei que era você. Me liga."
2) "Brechó, era você, não era? Você é muito tonto. Não acredito! Foi porque tinha um *homem* aqui? Não... nem quero pensar nessa possibilidade. Não importa, me ligue, tranqueira de macho ciumentozinho."
3) "Brechó, não chegou em casa ainda? Se você receber esse recado e não for muito tarde, por que não dá um pulinho aqui?"
Deixo as caixas no chão e vou de novo pra caminhonete.

O LONGO ALÔ

Theresa atende a porta num vestido antigo comprido de raiom, florido, verde e preto, descalça, com uma presilha rosa-perolado prendendo o cabelo. Está linda.
— Você é tão idiota — diz ela, balançando a cabeça. — Não acredito. O que achou, que eu tava trepando com alguém aqui?
— Eu...
— Vamos tirar isso a limpo. Você falou com o meu amigo Dorr, o pintor de quem eu te falei, certo? Eu costumava trepar com ele, mas agora não mais. A gente é amigo, certo? E no momento eu não estou trepando com mais ninguém a não ser você. Isso não quer dizer necessariamente alguma coisa, simplesmente a situação do momento é essa. Você entendeu?
Concordo com a cabeça, meio encabulado.

— Agora, não me peça mais detalhes, senão vou ser obrigada a dar.

Eu já estou obtendo informação demais. Tento guinchar algumas palavras.

— Brechó, não diga nada. Só entre e me dê um beijo, seu pateta.

Eu, como um bom cachorrinho, obedeço. E aí, bem. Obviamente, a gente é tomado pelo ardor de um novo amor (pelo menos eu), aquela fase em que a gente nunca parece ter o suficiente um do outro, em que a pessoa fica sexualmente insaciável. Não me entenda mal, não é algo que eu tenha experimentado realmente. Mas já li muitas coisas sobre o assunto em velhos fóruns da *Penthouse*.

A DEPRESSÃO PÓS-COITO E VOCÊ

Daí a gente arma uma barraca com o lençol, na cama de Theresa, e fica de mãos dadas. Sempre gostei de brincar de barraca, e é mais divertido ainda com Theresa ali. Juntando meu astigmatismo, a luz negra e o tremular inebriante da lâmpada de lava azul passando pelo lençol, Theresa tem o brilho iridescente de um nu pintado sobre veludo. Realmente é maravilhoso olhar pra ela. Também é bom ficar com a cabeça debaixo dos lençóis porque hoje não estou muito no clima de olhar as pinturas da parede ou aqueles crânios todos pelas mesas e prateleiras. Pra ser honesto, eles ainda me provocam certa histeria nervosa.

E então, do nada, Theresa começa a chorar. Não sei o que fazer, mas, como sou um cara obcecado por si mesmo, na hora já acho que tem a ver comigo.

— Theresa, o que foi? — digo, puxando o lençol da cabeça e me sentando. — Você achou ruim ficar assim? Será que era melhor a gente não ter feito isso?

Ela olha pra mim, as lágrimas escorrendo, o rosto vermelho, eu não sei por que, se de chorar ou de gozar, e ri uma risada soluçante fraquinha olhando pra mim.
— Não, Brechó. Sou eu. Isso às vezes acontece comigo depois de fazer sexo.
A garganta trava. Não preciso ouvir que ela andou trepando enquanto eu estava por aí zanzando em vendas de espólio ou me animando ao descobrir uma velha caixa com revistas suecas de nudismo. Então afasto isso da cabeça, digo a mim mesmo que algumas pessoas têm vidas normais, com atividades normais, como fazer sexo. Tente ser normal, só por um segundo, Brechó. Tente não imaginar coisas.
Os gatos vêm se juntar a nós na cama. Depois que ela começou a chorar, eles simplesmente foram chegando em fila, um a um.
— É o trabalho? — pergunto. Um gatinho malhado se insinua no meu colo, depois de cheirar. Tiro o bicho dali (não me incomoda o gato, é que eu estou nu, ouvindo alguém chorar aos berros).
Theresa cruza os braços, já mais calma. Fica segurando os peitinhos de um jeito muito sedutor, e eu tento desesperadamente me concentrar no que ela está dizendo.
— Pois é, sempre o trabalho. Sabe, noutro dia, uma mulher veio e deixou um gato de cinco anos de idade com a gente, um gato branco lindo, não tinha nada de errado com ele.
— Por que ela precisou se livrar do gato?
Theresa respira fundo antes de falar.
— Porque ele soltava pelos demais no sofá dela. Pelos. Como se fosse culpa do gato ter *pelos*. O coitadinho estava tão assustado, ele simplesmente ficou sentado na jaulinha e chorou a tarde inteira. Foi horrível. E não foi adotado. Ninguém quer gato já crescido, de cinco anos de idade. Todo mundo quer filhotinho. Então, ontem a gente pôs ele pra dormir.
— Sinto muito.

— Sente muito por quê? Eu faço isso praticamente todo dia. E por que com esse foi diferente? Eu não sei. Simplesmente alguns afetam você mais do que outros.

— Como as pessoas.

— A única hora em que ele realmente se acalmou foi um pouco antes. Eu fiquei segurando o gato por um tempo. Ele era um fofo. Eu dei um pouco de cachorro-quente pra ele, e ele ficou ronronando. Parecia estar superfeliz por ter alguém segurando-o. — Theresa para e assoa o nariz. — Isso que eu vou contar vai soar esquisito, Brechó.

— O quê?

— Ele sabia. Pouco antes de eu dar a injeção nele, ele se virou e olhou pra mim. Aí eu pensei, *ele sabe que eu vou matá-lo*. Então ele tocou minha mão com a patinha. Era como se ele me perdoasse. Ele estava ronronando quando o matei.

Acho que, a essa altura, estou chorando um pouquinho.

— Nossa, não sei como é que alguém pode aguentar um trabalho como o seu.

Theresa pega outro lenço de papel de uma caixinha perto da cama. Ela enxuga meus olhos, depois os próprios. A tristeza por trás dos olhos dela é acentuada pela umidade.

— Evidentemente, não consigo *parar*. Isso está fodendo comigo, Brechó. Eu sinto como se estivesse devendo a eles a minha culpa. Meus pesadelos. Eu não tenho outra coisa pra dar — diz ela com raiva, e então tosse. — Eu não consigo dormir. Estou sempre meio puta da vida ou pirando por qualquer coisa. É o que vai acabar separando a gente, imagino.

— Não diga isso, Theresa. Eu… Eu….

— É o que acontece sempre.

O gatinho malhado pula de novo na cama, sobe no colo dela, encosta o nariz no de Theresa.

— Ah, obrigada, Sílvia. — Ela faz carinho no gato, meio rindo.

— Por favor, não fale em nos separarmos, Theresa. Eu ainda nem tenho certeza se você gosta de mim.
Theresa me olha fazendo careta.
— Você acha que faço isso com alguém de quem eu não gosto, Brechó? — Então ela sacode de leve os ombros. — Bom, não é que eu nunca tenha feito com alguém de quem eu não gostasse, eu fiz, mas...
— Por favor, realmente não preciso ouvir sobre os outros. Eu não sou exatamente a pessoa mais experiente do mundo.
Ela ri.
— Ah, Brechó, agora você me decepcionou. Eu achava que você era aquele cara tipo cafajeste, como a maioria dos homens.
— Com certeza eu seria se tivesse tido a chance. Veja... eu simplesmente, o que acontece é que eu estou tipo... gostando muito de você.
Theresa sorri da minha escolha de palavras. Então, quando eu dou a impressão de que vou continuar nessa linha, vejo o terror nascer nos olhos dela. Começo a me sentir inseguro com o que eu possa vir a dizer agora.
— Na verdade — continuo. — Acho que eu, talvez...
Theresa solta um grito, e todos os gatos pulam para fora da cama. Ela se aproxima e me beija com intensidade, e mais e mais.
— Por favor. Por favor. Não... — diz ela, apertando seus lábios salgados contra os meus, me jogando na cama, silenciando-me com o corpo dela.

DIZER O QUÊ?

(Então, eu estava quase dizendo a ela que achava que talvez a amasse. Será que isso é tão ruim assim? Não estava esperando que ela retribuísse e dissesse o mesmo, ou algo do tipo. Não vamos ser ridículos. Faz muito pouco tempo que a gente se conhece, eu sei. É que simplesmente a maior parte das vezes eu não sei como me sinto a respeito de nada. Só que, de vez em quando, no meio de todo o corre-corre pra lá e pra cá da minha vida, ás vezes tenho um vislumbre cristalino de como realmente me sinto a respeito de alguma coisa. Quando isso acontece, tento identificar o que é. Só isso. Mas, se ela não quer que eu faça, não faço. Nunca vou dizer a ela, já que ela não quer que eu diga. Não vou dizer durante o tempo que ela me deixar ficar ali sem dizer. Mas eu começo a pensar: quanto tempo será que isso pode durar?)

PASSANDO A NOITE: REGRAS DE COMPORTAMENTO

Uma hora mais tarde, Theresa acende a luminária de poodle presa na cabeceira da cama dela e anuncia que eu tenho que ir embora. Dessa vez, protesto um pouco.

— Não gosto de gente passando a noite aqui — diz ela.

Olho pra ela, de início achando que talvez esteja brincando. Afinal, que diferença isso poderia fazer? Acabamos de compartilhar os atos mais íntimos (não é verdade. Ainda não fomos juntos procurar mercadoria de brechó. Estou pensando em pedir isso a ela assim que der). Mas logo me dou conta de que ela está falando sério. A essa altura, cedo um pouco, nem que seja porque também tenho regras sobre ir atrás de mercadorias de brechó e sobre o que eu como em determinadas noites da semana, e ela tem regras a respeito de as pessoas passarem a noite depois de fazer sexo.

— Tudo bem — digo, achando que estou me comportando como um bom soldadinho em relação àquela coisa toda. — Vou embora.

Grande suspiro.

— Brechó, pare de dar uma de magoado. Olhe, eu nunca vou ser capaz de pegar no sono se tiver alguém aqui. Quer dizer, talvez eu não consiga dormir de qualquer jeito, mas, se tiver alguém aqui, aí então fica praticamente impossível.

— Insônia?

— Acho que você pode chamar assim.

— Eu não me incomodo. A gente pode ficar acordado junto. De repente é divertido.

Theresa dá um grande sorriso, falso e malicioso.

— É. A gente pode ficar ouvindo discos e assar uns biscoitinhos e contar histórias arrepiantes.

— Você está tirando uma com a minha cara.

— Perspicaz você, Brechó. Eu agradeceria se você não transformasse minha falta de sono numa porra duma festa do pijama.

— Desculpe, mas talvez eu possa ajudar. Faço uma massagem em você. — Ergo as mãos e ponho nos ombros dela.

— Pare com isso — diz ela, afastando de mim seus ombros nus.

— Por favor, me deixa ficar — peço. Acho que estou meio implorando a essa altura. Não sei por que isso significa tanto pra mim. Quer dizer, eu sei. Estou cansado de dormir sozinho, especialmente nos últimos tempos. Além disso, quero desesperadamente ser diferente. Quero ser o cara que ela deixa dormir aqui. É tudo que eu tenho. Vai manter minha mente longe daqueles outros caras, se eu puder ser o cara especial.

— Brechó, eu disse não. Deus do céu, isso não está em discussão.

— Tudo bem, tudo bem. Desculpe. — Arranco o lençol de cima, me levanto da cama e começo a procurar minha roupa.

— Vou embora.

Theresa respira fundo e alto.

— Que merda! Brechó, não seja tão sensível. — Primeiro

ela fica irritada, depois exasperada. — Fique quieto só um minuto, tá? — Ela segura meu pulso.

Eu me desvencilho, fico procurando minha cueca.

— Achei que você queria que eu fosse embora logo.

— Brechó, acontece que... Acontece que não é uma boa ideia você ficar. Não fique puto, por favor? Não tem nada a ver com você, ok? Por favor?

Ela vem até o meu lado da cama para me dar um abraço. Eu paro de ficar puto e retribuo. Tenho dificuldades em ser mau com uma mulher nua que está pedindo para eu desculpá-la. Sou homem, afinal. Então, de um jeito tipicamente masculino, digo:

— Bom, se não tem nada a ver comigo, então por que você não me deixa ficar?

— Brechó...

Agora parece que ela que ficou estressada. Eu sei que não devia ser tão insistente com ela, mas não consigo parar.

— Por favor, me deixa ficar. Talvez ajude se eu ficar aqui. Por favor, Theresa. Eu não quero ir pra casa.

De onde saiu isso, eu não sei. Talvez eu tenha inventado. Acho que pus o dedo na ferida.

— É por causa dos seus pais? — pergunta ela.

Não vejo outra coisa a fazer a não ser concordar com a cabeça.

— Tudo bem. Pode ficar, Brechó. Mas depois não diga que não avisei.

EU PASSO A NOITE

Depois que Theresa se acostuma com a ideia de eu passar a noite ali, as coisas ficam bem. Ela se aconchega do meu lado, e os gatos se acomodam à nossa volta. O lençol que cobre a gente fica esticado, como uma tenda, com felinos no lugar dos espeques. Não consigo dormir desse jeito. E, a cada cinco minutos, Theresa solta um suspiro de exaustão. Isso não ajuda. Não posso fazer mais nada, então começo a esfregar a mão na cabeça dela. Fico aguardando objeções, mas ela não faz nenhuma. Até ouço um leve murmúrio de prazer. Na realidade, sou muito bom em massagens na cabeça, no pescoço e nos ombros. Minha mãe costumava pedir para eu esfregar as costas dela quando eu era menino. Eu ameaçava parar, e ela dizia "Só mais um pouquinho". Eu praticamente esfregava meus dedinhos até eles virarem coágulos sangrentos. Era uma boa prática.

Continuo fazendo massagem: têmporas, cocuruto, base do crânio. Depois de meia hora, os suspiros ficam menos pronunciados e menos frequentes. Alguns minutos depois, a respiração de Theresa muda, as inalações ficam mais superficiais. Quando ela começa a roncar, já são três e meia, segundo o velho Westinghouse perto da cama, e eu já começo a sentir como se fosse cair no sono. Pouco tempo depois, paro de massagear. Theresa começa a murmurar coisas no sono dela. De início, imagino que está falando comigo, embora não consiga entender uma só palavra. Soa como uma conversa, quase como se ela estivesse tentando convencer alguém de alguma coisa. Adormeço ao som dos balbucios dela, feliz por ela ter conseguido dormir pelo menos um pouco.

São quase quinze pras cinco quando o pulso de Theresa bate em cheio na minha cabeça. Começo a despertar quando a mão dela me acerta. Sinto o anel grosso de prata do polegar dela arranhar minha bochecha. A essa altura, ela já está se debatendo toda e falando como uma louca.

— Theresa, você está bem? — Eu sei que ela ainda está dormindo e não quero que acorde, mas acho que estou sangrando. — Theresa?

Aí... bem, ela meio que grita. Não é incrivelmente alto, mas alto o suficiente.

Eu passo meus braços por ela, por trás, para evitar que ela me machuque ou se machuque.

— Theresa, acorda — digo no ouvido dela. — Você está tendo um pesadelo.

— Quem é? — diz ela.

— Sou eu, Theresa, o Brechó... o Brechó... — Tento me concentrar no terror que ela parece estar sentindo, e não no fato de que ela não sabe ao certo quem está na cama com ela. — Sou eu, o Brechó. Você está bem?

Ela se vira e me agarra bem forte, como nunca ninguém me agarrou. Sinto as lágrimas dela na minha nuca, escorrendo pelo ombro. Ela chora, mas sem soluços nem ruído.

— Theresa, por favor. Está tudo bem, está tudo bem. — Ela ainda me aperta (sei que é horrível da minha parte, mas me sinto bem com isso. Ela está feliz por eu estar aqui).

— Sonhando?

Vejo que ela assente.

— Quer falar sobre isso ou melhor não?

— Melhor não.

— Certo.

Ela ergue a cabeça e olha pra mim. Mesmo na pouca luz da manhã, consigo ver o terror e o cansaço nos olhos dela.

— Você está sangrando. Fui eu que fiz isso?

— Vou sobreviver. Você quer dormir mais um pouco ou vai levantar? Tá clareando lá fora.

— Acho que é melhor você ir, Brechó.

Por essa, eu não esperava.

— Estou preocupado com você.

— Brechó, isso acontece o tempo todo. Você devia ter me ouvido ontem à noite. Eu não gosto que você me veja assim.

— Mas eu não ligo.

— Brechó, *eu* ligo. Por favor, vá embora.

OUVINDO MÚSICA FUNK ENQUANTO ARRUMO

E cá estou eu em casa, superacordado às seis e quinze da manhã de uma segunda-feira. Preparo uma caneca de chá e passo parte da manhã evitando sistematicamente as coisas da casa dos meus pais. Em vez disso, fico ouvindo música para dançar dos anos setenta (Ohio, Players, Chic, B. T. Express) e dou uma arrumada nas coisas da venda de espólio que eu trouxe da garagem. Tem umas coisas boas — canecas e tigela do Tom e Jerry, um suvenir de porta-guardanapos do Arizona, uma travessa de temperos de madeira, dobrável, dos anos cinquenta, um jogo de potes de cozinha de alumínio escovado. Isso tudo vai vender.

Por volta das dez, ligo para casa da Theresa. Ninguém atende. Ou ela não está ou não quer falar comigo. Penso em tentar encontrá-la no trabalho, mas é segunda e, com certeza, o abrigo está fechado.

Dou a mim mesmo uma escolha, tipo "dos males, o menor". Posso passar na casa dos meus pais e fazer aquele último rapa no térreo e no andar de cima, ou então descer até o porão aqui de casa e começar a lidar com a tralha que eu já trouxe pra cá. Realmente não tenho a menor vontade de dirigir, então opto pelo porão.

Tenho logo que dar um destino às coisas dos meus pais. Isso se torna gritantemente aparente à medida que me arrasto até o porão com a caneca de chá na mão. Quando termino de descer a escada, lembro que não consigo mais nem me mexer no porão.

Deixo a caneca no último degrau. Com o pé, afasto algumas das caixas de papelão para poder alcançar uma das cadeiras de estúdio dos meus pais. A caixa perto da cadeira é uma que eu pus ali faz dias (embora a sensação seja de que já faz semanas). Percebo isso pelo jeito com que cruzei as abas da caixa para que ficasse fechada. Abro a caixa meio de qualquer jeito e só faço alguma ideia do que há ali dentro quando vejo um exemplar de *Tudo o que você queria saber sobre sexo* e lembro que é a caixa com as coisas da Gaveta do Sexo dos meus pais. O primeiro impulso é simplesmente deixá-la de lado, mas sou logo atraído para ela de novo. Embaixo do livro, tem algumas revistas antigas da década de 1970 — *Woman's Day*, *McCall's*, *Family Circle* —, mas, no meio delas, acho um envelope gordinho, com as pontas reviradas, amarelado de cola, a beirada do envelope meio gasta, como se fosse manipulado com frequência. Quando tiro da caixa, vejo que no verso tem uma longa lista de anos anotada: 1958, 1959, 1960, 1963 e assim por diante. A última data é de uns seis anos atrás.

Quando abro o envelope, sinto um aroma adocicado de flor. De algum modo, sei que é Jungle Gardenia. Não sei por que esse envelope teria um aroma assim ou como o reconheci, mas eu sei, como se tivesse obtido essa informação de algum recesso olfativo do meu cérebro. Ponho a mão dentro do envelope e sinto a superfície lisa e fria de uma fotografia.

A primeira delas é uma foto em tom sépia de uma mulher nua, uma foto com toda uma atmosfera. Ela está sentada numa cadeira, inclinada pra frente, olhando pra baixo e pra direita, o cabelo escuro sobre o rosto, as pernas levemente afastadas. Na foto, o corpo da mulher (um corpo muito bonito) é a única coisa que está iluminada, a fonte de toda a luz na fotografia. Preciso admitir que, a essa altura, estou um pouco surpreso. Parece que dei com um esconderijo de fotos eróticas antigas, que alguém, suponho que o meu pai, havia guardado ali. Já ouvi o pessoal de vendas de espólio falando sobre esse tipo de coisa. Mas então olho de novo para a fotografia e sinto uma espécie de surto de medo me percorrer. O rosto da mulher está meio no escuro, mas tem alguma coisa familiar nela. Eu conheço aquele cabelo, aquele braço. Conheço aquele queixo. Antes mesmo de tirar outra foto do envelope, já sei que aquela mulher é a minha mãe.

Inclino-me pra frente na cadeira (parece que esqueci de respirar por um tempo). Com o deslocamento do meu peso, as tiras que sustentam a almofada na qual estou sentado rangem alto, o que me faz perceber que, na foto, minha mãe está sentada na mesma cadeira em que estou agora.

A segunda foto dá a impressão de que foi feita lá pelos anos sessenta, com aquele tom meio avermelhado e vagamente artificial das fotos daquela época. O cabelo da minha mãe está mais cheio, loiro agora, com um penteado mais à francesa, mais do jeito que eu me lembro dela quando eu era criança. Está fazendo pose, em pé, encostada no batente da porta, um pé apoiado no batente, o joelho pra fora. De novo, completamente nua, olhando com ar sonhador para algum ponto à esquerda da câmera.

Mal consigo olhar para a terceira foto (um nu frontal, minha mãe empoleirada numa banheira com uma esponja na mão), se bem que depois que resolvo olhar não dá mais para tirar os olhos. Continuo tentando não ficar surpreso. Deixo a fotografia de lado, fico de pé junto à cadeira, pensando em subir (pra quê? mais chá?), mas simplesmente sento de novo. Pego o envelope e tiro as outras fotos. Tem mais onze, todas de nus (todas artísticas, embora bem explícitas). Descubro que cada uma tem a data no verso, com a letra do meu pai. A mais antiga é de 1958, dois anos antes de meus pais casarem. Minha mãe está sentada em alguma praia, as pernas bem estendidas, os braços para trás, apoiando a parte alta do torso, os mamilos apontando para o céu, uma versão erótica da pose da garota no velho anúncio da Coca-Cola, aquele com a frase *Yes*. Minha mãe está olhando diretamente para a câmera, vinte e três anos de idade e, obviamente, orgulhosa do projeto doido do qual está participando, do qual ela é o único objeto.

Nas outras fotos, o intervalo entre elas varia de um a cinco anos, a julgar pelas anotações. Algumas são coloridas, outras em preto e branco, em poses variadas, geralmente em ambientes internos. A mais recente é de seis anos atrás, pouco antes de meu pai morrer. Minha mãe está com cinquenta e sete anos. A pose é mais sutil, numa cama desarrumada, mas, ainda assim, bastante reveladora. Obrigo-me a olhar para a cena. Minha mãe não parece estar gostando de si mesma nessa foto, não como nas outras. Não acho que seja porque o peito dela está caído ou porque os pelos pubianos estão salpicados de branco ou porque suas pernas têm fiozinhos roxos, mas porque ela sabe que essa será sua última foto. Ao longo do lado esquerdo da foto, quase invisível, há uma faixa cinza que eu reconheço como a beirada de um balão de oxigênio.

Lentamente, coloco todas as fotos de volta no envelope. Não tenho certeza do que fazer com elas, se mostro para a Linda ou não. Não imagino como ela poderia se sentir em relação a isso. Quer dizer, eu imagino, mas isso não significa que ela não queira saber que existem. Eu mesmo não sei como me sentir em relação a elas. Não sou puritano, com certeza não fiquei ofendido, mas é um pouco esquisito encontrar fotos da sua mãe nua. Na verdade, o esquisito é que meus pais não se davam bem a maior parte da minha infância, mas, mesmo assim, parece que ainda se dispunham a desempenhar esse ritual, um ritual que perdurou muito além da carreira de fotógrafo do meu pai.

Decido que por hoje chega. Volto para o andar de cima, tento ligar pra Theresa de novo.

DIA DE FOLGA

Embora eu tenha aberto a loja nas últimas segundas-feiras, resolvo que hoje vou me dar folga. Folheio os jornais. Tem algumas vendas de garagem rolando (é o auge da estação das vendas de garagem — elas acontecem quase todos os dias da semana), a maioria em bairros afastados, áreas que são novas demais para que haja alguma coisa realmente de valor. Mas, examinando melhor, vejo que há uma pequena concentração de vendas em Pontiac, onde ficam alguns bairros antigos mais promissores, e também umas poucas boas lojas de usados. Opto por elas e fico animado.

Por volta das três e meia da tarde, sou um homem derrotado. Desperdicei a tarde inteira me perdendo, dirigindo até cinco vendas de garagem diferentes, e nenhuma delas tinha nada que valesse a pena comprar. Tem mais uma que circulei no jornal, mas decido descartá-la. É arriscado fazer isso, posso garantir que é, porque às vezes a última venda é aquela que muda sua sorte. Mas, na maioria das vezes, não. Seja como for, não posso voltar para casa de mãos abanando. Minha última esperança é o Exército da Salvação. Pego a Wide Track Drive, começo a sentir minha sorte mudando. Na verdade, porém, isso é apenas a compreensão de que, haja o que houver ali, eu vou comprar alguma coisa, mesmo que seja só para quebrar a maldição.

CRISE EVITADA

Estou com sorte. Fico com um par de enfeites de parede (frutas de gesso pintado, maçãs e uvas) e com um conjunto de joguinhos de mesa Melmac cor-de-rosa, que eu tenho certeza que posso vender. Tudo me custa 2 dólares e 83 centavos. E saio feliz da vida, me sentindo ainda um comerciante de usados sortudo. Isso pode soar tolo, mas ninguém, desde o cara mais humilde, que cata brechó de baixa qualidade, até o mais aristocrático negociante de antiguidades, pode se permitir ficar no seco. Já aconteceu comigo e não tem a menor graça. Uma vez que acontece essa seca, não há o que fazer, a não ser tentar superá-la. E pode durar dias, semanas, até meses, e com toda a certeza vai levar você às Profundezas do Desespero, procurando em qualquer lugar e por toda parte aquela coisa de valor que vai mudar a sua sorte. É por isso que eu sempre compro nem que seja uma tranqueira, simplesmente como um tributo a esses caprichosos deuses da sorte dos brechozeiros. Além disso, se você começa a pensar que nunca vai encontrar nada, então nunca vai encontrar nada mesmo. Não importa o que aconteça, o verdadeiro brechozeiro não pode se desesperar. Assim como os cachorros, os deuses do brechó são capazes de sentir o cheiro do medo. E você certamente será castigado.

A caminho de casa, ligo de novo pra Theresa, deixo outra mensagem. Tento o abrigo, mas, como eu suspeitava, está fechado hoje. Decido ir ao apartamento dela.

Na porta do prédio de Theresa, geralmente ficam alguns velhos, desocupados, sentados em cadeiras de cozinha antigas (infelizmente, já detonadas demais pelo uso constante), cuja ocupação é ficar xeretando quem entra e sai do prédio. Depois de passar por essa falange de velhotes sisudos, fico parado na frente da porta dela por um ou dois minutos, ouvindo. Ouço um miau, mas não ouço passos. Quando bato, ouço quatro ou cinco ou mais gatos, todos miando perto da porta. Nada de Theresa. Pego meu caderninho, aquele no qual faço minha lista das coisas que preciso de verdade na minha casa (porta-revistas, luminária de chão, estante de livros) e escrevo um bilhetinho:
    T.
    Passei pra dar um alô. Me liga.
                    B.

Depois de dobrar o bilhete e enfiá-lo na fresta do batente, puxo de novo para fora e rabisco embaixo: "Saudades". Claro, na mesma hora já me arrependo de ter feito isso. Quase rasgo o bilhete três vezes, mas então decido deixá-lo.

POR QUE ODEIO SECRETÁRIAS ELETRÔNICAS — PARTE II

"Richard, espero que você já tenha pegado tudo o que queria da casa, porque, não esqueça, o pessoal da venda do espólio começa na quinta."

Essa é a mensagem que esperava por mim na secretária quando chego em casa. Aperto "Apagar", entro na sala, coloco Bob Wills & The Texas Playboys no toca-discos e vou até a cozinha procurar o que comer.

O cozido de carne Dinty Moore de segunda-feira não tem um gosto lá muito bom. Talvez o desta lata, por azar, não seja dos melhores, se bem que eu nunca tinha comido isso antes. Dou uma olhada nas caixas de enlatados dos meus pais, pensando em comer mais alguma coisa, mas o cozido já me deixou empanturrado, embora insatisfeito. Então, os ganidos do Bob Wills em "Roly Poly" me despacham correndo para a sala, na maior agonia. Tento um LP de *Provocative Percussion*, na expectativa de que me deixe mais relaxado. Enoch Light costuma funcionar, mas não hoje.

A noite inteira, sinto-me inquieto. Tento não ficar esperando o telefone tocar. Tento não ficar imaginando por que Theresa não me liga. Sei que passou só um pouquinho de tempo, mas é que nós dois temos ficado, sei lá, mais íntimos, e eu só estou querendo conversar com ela. Ela está agindo como se isso tudo não fosse grande coisa pra ela, e talvez pra ela não seja mesmo. Ligo a tevê. Não tem nada de bom. Desligo. Não tô a fim de ler. Foi apenas um dia estúpido, andando pra cima e pra baixo.

O PRÓXIMO NÍVEL DE INTIMIDADE

Terça-feira. Sou acordado pelo telefone por volta das oito. É Theresa, e parece bem animada.

— Oi, Brechó. Adivinha? É minha folga hoje. Pensei que a gente podia sair e ir ver coisas de brechó. O que você acha?
— Acho ótimo — respondo, meio sonolento.
— Você pode dirigir? Quer dizer, você tem a caminhonete e tudo mais.
— Claro. Tudo bem. Pego você em uma hora.

A princípio, fico feliz, mas depois que desligo começo a pensar melhor. O Fred foi a última pessoa com quem eu saí atrás de compras para o brechó e, embora tenha sido muito bom, mesmo assim tem uma coisa que muda a experiência pra mim. Você precisa se ajustar ao jeito de a outra pessoa ver as coisas, ir no ritmo dela, gastar tempo com coisas para as quais você não liga. Tem ainda o fato de que, na verdade, eu nunca saí para ver coisas de brechó com uma mulher. Não sei muito bem o que esperar. O mais perto que cheguei disso foi com a mulher do Exército da Salvação (mas só porque nós dois trabalhávamos lá. Ela jamais teria sequer sonhado em ir até um brechó comigo no seu tempo livre. Se eu alguma vez tivesse sugerido isso, ela provavelmente teria me batido).

Quando pego Theresa, ela está toda sorridente, com uma jovialidade cafeínica. Diz que precisa tirar esse dia de folga, e eu concordo. Vai ser bom pra ela. Rapidinho, começo a gostar da ideia toda. Depois de olhar os jornais, decido ir até uma "venda de espólio" esquisita de objetos usados de baixa qualidade em Rosedale Park, um bairro interessante no noroeste de Detroit, um oásis chique numa planície detonada (coloquei aspas nessa "venda de espólio" porque suspeito de que se trata mais de uma venda de garagem. Mesmo assim, é um bairro tradicional, bacana, e Theresa nunca esteve por ali, então vale a pena ir). Estamos rodando pela estrada Southfield, papeando, quando Theresa começa a gritar.

— Brechó! Encosta o carro! Depressa, encosta! *Agora!*

Como seria de esperar, isso me deixa em pânico. E, como estou na pista do meio, chegar ao acostamento não é algo assim tão fácil. Finalmente, consigo mudar de faixa e encostar o carro. Theresa continua aos berros comigo o tempo todo.

— Pega o número da placa daquele Pontiac cinza ali! Depressa, Brechó!

— O que está acontecendo? — pergunto, implorando.

— Aqueles filhos da puta acabaram de abandonar um cachorro. Vai lá atrás deles, Brechó!

De repente, estou envolvido numa espécie de perseguição em alta velocidade. Eu nem me dei conta do que estava acontecendo. Volto para a estrada e começo a guiar como um maluco por alguns quilômetros, mas não há nenhum Pontiac cinza à vista em lugar nenhum. Quando faço o retorno e volto pra pegar Theresa, não vejo nem sinal dela. Saio da caminhonete na área onde a havia deixado (isso não me deixa lá muito feliz: ronco ensurdecedor de motores, fumaça fétida de diesel, carros passando como foguetes a 120 por hora, a meio metro de mim. Ai ai!). Theresa então surge no alto da encosta. Desce o paredão íngreme até a minha caminhonete, com cara de desânimo, obviamente sem ligar a mínima pro perigo.

— Ele fugiu de mim — diz Theresa, desapontada. — Vamos dar um tempinho pra ver se ele volta?

— Certo.

— Às vezes eles até pulam pra dentro do carro quando você abre a porta traseira. Conseguiu anotar a placa?

— Não. Não deu nem pra localizar o carro. Desculpe, Theresa.

Ela me dá um tapinha no braço.

— Tudo bem, Brechó. Você tentou. Vamos ver se a gente pega o cachorro. O coitadinho parecia muito assustado.

Abro a porta do passageiro. A gente entra.

— Isso é comum? Gente abandonando bicho na estrada?

— Acontece o tempo todo. É um método de descarte bem popular. Largar o cachorro, ele se assusta, entra na estrada, deixa de ser um problema. — Teresa balança a cabeça, descrente. — Só que eu nunca tinha visto isso sendo feito *na minha frente*.

A gente espera. Depois de meia hora, Theresa localiza o cachorro, um beagle, no alto da encosta. Quando ele vê a minha caminhonete, foge correndo de novo.

Depois de uma hora, a gente já tomou todo o meu chá, comeu o tubo de Pringles que eu comprei especialmente para a nossa pequena expedição de brechó (em geral, eu não como quando estou nessa empreitada, faz você ficar lento, mas hoje abri uma exceção). O trânsito vai ficando menos denso. Um carro para no acostamento, e um homem de terno pergunta se a gente quer que ele chame um guincho. Agradecemos e dizemos que estamos esperando alguém. Mais tarde, ponho pra tocar uma fita cassete bacana de comediantes stand-up que eu gravei a partir de LPs de Rudy Ray Moore, Lenny Bruce, Pigmeat Markham, Rusty Warren e Moms Mabley, mas aí eu desligo. De alguma forma, as piadinhas não parecem muito adequadas, considerando nossa missão.

— Só mais um pouquinho, Brechó. Tudo bem?

— Claro, sem problemas.

Depois de outra meia hora, Theresa desiste. Pelo menos, eu acho que ela está quase desistindo.

— Escuta — diz ela. — Você se incomodaria de ir até a próxima saída, fazer o retorno e passar aqui de novo? Tenho a intuição de que, a essa altura, ele já terá voltado.

— Ok. — A essa altura, todas as minhas esperanças de ir atrás de mercadorias para o brechó já foram para o espaço. Estou simplesmente feliz por ter o que fazer. Dou a partida na caminhonete, e a gente vai até o próximo retorno, que fica uns três quilômetros adiante. Damos a volta, pegamos a estrada de novo e passamos pela área onde estávamos estacionados.

— Merda. Nem sinal dele — diz Theresa.

Adoraria ir a alguns lugares atrás de mercadorias para o brechó, mas sei o que eu tenho que fazer.

— Quer que a gente faça o retorno de novo?

— Obrigada, Brechó. — Ela põe a mão no meu joelho e, então, percebo que eu ficaria fazendo esse retorno o dia inteiro por causa dessa mulher.

Depois de mais duas voltas, vamos para a grande loja de São Vicente de Paula, no Lincoln Park. Damos voltas e voltas, vendo objetos da nossa infância, dando risadinhas das coisas horrorosas e ficando encantados com coisas verdadeiramente horrorosas. Ela quer explorar áreas nas quais eu geralmente não penso — lustres e luminárias, máquinas de escrever, bolas de boliche. Eu escolho uma luminária de tevê em forma de barco chinês, um enfeite de parede de um gaúcho dos anos cinquenta, um pouco lascado, e um prato de suvenir das Bermudas com hibiscos e jogadores de golfe. Theresa desencava um relógio em forma de estrela dos anos sessenta, que parece ainda funcionar, e uma caneca tiki de madeira. Fomos bem. Depois, vamos até a Associação dos Cegos e o Exército da Salvação, mas não damos sorte. Mesmo assim, concluo que gostei de dar essas minhas voltas com Theresa. Dá uma boa combinação em termos de brechó. Quando a gente pega a estrada de novo, eu me sinto feliz como uma criança. E acho que Theresa também.

— Você viu aquela motoqueira dona da loja? — pergunta ela, achegando-se perto de mim no meu assento enorme, pondo a mão dela no meu braço (minhas mãos, no entanto, continuam seguras na direção, na posição de dez pras duas. O que é que eu posso fazer? Sou um chato de um motorista consciente). — Cara, a mulher era uma figura! Com aquela roupa toda de couro, a calça Lee apertadinha, os anéis de ouro, os braceletes de ouro, a gargantilha de ouro e as tatuagens nos dedos. Você chegou a ver?

Eu dou uma risada.

— É, era uma daquelas pessoas que se ligam em moda mesmo. Na tatuagem estava escrito "Amor" na mão esquerda e "Ódio" na direita, não era isso?
— Eu quis ver, mas fiquei com medo de chegar perto demais.
— Incrível.
— Brechó, volta com a caminhonete.
— O que houve?
— Por favor, volte. No próximo retorno, tudo bem?

Eu continuo perguntando pra Theresa o que foi que houve, mas ela não responde. Quando ela me pede pra voltar pela estrada no sentido sul, já imagino do que se trata e tenho o bom senso de ficar quieto. Quando chegamos ao mesmo trecho em que as pessoas abandonaram o cachorro, percebo que eu estava certo. Lá no acostamento, o corpo retorcido de um jeito impossível, o focinho cheio de sangue, vejo o beagle. Eu encosto a caminhonete. Theresa abre a porta, anda até o cachorro, ajoelha ao lado dele. Eu desligo o motor.

— Ele ficou esperando eles voltarem — diz ela, enquanto eu ajoelho ao seu lado. Ela fala baixinho, mas firme. Theresa passa os dedos no pelo do cachorro, dá uns tapinhas na cabeça dele. Com a outra mão, acomoda o corpo numa posição mais natural em cima do cascalho.

— Eles sempre acham que as pessoas vão voltar para pegar eles. Que foi algum tipo de engano.

— Theresa — chamo, mas acho que ela nem me ouve. Está num lugar diferente. Parece que nem percebe o sangue nos dedos dela.

— Você conhece alguém em quem confie desse jeito? Eu, não.

Uns cinco ou seis carros passam por nós, nenhum deles para.

— Você tem um cobertor, ou alguma coisa do tipo?
— Tenho. — Vou até a caminhonete, abro a porta de trás,

pego um cobertor Pendleton azul e verde todo comido de traças que eu uso pra proteger as mercadorias mais frágeis.

Passo para Theresa, e ela, delicada e metodicamente, como se estivesse embrulhando um presente, envolve o beagle morto no cobertor. Na caminhonete, acomoda o bicho no colo dela, no banco da frente. Ela pede para eu deixá-la no abrigo, de onde ela pegará carona para casa com alguém. Acrescenta que isso não está em discussão.

A única coisa que Theresa comenta é: "A culpa é minha".

NATUREZA-MORTA COM VAGEM

Quarta de manhã, não há nada promissor em termos de brechó nos jornais, então eu volto pra cama. Às dez, tomo banho, encho minhas térmicas e vou pra loja, dou uma varrida, e então saio pra comer um hambúrguer. Não acontece nada até umas três e meia, quando, então, vendo alguma coisa. Uma cadeira estilo Herman Miller em forma de concha, bege, em fibra de vidro (por alguma razão, vender uma imitação barata não me incomoda), que eu comprei por dois dólares. Vendo essa bandida por quinze! Melhor ainda, o mesmo cara compra uma luminária em tom verde-clarinho em forma de pagode e algumas taças de vinho de um lugar chamado Lums.

Mais tarde, com uma sensação boa de ter feito algum dinheirinho, tento achar Theresa no abrigo. Eles dizem que ela está ocupada, não pode ser incomodada. Não sei como interpretar isso. Ela não retorna minha ligação. Nem a seguinte. E temo que não vá atender também a próxima. Às seis e meia, decido ir pra casa, um pouco deprimido, um pouco puto. Digo a mim mesmo que não vou ligar pra ela de novo. Digo a mim mesmo que agora vou esperar que ela ligue de volta.

Em casa, minha sopa de macarrão Ramen Chicken não é comestível. Jogo a coisa toda fora e vou procurar de novo nos enlatados da minha mãe. Descubro latas de sopa de creme de cogumelos da Campbell's, ervilhas à francesa da Hunt's e anéis de cebola frita à francesa da Durkee. De repente, me dá a maior vontade de comer uma travessa de vagem picante da Zesty. Dessa vez, isso não me deixa todo choroso ou algo parecido, simplesmente me soa bem. Soa *picante*. Misturo a sopa e a vagem num prato raso com um pouco de pimenta e margarina, jogo a cebola em cima e coloco a turma toda no forno a 350 graus. Depois, como se, ao preparar essa gororoba toda, eu tivesse invocado alguma poderosa magia gastronômica, o telefone toca e é Theresa.

— Oi, baby — diz ela, mascando chiclete de boca aberta (a mãe dela não ensinou que não se deve fazer isso?), a voz como uva doce e veludo púrpura.

Nunca ninguém me cumprimentou desse jeito. De repente, perdoo tudo. Esqueço que fiquei chateado. Esqueço que tinha decidido parecer meio distante. A única coisa que eu quero é me enfiar pelo telefone atrás dessa voz.

— Desculpe não ligar antes. Tá a fim de dar um pulo aqui?

— Oi — digo, ainda reagindo taciturno ao cumprimento dela.

— Oi. — Ela soa um pouco decepcionada agora, mas eu a ouço sorrir para mim, para a minha falta de pique. — E aí, quer vir pra cá?

— Ok. Acabei de colocar no forno uma travessa de vagem Zesty. Posso levar aí quando ficar pronto.

Ela ri, sem muito entusiasmo, mas com sinceridade.

— Que fofo! Essa é a receita que te fez chorar quando eu conheci você.

— Eu lembro. — Não sei explicar, mas isso me perturba um pouco.

— Ok, Betty Crocker. Mas venha logo, tá?

FAÇO UMA PIADA

Chego à casa de Theresa com a travessa na mão. Fico lá na frente da porta dela por um tempo, curtindo esse momento em que não estou tão nervoso, sentindo-me até bem confortável por estar indo para a casa de uma mulher com quem estou saindo (minha namorada?).

Bato à porta. Theresa abre (camiseta branca pequena demais, saia quadriculada anos cinquenta, presilha de cabelo azul-pérola, descalça) e sorri indulgentemente para mim, para a minha oferta embrulhada em papel-alumínio.

— Muito gentil. Presente para a anfitriã.

— Um prato quente para um prato quente — digo, bastante satisfeito comigo mesmo. Já vinha premeditando fazer essa piadinha no caminho.

— Seu bobo — diz Theresa, rindo. Ela me dá um beijo de uva. — Entra.

Enquanto Theresa coloca a travessa na mesa, sou recebido pelos gatos. Três deles se aproximam na mesma hora, um malhado, uma gatinha amarela e outro gato que nunca vi antes, um dálmata. A gatinha se esfrega em mim e ronrona alto, os outros me cheiram.

— Acho que a Sedgwick tem uma queda por você — diz Theresa, atrás de mim agora, batendo os punhos na minha cabeça, atrás do pescoço. — Também fico alegrinha de ver você de novo.

— Como foi o seu dia? — pergunto, pelo puro prazer prosaico de perguntar, pelo jeito que isso tem de papo de casal. Vejo atrás dela que o manequim tem mais Post-its grudados do que nunca.

— Acho que eu não estou a fim de falar disso — diz Theresa, de repente parecendo exausta. Ela descansa a cabeça na minha clavícula.

— O que houve?

— Não vamos falar disso, Brechó. Por favor. Acho que nos últimos tempos eu tenho falado demais sobre trabalho.

— Certo. — Fico um pouco chateado com isso. Eu aqui pensando que talvez faça parte de um casal, e ela nem quer me falar do dia ruim que teve.

Theresa me dá um beijo e, então, desliza os lábios dela até a minha orelha direita.

— Brechó, vamos pra cama.

— Eu, ahn...

— Olha, você vai comer seu lindo ensopado depois. Eu preciso de você agora.

— Eu...

— Vamos considerar isso um "sim".

PROBLEMAS SEXUAIS DE NATUREZA VOLUNTÁRIA

Não estou bem certo se todas essas minhas pequenas hesitações e pigarros chegaram a constituir um sim, mas com certeza não fiquei resistindo muito. O que se segue é o mais barulhento, mais acrobático e provavelmente o sexo mais selvagem que eu já fiz na vida (estou ciente de que isso não quer dizer muita coisa). Durante o sexo, Theresa fica em cima de mim (desculpe dar esses detalhes tão visuais), de olhos fechados, me empurrando com força contra a cabeceira da sua cama de bordo anos cinquenta pintada de preto (um pecado em termos de objetos usados). Bem, tudo isso está ótimo, mas uma coisa começa a me incomodar (no meio de ondas tremulantes e efervescentes de prazer). Eu me dou conta de que toda essa atividade não nasce de um ardente desejo sincero pelo papai aqui, mas de algo totalmente diferente. Depois de um tempo, isso começa a me incomodar. Tanto assim que uma hora eu paro *in media res* (uma façanha impressionante, penso eu, para alguém que tenha um pênis).

— Brechó, qual é o problema? Por que você parou? — indaga Theresa, ofegante, os olhos abertos agora, focados, mas surpresos.

— Estou ótimo. Eu só fiquei com esse sentimento estranho de que você, na verdade, não está fazendo sexo comigo. De que, na realidade, nem faz diferença que eu esteja aqui. — Será que estou mesmo dizendo isso?

— Como assim, Brechó? Não é verdade.

— É como se você estivesse querendo se livrar de alguma coisa através do sexo.

— Ah, por favor. — Ela ajeita uma mecha úmida de cabelo escuro atrás da orelha e me observa, chateada.

— Estou falando sério.

— Bem, mas o que é que está preocupando você?

— O que me preocupa? Que você não precisa de mim, só precisa de um pau.

— Bom, mas é o seu pau. Isso não conta nada? Vamos lá, Brechó.

Ela volta a quicar em cima de mim, e não acredito quando me vejo fazendo ela parar outra vez.

— Não. Eu não gosto disso. Você poderia muito bem estar fodendo com os seus amigos Roger ou Dorr ou com qualquer outro cara. — Eu me desprendo dela.

— Talvez eu faça isso mesmo na próxima — diz ela, se afastando de mim.

Passo pro outro lado da cama e fico olhando fixamente pra mesa cheia de velas. Nenhuma das velas está acesa, mas, pela luz da luminária de lava, posso distinguir pequenas fotos emolduradas de cães e gatos. Já tinha visto isso antes, mas dessa vez eu realmente olho para elas. Algumas fotos estão manchadas e desbotadas, como se tivessem sido feitas em Polaroid. O estranho é que as pequenas molduras que as sustentam não são velhas ou usadas, são do tipo que você compra novas, digamos, numa loja Hallmark — douradas e de prata escovada, algumas feitas com ossos ou espinhas de peixe. Isso é bem pouco característico de Theresa e, por um momento, esqueço que estou tendo uma discussão sobre sexo (a minha primeira!).

— Por que você não vai embora e pronto? — diz Theresa, de costas para mim, encarando o mural.

Eu me viro para ela, agora com curiosidade, falando para a nuca dela. — Quem são esses animais todos, Theresa?

— Vai *embora*. — Ela se enrola, os joelhos encostados no peito, fechando-se ainda mais pra mim.

Por alguma razão, eu simplesmente continuo pressionando. Estou irritado agora, mas também me sinto estúpido, puto comigo mesmo, ainda que sabendo estar certo a respeito da questão do sexo.

— Então me diga o que aconteceu hoje — insisto, minha cabeça em cima da dela. — Ou foi ontem? Eu falei pra você que a história do cachorro não era culpa sua. Ele estava com medo da gente. Não havia nada que você pudesse fazer. Ninguém poderia ter feito coisa alguma.

— Cala a boca, Brechó. Você não sabe de nada.

— É só você me contar o que está acontecendo. Eu fico na boa, deixo você fazer o que quiser, se você simplesmente me contar o que está acontecendo.

Agora ela se vira, tentando desesperadamente parecer normal, mas os olhos dela entregam o jogo.

— Vamos sair e arrumar alguma coisa pra comer, Brechó, tá certo? Ou então vamos pegar um cinema.

A voz dela ficou seca e monótona. Eu deveria ter percebido que essa mudança óbvia de assunto significava que eu tinha tocado na ferida. Deveria ter parado por aí e confortado Theresa, mas não fiz isso.

— Theresa, me conte. O que aconteceu?
— Eu já lhe disse que não quero falar sobre isso.
— Por que não?
— *Eu simplesmente não quero.*

As lágrimas estão começando a brotar, mas eu vejo que tem outra coisa acontecendo também. Uma mudança. Ela está desistindo de alguma coisa. Sinto o arrependimento subindo pela minha garganta. Ele começa a aumentar dentro de mim, ondas gigantes, um tsunami de arrependimento. Sei que é tarde demais.

— Seu idiota — diz ela, começando a chorar.

— O quê?

Theresa enrola um lençol em volta dela, abraça a si mesma, do jeito que eu deveria estar abraçando-a. Ela começa a balançar na cama.

— Eu matei cinquenta e um animais hoje.

— Que merda!

— Eles trouxeram todos aqueles gatos que estavam numa mesma casa. O marido daquela mulher odiava gatos, então ela ficou arrumando mais e mais, só por maldade. Então eles começaram a dar cria. Setenta e três gatos, todos morando na mesma casa. O cara que foi verificar se havia crueldade contra animais encontrou só uma caixa de areia e um prato de comida.

— Meu Deus!

— Quando os trouxeram, era muito horrível. Os gatos, em sua maioria, estavam tão bravos que nem chegavam perto de um humano. Todos com doenças e cruzando com consanguíneos e passando fome. Foi simplesmente terrível. Os olhos dela ainda estavam fechados.

— E você...

— Foi a única coisa que a gente fez a tarde inteira. O Elliot montou outra mesa na Sala de Eutanásia. E então a gente deu fim neles, um atrás do outro, um atrás do outro. Que nem máquina.

— Meu Deus...

— Ficou uma montanha assim de gato morto junto do forno de cremação. A gente poderia até ter usado uma pá.

Ela senta encostada na cama, olhando pra parede.

— Então, no fim do dia, a gente teve que dar fim em todos os animais que estavam programados pra isso. Tive que sacrificar oito cachorros, depois a ninhada de uma gatinha, todos em perfeita saúde.

Theresa enxuga as lágrimas com o lençol. Continua falando como se eu não estivesse ali.

— Eu fiquei lá, com a mãe na mesa, uma gata malhada, grande, e enquanto eu raspava o pelo da patinha dela e umedecia a veia, todos os filhotinhos ficavam brincando, um caçando o outro, em volta dos meus pés. Então comecei a dar fim nos filhotinhos, um a um. A essa altura, eu já estava entorpecida. Mas ainda tinha aquela naniquinha, tão linda, que ficava só dando uns miadinhos curtos. — Theresa tosse, cobre o rosto com as mãos, dá umas duas respiradas superficiais e rápidas. Aperta o lençol com mais força. — Ela ficava fazendo isso, mesmo enquanto eu matava os irmãozinhos e irmãzinhas dela. Finalmente, todos tinham ido embora, menos ela. E, quando chegou a sua vez, ela parou e eu pensei: ela sabe o que vem agora, e aí ela começou a ronronar, e eu pensei comigo: *Eu simplesmente não posso fazer isso, não posso fazer isso*. Então o Elliot disse: "O que houve?". Eu disse que ia levar a gatinha comigo pra casa. E ele falou: "Você não pode, Theresa, já tem gatos demais. Quer que eu faça por você?"

— E então você deixou que ele fizesse? — perguntei.

— Não. Eu mesma fiz.

— Meu Deus...

— E depois que fiz, fiquei lá pensando... *Mudei de ideia. Eu quero a gatinha de volta pra mim*. E aí eu fico lá, em pé, segurando aquele cadaverzinho delicado e mudo de ideia. Quero ela de volta. Quero trazê-la pra casa. Quero dar um nome de verdade pra ela em vez dos nomes que a gente inventa no abrigo pra todos os bichos terem nome e a gente poder chamá-los de algum jeito enquanto mata. Eu quero dar para ela um nome de garota de verdade, Amélia ou Flannery ou Jayne, *algum nome*. Eu tô apenas em pé ali, segurando aquele filhotinho morto, e então o Elliot vem e pega a gatinha da minha mão e leva até a sala do forno e deixa lá junto com os outros, em cima da mãe dela.

— Sinto muito, Theresa.

Ela fica olhando fixamente pra parede do mural enquanto fala.

— Eles ficam com aquele olhar quando você mata. De repente, simplesmente não tem mais nada ali. Os olhos deles somem. Havia um animal lindo ali, e agora não há mais nada. E foi você que fez isso. E, naquela hora, você não consegue nem parar por tempo suficiente para se dar conta do que acabou de fazer. Você só segue em frente e mata outro e depois outro. Mas cada um mexe de algum jeito com você. Eles fazem você queimar por dentro. E em pouco tempo só vai sobrar essa massa de tecido cicatrizado onde antes supostamente havia sua alma.

Theresa fecha os olhos e começa a chorar de novo.

— Eu não sei se consigo mais conviver comigo depois de tudo o que eu fiz.

Então algo acontece. Essa mulher nua, vulnerável, com lágrimas rolando pelo rosto, que uns instantes atrás compartilhava comigo o calor de seu corpo, olha para mim e começa a gritar.

— Tá feliz agora? Acabou a porra do seu interrogatório? Quer mais detalhes?

— Theresa, eu... — Agora fico sem saber o que fazer.

Theresa de novo vira as costas pra mim, fica arqueada na cama, arranca o lençol, começa a arfar, tem o que parece ser uma convulsão. Eu deito na cama, ponho meus braços em volta dela, tento confortá-la. Ela explode em movimentos, como se fosse uma daquelas nuvens de braços e pernas se debatendo num desenho animado. Seu anel de prata no polegar acerta meu queixo (meu segundo machucado provocado por anel), a cabeça dela bate na minha clavícula e a presilha de cabelo azul-pérola dela sai voando pelo quarto.

— Oh, Theresa, sinto muito. Eu não queria... — Ela me afasta, me empurra pra fora da cama. Eu caio de bunda e dói pra burro. Eu derrubo um velho copo Cregar's Pickwick House de cerâmica Cregar, que se estilhaça contra o pé da cama. Theresa se vira para mim, um demônio de brechó agora, o rosto vermelho, bicos dos seios vermelhos, o corpo inteiro vermelho, com raiva de mim. Consigo sentir o cheiro da raiva dela misturado com os humores do nosso sexo.

— Sai já daqui! Por que você ficou me pressionando? Não deu pra ver que eu não queria falar sobre isso? — Theresa começa a atirar roupas em mim e, quando não tem mais roupa minha, começa a se debater na cama.

— Theresa...

— Cai fora! — urra ela para a parede, de um jeito que deve ter machucado a garganta dela. Um vizinho bate na parede.

Eu me arrasto pelo quarto, pego meus óculos, minhas roupas — a calça da penteadeira, a camisa de cima da mesa com a luminária de lava, que foi derrubada e talvez tenha sofrido um dano irreparável. Saio correndo do quarto. Ela bate a porta assim que eu saio.

NADA MAIS DO QUE SENTIMENTOS

Em casa, não consigo acreditar no que aconteceu esta noite. Tantas emoções e sensações diferentes que eu nem consegui terminar de vivenciá-las direito: ainda estou feliz por ter ouvido a voz de Theresa ao telefone; ainda me derreto ao me lembrar dela na porta do apartamento, de sainha quadriculada e presilha perolada; ainda sinto o susto e a excitação pela proposta que me fez; ainda estou viscosamente quente e vermelho de euforia de fazer amor com ela; ainda estou impressionado por ter interrompido a transa; ainda me sinto zonzo pelo jogo de poder doentio de pressionar Theresa a me contar algo que ela não queria me contar; ainda perplexo com o que ela me disse; ainda com dor do tombo que levei ao cair da cama. Mesmo assim, nada se compara com o terror abjeto, de travar a garganta, da simples ideia de que Theresa possa não gostar mais de mim.

Pego o telefone e submeto-me a toda aquela manobra de filme B de tentar ligar pra ela, de fazer com que fale comigo. Deixo o telefone tocar, tocar e tocar, e finalmente ela atende. E eu, freneticamente, digo o nome dela, e ela desliga. Quando ligo de volta, o telefone está ocupado, e fica assim o resto da noite.

Fico acordado a noite inteira, numa agitação doentia. Vomito três vezes e acabo assumindo a posição fetal na minha cama encharcada de suor. Já me senti mal assim antes, mas nunca desse jeito. Começo a perceber que foi até certa vantagem ter sido um retardado emocional durante todos esses anos. Ninguém havia conseguido realmente fazer isso comigo até agora.

Isso soa muito estúpido, mas eu nunca tinha sentido tanta falta da minha mãe antes. Ainda que ela ainda estivesse viva agora, duvido que eu fosse ligar pra ela ou visitá-la e, mesmo que fosse, tenho certeza de que ela não teria nenhum conselho sábio para me dar. Simplesmente despejaria um monte de trivialidades em cima de mim. Durante a minha infância toda, minha mãe sempre tratou todas as minhas decepções, mágoas infantis, as frequentes surras por *bullying*, com um arsenal de clichês: *calma, calma, vai dar tudo certo; se ele age assim com você, então não é seu amigo de verdade. Isso também vai passar; tudo vai parecer melhor amanhã de manhã; talvez da próxima vez você tenha mais sorte; você só consegue receber de alguma coisa o tanto que coloca nela.* Conselhos assim não ajudariam em nada mesmo, mas por que eu de repente sinto tanta falta dela? Na verdade, sinto falta é da mãe da minha juventude. Porque eu sei o que a mãe que a gente acabou de enterrar teria me dito: *Você provavelmente mereceu isso, Richard*.

E por que eu ainda gostaria de ouvir isso?

Então me arrasto para fora da cama e vou sonolento até o banheiro tomar uma ducha. Um banho sempre me faz sentir melhor, exceto por uma coisa. Sempre acabo abrindo um corte enorme na minha bochecha quando faço a barba. Talvez você fique pensando por que alguém que se sente tão mal assim como eu insiste em fazer a barba. A primeira coisa que um homem deveria fazer seria parar de se barbear quando está angustiado. Você pode dizer que, se eu estivesse realmente tão arrasado, não me preocuparia em fazer a barba. Bom, você está errado. Eu precisei me barbear, então me barbeei. É assim que eu sou. E mais, estou quase indo até a casa da Theresa para me colocar totalmente à mercê dela e, embora talvez fosse mais eficaz se eu fosse lá todo molambento e com os olhos vermelhos, a barba por fazer e com aspecto de quem está destroçado, acho que estou meio preso a uma noção um pouco antiquada de corte, que eu devo ter lido e achado ridícula em algum *Guia de namoro para adolescentes*. "Esteja sempre com a sua melhor aparência se quiser causar uma boa impressão."

EU SEI ME DEFENDER

Descubro que às sete da manhã de uma quinta-feira nem aqueles velhos rabugentos ficam sentados diante do prédio de Theresa. Subo a escadaria imunda até o apartamento dela. Bato à porta e ouço uma cadeira se arrastar lá dentro. Ela está acordada. Isso parece ser um bom sinal. Talvez esteja tão perturbada quanto eu. Ouço passos e miados lá dentro e posso assegurar que Theresa está olhando pelo olho mágico para mim.

— Vai embora — ouço ela dizer atrás da porta.

Eu me dirijo diretamente ao olho mágico.

— Theresa, por favor, me deixa entrar. Só quero conversar com você. Por favor.

— Não. Vai embora. Não quero mais ver você.

— Por favor, me deixa entrar um minuto, Theresa.

— Vá se foder.

Começo a esmurrar a porta. Esse realmente não sou eu. Fico batendo lá na porta.

— Por favor. Por favor. Theresa.

— Vai embora. Eu não gosto mais de você.

Que merda! Eu meio que desabo lá diante da porta, chorando e tossindo e com a respiração ofegante. Apesar de estar barbeado e com um aspecto em geral arrumadinho, não devo ser uma visão muito agradável. As pessoas dos apartamentos vizinhos começam a abrir as portas e a olhar para mim, uma figura patética deitada na porta da vizinha dos gatos. Procuro me aprumar, sento recostado na porta de Theresa e tento reunir todas as minhas forças para me reerguer. Quando Theresa abre a porta, eu caio de costas dentro do apartamento dela.

Ela fica de pé perto de mim. Sou uma minhoca prestes a ser pisoteada.

— Por que você foi tão mau comigo? — pergunta ela.

— Desculpe. Desculpe, Theresa. — Eu agarro as pernas dela, fico soluçando na barra do seu robe de chenile verde-menta. Nessa situação, chego a ter nojo de mim mesmo, mas parece que não consigo evitar.

Ela recua e foge do meu alcance.

— Meu Deus, você está sendo patético. Feche a porta — diz ela.

Fungando, puxo minhas pernas de chumbo para dentro e fecho a porta. Ainda não estou certo se já tenho condições de me levantar do chão.

Theresa fica com os cotovelos colados ao corpo, os braços

cruzados nos pulsos, como se protegesse os órgãos vitais. Ela se inclina para baixo, e seus olhos contornados de vermelho, com olheiras, se cravam na minha carne.

— Por que você foi tão malvado? Eu nunca fiz nada parecido com você. Você ficou lá, me pressionando, pressionando.

— Eu sei, eu sei.

— Por quê? — Ela fica olhando fixamente para mim.

— Não sei. Eu simplesmente achei que tinha que fazer isso.

Não se passa muito tempo até eu perceber que não foi a melhor resposta. Penso que ela pode querer pisar em mim.

— Você me magoou, seu idiota.

— Sinto que estou totalmente na sua mão. Isso me assusta.

Por fim, a expressão de total repugnância do rosto dela dá lugar a outra coisa: perplexidade.

— Mas o que faz você se sentir assim?

Eu hesito, mas só pelo tempo de assoar meu nariz, e então digo:

— Sabe por quê? É foda, mas eu estou apaixonado por você.

— Besteira. Cale a boca! — Ela abana a mão perto da orelha, vira-se irritada, caminha até o Trono da Melancolia e senta. Dois gatos pulam no colo dela.

Sedgwick aparece e pula no meu colo. Eu a afasto e me levanto do chão. Ando até a cadeira. Outro gato, um branco, enorme, de olhos cor-de-rosa, salta até o braço da cadeira. Theresa parece estar em choque. Fica puxando a pele do dedo indicador com os dentes. Um ponto de sangue brota da sua cutícula.

— Eu pedi pra você não dizer isso — diz.

Não sei como explicar, mas de repente me sinto bem para lidar com essa história toda.

— Bem, sem querer entrar muito em detalhes técnicos. Você pediu para eu não dizer uma coisa, mas na verdade nunca ficou muito claro o que seria. — Eu tento sorrir, mas isso me faz perceber que meu nariz está escorrendo.

Theresa suspira, cansadíssima.

— Tudo bem. Talvez eu estivesse usando você pra esquecer meu dia e minha vida, mas, ainda assim, eu queria que fosse com você. Eu poderia, com a mesma facilidade, ter trepado com o Roger, você sabe. Eu havia acabado de vê-lo. E talvez tivesse sido uma ideia melhor do que ligar pra você.

— Por quê?

— Ah, sei lá, Brechó. Talvez porque a gente não estaria passando por tudo isso agora. — Um longo suspiro. — Além disso, eu não posso ficar ligando pra você toda vez que eu tenho um dia péssimo. Eu começaria a depender de você.

Eu sento no braço da cadeira.

— E daí? Isso é tão ruim assim?

Ela olha para mim.

— Parece que sim, considerando a maneira como você agiu.

Concluo que a única coisa certa a fazer seria atirar em mim mesmo.

— Olha, desculpe por ontem à noite — digo, implorando. — Posso pedir desculpas mil vezes.

— Tem mesmo que pedir desculpas. Você foi muito malvado.

— Eu sei. Mas é que você nunca me permite entrar de verdade na sua vida. Isso me deixa louco. E também isso de você não me deixar dizer que estou apaixonado.

— Por que, Brechó? Ninguém ganha nada com você dizendo isso.

— Ah, por que não?

— Porque eu não vou mais ver você.

PODE ME CHAMAR DE FUJÃO

Theresa praticamente diz que me ama, e depois me manda embora, quase feliz da vida, como se eu fosse apenas uma tarefa da qual ela precisa se livrar para ir cuidar da vida.

(Coisas chatas que eu preciso fazer: 1. Pegar comida pros gatos. 2. Devolver os livros da biblioteca. 3. Vivissecção no Brechó.)
    Não faz nenhum sentido. Talvez eu devesse ter feito mais escândalo — começar a berrar ou quebrar coisas (mas por que destruir objetos de brechó inocentes, só por causa de um acesso de raiva? Isso seria injusto). Ela me dispensou de um jeito tão prosaico que eu nem sei como reagir. Eu simplesmente falei tchau e fui embora.
    — Boa sorte na sua vida — disse ela, fechando a porta atrás de mim. Não acredito que ela falou isso. Como quem diz: "Tenha um bom dia".
    Sentado no carro, ainda meio paralisado, fico com essa estranha lucidez de que as coisas realmente terminaram, mas não é como o tipo de terror da noite passada, quando fiquei pensando: *Eu realmente estraguei tudo. Como é que vou conviver com isso agora?* Na realidade, estou bem calmo, especialmente se a gente comparar com aquele monte de protoplasma gaguejante que eu era meia hora atrás na porta dela. É surpreendente, mas eu nem mesmo me sinto envergonhado por isso. Apenas sinto que não há mais nada que eu possa fazer a esse respeito.
    Começo a ir para casa, mas, extraordinariamente sensato e com a mente lúcida, sei que no momento não posso ir pra lá. Também não quero ir trabalhar. E nem ficar sozinho agora, então vou guiando até o Rialto, para tomar um café da manhã. O Rialto é um dos meus lugares favoritos para comer. É um lugar que parece fazer parte de uma daquelas estações de trem de filme dos anos quarenta — uns aparelhos antigos esquisitos, cromados, painéis de pinho, vitrines espelhadas com tortinhas, garçonetes com varizes nas pernas e nomes como Bea e Vernice. Em duas ocasiões distintas, a tragédia me atingiu no Rialto. Da primeira vez, um casal de idosos numa mesinha junto à janela foi morto quando um carro avançou pela calçada e atravessou a vidraça da fachada. Depois, uns

anos mais tarde, um cara puxou uma arma e fez algumas garçonetes de reféns. Matou duas pessoas. No final, foi dominado por um policial.

Por algum motivo, o Rialto parece um local apropriado para ir nesta manhã.

A REFEIÇÃO MAIS IMPORTANTE DO DIA

Quando minha garçonete, Susie (*button* no avental: *Se a vida lhe dá limões, faça uma limonada!*), coloca na minha frente o Café da Manhã Especial Rialto (também conhecido como o Fazedor de Viúvas — três ovos, bacon, salsicha, presunto, batata frita picada, torradas e rodelas de abacaxi grelhadas), eu o devoro como se fosse alguma espécie de animal maluco, raivoso. Comer, comer e comer. Homenageio minhas raízes do Midwest pondo ketchup em tudo, inclusive nas rodelas de abacaxi. Não demora muito e eu me vejo como mais um membro do Clube do Prato Limpo. Depois da minha quarta xícara de chá sem deixar nada no fundo, pago a conta e saio.

Não me passa pela cabeça que talvez esteja me sentindo um pouco bem demais depois do que acabou de acontecer. Claro que não. Ainda não quero ir para casa, então pego a estrada e vou até a casa dos meus pais uma vez mais, como eu tinha a intenção de fazer, só para me certificar de que está tudo em ordem. Afinal, hoje é o meu dia de tomar as providências. Enquanto isso, vou me achando o cara, o bambambã, o máximo. Na verdade, o cara que não quer enxergar. O cara que está agora vomitando na beira da estrada. Sua criancinha... E toca a pôr tudo pra fora, pra fora, pra fora.

Depois, volto a dirigir, mas ainda estou muito tonto. Aí a coisa piora. Ficar enjoado baixou minha imunidade e, então, começo a minha queda para o pânico que havia protelado até agora. Uma viagem rápida. Não demora e já estou mergulhado no pânico. Sou o rei do pânico. Preciso me ocupar logo com algo, senão, com certeza, vou mergulhar dentro de mim mesmo, virar um vazio ambulante. O pânico gruda nos meus órgãos vitais, arranca o ar dos meus pulmões, e eu preciso me esforçar para manter a caminhonete na estrada. Continuo dirigindo, não há outra coisa a fazer.

Na casa dos meus pais, fico quase feliz ao ver o carro de Linda ali. Lembro-me de como ela foi gentil comigo ao deixar as coisas no quartinho de bagunça do porão, e experimento sentimentos de afeto familiar por ela. Quero ficar com alguém que goste de mim, mas vou aceitar de bom grado até mesmo alguém com quem eu não tenha nada em comum, mas que seja aparentado comigo e sinta alguma obrigação social e moral de gostar de mim, nem que seja só um pouquinho.

Entro na casa. Linda está sentada a uma mesinha, anotando coisas num caderno espiral. Ela olha para mim e sorri, sincera. Não sei explicar quanto esse sorriso me faz sentir melhor, embora não esteja certo se consegui expressar isso. Aceno para ela, do jeito que você acena para pessoas que estão a dois metros de você.

— Oi, Richard — diz ela.

— Oi, mana. — Estamos os dois obviamente no nosso melhor humor.

Ela põe a caneta em cima da mesa. Eu paro na frente dela.

— Considere-se devidamente avisado, Richard. O pessoal da venda de espólio vai chegar dentro de duas horas.

— A essa altura, eu já terei ido embora.

— Pegou as coisas que eu deixei pra você? — pergunta ela.

— Peguei, sim. Obrigado. Como você sabia do que eu gostava?

— Ah, foi só um palpite. — Ela franze o cenho, olha bem para mim, quase maternal. — Você está bem?

Preocupa-me um pouco quanto ela realmente me conhece.

Não acho que eu saiba alguma coisa a respeito dela, a não ser os defeitos. Acho que parei de tentar já faz um tempo.
— Ahn-hã. — Estou tentando não dizer nada.
— Tem certeza?
Não vou dizer nada. Não adiantaria Só serviria para eu me sentir estúpido mais tarde, e ela usar isso contra mim.
— Você pode me contar.
— Ah, eu estava saindo com uma garota, e ela acabou de me dar o fora.
Não sou conhecido pela firmeza das minhas decisões.
Linda fica surpresa, mas, ao que parece, não por eu ter levado um fora.
— Nossa, Richard, você anda namorando?
— É, pode chamar assim se quiser. Eu chamaria mais de carnificina.
— Não pensei que você estivesse namorando de novo. Você tem ficado sozinho desde... quer dizer, a única que eu ainda lembro é aquela loira meio vagabunda. Eu achei que você...
Agora ela já está começando a soar como a minha irmã.
— Achou que eu o quê? — pergunto, começando a ficar esquentado. — Que eu estava levando vida de monge? Caçando menininhos? Comendo animais de fazenda? O que, Linda?
— Nada, não. Eu só achei que você havia chegado à conclusão de que tinha *evoluído* depois de tudo aquilo.
Ai!... A Linda continua a me surpreender. Fico impressionado com a capacidade que ela tem de desenterrar uma coisa desagradável com tamanha perspicácia. Sem dúvida, tenho subestimado sua capacidade. Não consigo encontrar uma resposta suficientemente cáustica, então deslizo incontrolavelmente para a verdade.
— Não — digo. — Só não sou muito bom nesse tipo de coisa.
Minha irmã faz aquela cara patenteada de nojo, exatamente igual à cara patenteada de nojo da minha mãe.

— Ah, Richard, que bobagem! Você precisa *tentar* antes de concluir algo dessa maneira tão definitiva.

Sou pego de surpresa por um segundo, mas só por um segundo.

— Bem, desculpe, madame Freud. Quem foi o banana que lhe receitou essas pílulas de esperteza?

Linda cruza os braços, também igualzinho à minha mãe.

— Não seja malvado, Richard. Eu só estou lhe dizendo o que percebi.

— Bom, então pare de perceber coisas. Não combina com você.

— Todo mundo enxerga isso, Richard. Você fica preso na sua casa e na sua lojinha que não dá lucro nenhum, no meio de toda aquela sua tralha de segunda mão, parindo suas pequenas teorias, agindo como se fosse melhor do que o resto de nós. Mas pelo menos o resto de nós está aí fora no mundo, cada um vivendo sua vida.

(O que está acontecendo aqui? Minha incrível irmã, que geralmente é burra como uma luminária em formato de satélite sputnik, está aqui agora enchendo meu saco à vontade. Desculpe, mas já deu.)

— Ah, tá, então eu tenho que julgar a minha vida tomando por base a sua — digo. — É hilário. Gente como você me cansa. Você acha que todo mundo tem que viver exatamente a mesma vidinha careta de shopping center, das nove às cinco, como você vive. E quem não faz isso está errado ou é *esquisitão*. Certo, tudo o que a gente quer é apenas ser como você, Linda. Obrigado, mas, se eu tivesse que me tornar você, eu preferiria simplesmente cortar os pulsos já.

— Vá se foder, Richard.

Impressão minha ou todo mundo está mandando eu me foder nos últimos tempos? Não ligo, agora eu quero ver sangue.

— Certo, já que você está tão empenhada em perceber tudo, por acaso percebeu as fotos da nossa mãe?

— Sim, eu vi as fotos. E daí? Era o grande sonho do papai. É daí provavelmente que vêm essas suas pretensões artísticas. Ela não sabe do que estou falando.

— Já volto. — Vou lá fora na caminhonete (Tá certo, é isso mesmo: deixei as fotos lá, pensando exatamente nesse tipo de oportunidade).

Quando volto para a cozinha, jogo o envelope na mesa, onde ele pousa com um belo e hostil *blap*.

— Vai, abre.

Certo, quando olho o rosto de Linda na hora em que ela vê a primeira foto, eu me sinto um dedo-duro. Minha irmã, que sempre foi a maior puritana da família, seguida pela minha mãe (ao que parece, eu estava errado a respeito desta última), faz uma cara de quem vai soltar um urro. Tudo isso graças a mim. Tenho andado com vontade de fazer alguma maldade com alguém, e Linda foi meu alvo perfeito. Agora me sinto pior ainda.

— Muito doido, não é? — digo, como quem quer diminuir o estrago, meio rindo, esperando talvez que ela entre na minha. — Quer dizer, qual é o problema, não é? São fotos artísticas.

— Eu odeio você, Richard. — Minha irmã joga as fotos em cima da mesa, levanta e sai da casa. Ouço ela ligando o carro e indo embora.

Foi demais para uma pessoa que é social e moralmente obrigada a gostar de mim só um pouquinho.

OS RECESSOS DO BANGALÔ

Depois que Linda sai, faço um tour pela casa, para dar uma última olhada. Fico impressionado ao ver como as coisas estão bem organizadas. Linda realmente trabalhou bem. Todas as roupas estão penduradas nos closets ou nas portas deles; os acessórios, arrumados em cima das camas; as miudezas, enfileiradas sobre as cômodas e mesas. Ela jogou fora as roupas íntimas, certificou-se de que nenhum documento importante seria destruído e de que nenhuma relíquia da família seria vendida. Eu poderia apostar que ela até fez uma lista para o pessoal da venda de espólio. Percebo que eu não fiz nada a não ser ficar procurando as coisas mais legais, ou recolhendo as que ela deixou para mim. Todas as suspeitas se confirmam: ela é a responsável, eu sou o preguiçoso.

No porão, no lado ainda inacabado, o que restou são os itens de sempre, pilhas de caixas com coisas de anos bem remotos — objetos antigos da infância. Coisas quebradas; tralha supérflua acumulada de uma classe média de meia-idade mais ou menos bem de vida; refugos de aparelhos corretivos e de apoio típicos da idade avançada. Que vergonha: presentes indesejados (ainda embrulhados em celofane); coisas guardadas e nunca usadas; cópias extras de coisas que não eram necessárias nem na primeira vez que foram compradas; roupas que ficaram pequenas ou que nunca ninguém vestiu; equipamentos de esportes que nunca foram praticados; aparelhos para alimentos que nunca foram cozinhados; jogos que foram jogados por um tempo e depois esquecidos (Jogo da Vida, Banco Imobiliário, Batalha Naval). Já vi tudo isso antes em inúmeros outros porões, em inúmeras outras casas. Eu já vi muita coisa, de muitas vidas, e já vi muitas e muitas vezes.

Não estou me sentindo muito bem. Quero ir para casa.

O APOIO DE UMA VELHA AMIGA

Decido não abrir a loja hoje. Uma ideia muito ruim, sem dúvida, mas, mesmo assim, vou em frente. Quando chego em casa, não há mensagens na secretária. Tom, o manequim, está lá de pé num canto, com sua túnica dashiki e seu chapéu estiloso, acenando para mim (está feliz por me ver... afinal, temos muito em comum. Nós dois somos muito parecidos com os homens).

Ainda é uma da tarde, mas eu juro que estou pronto para ir para a cama. A depressão se instalou em volta da minha cabeça como um daqueles secadores cônicos dos salões de beleza dos anos cinquenta. Estou olhando para tudo de dentro dele, isolado do resto do mundo, com um zumbido pressurizado de fundo. Mas esse zumbido que eu ouço não é exatamente um zumbido, é uma fita infindável de oito pistas que cochicha os sons do meu choro na porta de Theresa esta manhã, ela me dispensando, meu vômito vesuviano, a discussão com Linda. Fica tocando isso sem parar, num nível praticamente inaudível, um sussurro, o ruído branco do fracasso.

Estou cansado, muito cansado. Mas, quando me deito na cama, a pressão fica mais forte, e o volume do zumbido sobe um grau. Começo a hiperventilar e aí preciso ficar sentado de novo, mas, assim que me sento, fico cansado outra vez. Continuo nisso mais ou menos meia hora e, então, desisto. Sento e fico pensando em como estou cansado de ser eu mesmo. Estou cansado de ter que comer todo dia. Cansado de ter que cagar todo dia. Cansado de fazer chá, de tomar chá. Cansado de andar pelos mesmos quartos, dirigir pelas mesmas ruas, ir às mesmas vendas de garagem, ir para a loja, conversar com as mesmas pessoas, ir para as vendas de espólio, comprar as mesmas coisas das mesmas pessoas que morreram. Cansado de pensar.

Ligo a tevê.

Durante toda a minha vida, a televisão sempre esteve ali para mim. Toda vez que fiquei deprimido ou ansioso ou doente ou infeliz, sempre fui capaz de ligar a tevê e me sentir melhor. Você não precisa me dizer como isso é uma coisa triste. Mas eu aposto que, se você já falou com outras pessoas, se já falou *realmente* com elas, deve ter descoberto que muitas se sentem do mesmo jeito. A televisão simplesmente provoca esse efeito. Certo, certo, eu sei que há pessoas que nem têm televisão em casa e se orgulham disso, e botam banca pra cima das outras. Não me importa. Eu gosto de televisão. Vou gritar isso de cima dos telhados: *A televisão é minha amiga!* Quero que todos saibam disso. Não há nada melhor para tirar sua mente das agonias pessoais do que a televisão. É a minha droga. Tem cara que gosta de heroína, que gosta de bebida. Me dê algumas reprises de coisas dos anos cinquenta, sessenta, setenta e você vai me deixar feliz (ou pelo menos nem vai perceber quanto me sinto infeliz).

Mas nesse exato instante, com o controle na mão, não está passando uma maldita coisa que preste. Percorro voando os canais, o que, em si, já é uma diversão, mas não tão boa quanto ver algo. De início, fico vendo um antigo filme de ficção científica, um trecho de algum lixo de celuloide da era atômica dos anos cinquenta, em que um rapaz (depois de ser exposto à radioatividade, sem dúvida) encolhe e fica do tamanho de um enfeite de bolo de casamento. Ele está perdido dentro de uma casa, e tudo o que encontra ali é um perigo para ele. Quando começo a ver o filme, está na cena em que ele fica preso numa casa de bonecas, tentando fugir do gato. Assisto um pouco, mas o gato começa a me perturbar, então mudo de novo de canal.

Fico vendo televisão direto pelas dez horas seguintes: comédias, seriados de policiais e ladrões, entrevistas, até uns dois vídeos de música, qualquer coisa que eu seja capaz de suportar. Porque não é possível para mim, neste exato momento, suportar ficar consciente de mim mesmo.

O ABRIGO ANTICRUELDADE NÃO É BEM ISSO

Sexta-feira de manhã, sou acordado por meu medo, que agora já se instalou no meu corpo inteiro. Já estou exausto, embora saiba que não vou mais conseguir dormir esta manhã. Sento no sofá (a televisão ainda está ligada, passando aquela conversinha insípida e alegrinha de todas as manhãs) e tento me acostumar com a ideia de acordar em um mundo sem a Theresa (eu não vinha conseguindo me acostumar nem com a ideia de um mundo sem a minha mãe, e agora isso). Esse fato pesa em mim como se fosse — ah, que inferno, estou cansado demais para pensar em alguma comparação! Vamos dizer apenas que ele me dá uma postura muito ruim. Desligo a tevê e, de repente, a casa fica mortalmente silenciosa. Ligo a tevê de novo, ponho no Canal do Tempo (aqueles gráficos e mapas e os penteadinhos bem-arrumados me tranquilizam de algum modo) e depois vou até a cozinha. Lá, eu fico no balcão uns dois ou três minutos, incapaz de decidir se quero chá-verde japonês para relaxar meus nervos em frangalhos, ou o Morning Thunder, para me acordar de vez, quem sabe me tirando desse mal-estar. Depois de dolorosos instantes de indecisão, opto pelo Morning Thunder, sabendo que vou me arrepender pelos tremores que vai me dar mais tarde e porque, inevitavelmente, vai me derrubar uma hora.

Fazer chá é um processo extremamente cansativo, e eu resisto ao forte desejo de voltar para o sofá e ficar vendo mais tevê ou de me enfiar em outro frenesi de choro. Como ainda não são sete horas, vem à minha mente que talvez eu possa fazer bom uso de ter levantado cedo. Dou uma olhada nos jornais. Não tem muita coisa rolando hoje, umas duas vendas de espólio em Bloomfield Hills, que devem ser caras demais, e umas poucas vendas de garagem fraquinhas. Concluo que realmente não tenho nada a fazer a não ser cuidar das coisas de meus pais. Sei que é uma péssima ideia, mas simplesmente não descubro o que mais poderia fazer comigo. Resolvo que, se eu levar algo para loja, talvez possa classificar ou limpar algumas peças, ou até mesmo já colocá-las nas prateleiras. Não é uma boa hora para fazer isso, uma parte de mim entende isso, mas eu preciso desesperadamente me ocupar.

Carrego algumas caixas grandes de tralha na caminhonete. Começo a dirigir para a loja, mas logo me vejo indo para o sul pela Woodward Avenue, para a cidade, até o Abrigo Anticrueldade. Sei que é uma ideia estúpida, péssima, mas não consigo parar. Então percebo que estive pensando nisso o tempo inteiro, que essa foi a única razão pela qual saí de casa. Só quero dar uma olhada, só uma olhada. São oito horas, cedo demais para ter alguém ali. Não é nada de mais.

De repente, estou numa parte da cidade bem degradada, dirigindo pela John R, perto da fronteira com Hamtramck. As ruas são cheias de prédios abandonados, carbonizados, e campos vazios, cheios de mato, que antes continham prédios abandonados, carbonizados. Os únicos negócios que parecem estar abertos são as lojinhas de conveniência, bunkers de concreto, pintados com cores típicas do *ghetto* — amarelo-limão, rosa-mamilo, azul-elétrico, entrecortados por cartazes que anunciam uísques, conhaques e cigarros. À direita, vejo o abrigo, uma caixa sem graça de tijolo marrom com outro bloco sem graça de tijolo marrom atrás. Entre os dois, há um espaço aberto rodeado por uma cerca alta, com arame farpado em cima. Ao passar, vejo o pequeno estacionamento de cascalho do lado oposto do primeiro prédio. Há um longo momento em que esqueço de respirar quando localizo o Volare prata enferrujado de Theresa. Suponho que eu queria que isso acontecesse. É claro que eu queria que isso acontecesse, mas agora, que aconteceu, meu desejo é que eu tivesse ido trabalhar. Estaciono minha caminhonete ao lado do carro de Theresa.

A velha porta da frente de madeira não tem janela, só um olho mágico. A porta é tão sólida que minha batida quase não faz nenhum barulho, então tenho que socar a porta, mas mesmo isso não adianta muita coisa. Aperto um botão que encontro escondido no batente. Imagino ouvir uma campainha soando lá dentro. Longos minutos se passam, e eu concluo que ela não consegue ouvir, ou que simplesmente não virá atender ou que está me vendo e não vai abrir a porta. Toco de novo e depois decido voltar para a caminhonete, aliviado, embora desapontado.

Conforme dou a volta no prédio em direção ao estacionamento, ouço o rangido de madeira contra madeira da porta se abrindo. Eu me viro, e Theresa está lá de pé, do lado de fora da porta, de jeans e camisa de trabalho. Segura um cachorro grande numa guia, um pitbull. Ela fica lá de pé, olhando para mim. Vou andando até ela. Uma parte de mim fica pensando numa cena brega de filme em que dois amantes que se haviam separado vão correndo ao encontro dos braços do outro, mas a expressão no rosto de Theresa não indica esse tipo de ação. Além disso, o pitbull está rosnando para mim. Penso que ele teria imenso prazer em devorar minha traqueia. Theresa puxa a guia, e ele sossega.

— Por que você está aqui? — pergunta ela.

Por que eu estou aqui? Eu sou um idiota, é por isso. Pode me punir.

— Estava indo para o trabalho e simplesmente acabei dirigindo até aqui. Não sei por quê. Não estou perseguindo você, juro. Eu só estou tendo problemas com tudo isso. Desculpe.

— Pare de pedir desculpas, Brechó.

— Está bem. Desculpe. Olha, eu sei que foi estúpido vir até aqui. Mas acho que aquilo que você disse ontem foi uma ideia péssima. Se quiser, eu nunca mais digo aquilo, e você com certeza não vai dizer, não que você de algum modo sinta algo nesse sentido, mas...

— Brechó, cale a boca. O problema não é com você. Você não sabe o que eu tenho passado, não tem ideia.

— Certo. Desculpe. O problema não sou eu. Então por que estou aqui?

— Eu não sei, Brechó. Vá pra casa. Não consigo fazer isso com você. Não consigo...

Eu começo a ficar muito puto com ela.

— Olha, sinto muito que você tenha esse emprego que faz você se sentir tão mal. Mas talvez você devesse simplesmente arrumar outro emprego.

De repente, a raiva dela se torna tão intensa quanto a minha.

— É isso que você acha que eu preciso fazer? Arrumar outro emprego e pronto? Quem é que vai pegar *esse* emprego aqui? Quem vai tomar conta desses animais? — diz ela, puxando a guia. O pitbull rosna de novo, como se estivesse apenas esperando a deixa.

— Não tem ninguém mais que possa fazer seu trabalho? Você não é tão importante assim, Theresa. Nenhum de nós é.

— Entendido, mas quem, Brechó? Quem? Eu mal consigo voluntários aqui para tomar conta dos gatos.

— Mas por que tem que ser você? (Agora estamos os dois em pé ali, gritando um com o outro. As pessoas passam de carro pela gente e parece que nem reparam. É uma das vantagens de uma vizinhança ruim como essa.)

— Tem porque tem. Simples assim.

— Ah, e você não consegue deixar que outra pessoa faça? Papo furado.

— Todo mundo quer que outra pessoa faça. Mas quem?

— Por que seu emprego tem que ser justamente esse? Você inventou que tem que ser assim e agora nunca mais vai sair daqui. Como se o mundo inteiro fosse acabar sem você. Só que você está um bagaço. Não consegue dormir, está sempre angustiada, você fodeu com a sua vida...

— Ah, tá, porque eu não estou mais com você? Se eu ficar com você, vou ficar ótima, certo? É isso? Certo, você é a minha salvação. O Senhor Autoestima. Vamos lá, me tire disso, Brechó, me devolva à terra dos vivos. Aqui onde você gasta o seu tempo de maneira tão útil, fuçando nos restos das outras pessoas como se fosse uma alma penada rondando túmulos.

Não sei o que dizer, então opto pelo favorito de sempre.

— Vá se foder, Theresa. — Suponho que a essa altura eu já estou chorando.

— Vá se foder também — retruca ela, só que ela não está chorando. Acho que ela ganhou.

Eu viro as costas para dar o fora dali. Ela me segue o caminho inteiro até o carro, gritando comigo, puxando a guia do cachorro, que agora já está muito puto, latindo, rosnados bravos saindo pela garganta. Ele quer me matar por tentar levar embora sua preciosa senhora. Fico surpreso por ela não soltar o bicho em cima de mim.

— Venha me salvar, Brechó! — grita ela atrás de mim, toda irônica agora. — Venha me salvar de mim mesma!

Entro na minha caminhonete e fecho as janelas, mas ainda posso ouvir Theresa e o cachorro. Dou partida no motor, coloco um cassete que eu montei em casa e logo *"Quiet Village"*, do Martin Denny, está tocando a mil, e portanto não ouço nada além de um piano exuberante e sons de pássaros gravados.

COLOCO O DESCANSO EM DIA

Na verdade, não quero falar muito sobre o que aconteceu em seguida. Vamos dizer apenas que eu não passo os dois dias seguintes de maneira produtiva. Não abro a loja. Não vou a nenhuma venda de espólio. Não tomo conta das coisas da casa. Finalmente tiro aquelas tão necessárias férias da higiene pessoal.

O resto da sexta-feira eu passo na cama. O sábado eu passo na cama, mas consigo trazer a tevê a cabo para o quarto. No domingo de manhã, durmo até meio-dia e, então, decido que agora é uma boa hora pra explorar essa coisa toda sobre beber depois que se leva um fora de alguém. Percebi, assistindo televisão, que é isso que todo mundo faz. À primeira vista, parece uma ideia razoável. O problema é que eu não bebo com muita frequência, logo não tenho bebida em casa (a não ser o licor de amora da minha licoreira de bola de boliche, só que ele já evaporou e virou uma gosma marrom). Isso significa que eu vou ter que sair.

Entro na caminhonete, paro na primeira loja de conveniência que encontro aberta e pego uma garrafinha pequena de vodca Five o'Clock (eu não preciso de muito álcool para ficar bêbado e também não precisa ser uma bebida cara). Ali mesmo no estacionamento, depois de uns raivosos goles na bebida, tenho a brilhante ideia de ir até a venda de espólio que está acontecendo neste exato instante na casa dos meus pais. (Linda, ainda furiosa comigo, é tão organizada que me mantém informado de todo o andamento da venda por meio de mensagens telefônicas frias, embora detalhadas. Isso me deixa maluco. Por que ela não pode simplesmente ficar louca da vida comigo e deixar que isso estrague todos os outros aspectos da nossa relação? Não, ela precisa ser madura. Odeio isso.)

Vou dando uns golinhos na bebidinha barata a caminho da venda. A vodca Five o'Clock tem um quê de apimentado, meio parecida com creosoto. Mesmo assim, quando chego à casa de meus pais, já não aguento mais, estou mamado, chumbado, ébrio, de pileque... (não consigo pensar em mais expressões antigas para "estar bêbado", pelo simples fato de estar). Percorro o quarteirão, faço algum reconhecimento, enquanto termino a garrafa. Não vejo o pequeno Buick arrumadinho de Linda em nenhum lugar, nem mesmo o robusto substituto do pênis com tração nas quatro rodas do Stu, de modo que me sinto seguro. Tem um monte de carros estacionados, então eu paro bem longe.

Saio do carro, jogo os ombros para trás e saio como um pavão, o mais ereto e pomposo que consigo. Ando cautelosamente pela calçada da frente da casa de meus pais, passo pela placa que diz: *Hoje Venda de Espólio*. A empresa que dirige a venda não é nenhuma que eu conheça (ah, essa Linda, sempre procurando a alternativa mais barata). Apesar da placa, conforme subo até o alpendre, tenho uma visão. Não sei se é pela hora do dia ou porque estou bêbado, mas essa ação de subir até o alpendre me parece tão crucialmente familiar que começo a acreditar que, quando entrar, vou ver a minha mãe na mesa da cozinha, xícara de chá na mão, pronta para começar a me perguntar por que estou desperdiçando minha vida. Acredito até, por um fugaz nanossegundo, que vou ver meu pai sentado na saleta ao lado, em silêncio, lendo o jornal.

Quando entro pela porta da frente, tudo o que vejo é uma mulher estranha sentada junto a uma mesinha de jogos com um cofrinho de metal à sua frente (isso me parece familiar também, mas de um jeito totalmente diferente). A mulher atrás da mesa me lança um olhar esquisito. Mas ela provavelmente não poderia adivinhar que o dipsomaníaco cambaleante na frente dela é um de seus clientes (essa é a vantagem de ser o parente irresponsável — posso transitar anônimo).

Entro na sala de estar, que está cheia de gente. Já não sobrou muita coisa. Ao que parece, nossa venda de espólio está sendo um sucesso. Vou até a cozinha. Tem uma caixa no balcão cheia das coisas da gaveta de quinquilharias de meus pais. A mesa da cozinha ainda está lá e, em cima dela, os poucos itens que restaram dos armários e gabinetes. Os pratos deles já foram embora. O forninho, a batedeira, seus potes de barro, as frigideiras, a manteigueira — já foi tudo. Perto de mim, uma jovem gorda segura a caneca favorita da minha mãe, uma monstruosidade de porcelana florida que a Linda

deu de presente pra ela, e fica mostrando a frigideira para a sua companheira, mais gorda ainda (Amiga? Mãe? Filha?).
— O que você acha desta? Gostou? — pergunta ela com uma fala arrastada.
— Nossa, é muito feia.
— Você acha? Achei linda. Vou levar.
— Quanto é?
— Cinquenta centavos. Vou ver se eles fazem por vinte e cinco.
— É, aí fica melhor.

Entro na sala da família e a poltrona reclinável La-Z-Boy Early American de meu pai tem uma etiqueta que marca vinte e cinco dólares. É um preço muito bom, eu acho. O que restou da mobília da sala da família tem um preço baixo, para vender logo. As estantes não têm mais nenhum livro nem nada. Quando entro na sala de jantar e na sala de estar, vejo onde foram parar as coisas. Está tudo amontoado em mesinhas de jogos encostadas à parede (toda a mobília Dinamarquesa Moderna já foi negociada diretamente com os comerciantes do ramo). Todas as tranqueirinhas que a minha mãe colecionou durante anos, peças de cerâmica de todas as viagens de carro que a gente fez, a coleção dela de gatos de cerâmica, a porcelana (usada uma vez por ano, no Dia de Ação de Graças),ainda está tudo lá.

Quando volto para a cozinha, as duas mulheres gordas estão discutindo as vantagens dos revestimentos não aderentes para os utensílios de cozinha. A mais moça segura na mão esquerda uma frigideira de ferro fundido da minha mãe. Em todas as vendas de espólio em que já estive, sempre me impressionou o fato de as pessoas comprarem frigideiras velhas. Tem coisa que até mesmo eu não compraria usada, como roupa íntima. E, embora na verdade eu tenha em casa umas poucas peças usadas para cozinhar, em geral o que tenho são peças baratas que comprei novas há muito tempo. Mas essa, eu decido, é uma frigideira que precisa ser minha, uma que eu não precisaria ter que comprar. Essa mulher está segurando na mão a frigideira de ferro fundido da minha juventude, a frigideira da minha mãe, a frigideira que cozinhou os ovos que eu comia nas manhãs de sábado, os sanduíches de queijo na grelha que eu devorava no almoço com sopa Campbell de creme de tomate, os hambúrgueres que eram fritos e colocados entre duas fatias de pão de forma Wonder (não se reconhecia a existência de bisnaguinhas na minha família — pão era pão). Na mesma hora, eu sei que preciso ter essa frigideira e passo a conceber um plano para resgatá-la dessa troglodita. (Troglodete?)

— Você acha que a comida vai grudar nessa frigideira, Dee? — indaga a gorda jovem falando da minha frigideira.

— Vai, com certeza. É melhor você arrumar uma Silverstone. Nessa, não gruda nada. E sabe Deus o que essas pessoas já cozinharam nessa coisa aí.

— De fato — digo eu, imitando um sotaque britânico. Fico tentando soar como James Bond, mas está saindo uma coisa meio Monty Python. — Só Deus mesmo é quem sabe. Especialmente considerando as pessoas que já devem ter morado aqui.

A gorda mais jovem olha para mim.

— Como assim? Parece tudo normal. Já fui em lugares bem piores do que este.

— A senhora está brincando, com certeza. Olhe para a mobília dessas pessoas. Elas são, sem dúvida, o que há de mais brega entre as pessoas bregas. É provável até que cozinhassem cocô de gambá nessa mesma panela que a senhora está segurando.

— O senhor está falando sério?

— Sem dúvida alguma, senhora. No seu lugar, eu deixaria essa frigideira aqui e sairia dessas instalações o mais rápido possível.

A gorda mais velha olha para mim, depois olha para a outra e diz:

— Acho que esse cara tá querendo a sua frigideira, Joyce.

A gorda mais jovem olha para mim.

— Não, ele não quer não, Dee. O senhor quer?

Eu assinto com a cabeça.

— Sua amiga acertou, senhora.

Joyce me olha torto.

— Bem, o senhor não pode ficar com ela — diz, mortalmente ofendida. Dois segundos atrás, ela não dava a mínima para essa estúpida frigideira, mas agora, como tem alguém que realmente quer ficar com ela, é como se fosse a porra do Santo Graal.

— Me dê essa frigideira, Joyce — digo, ainda com sotaque britânico, porém o mais ameaçador possível.

Joyce traz a frigideira para junto do moletom que cobre seu volumoso peito. A frigideira cobre quase todo o peito do Mickey Mouse estampado no moletom, mas cobre apenas uma fração do peito dela.

— Não vou dar, não.

Já cansei de fazer esse sotaque, mas dane-se, quando eu começo uma coisa, vou até o fim. Tento parecer malvado ou maluco, alguém capaz de fazer qualquer coisa. E, mesmo me sentindo desse jeito, acho que não está funcionando.

— Joyce — digo —, William Seward Burroughs uma vez disse "Ninguém é dono da vida, mas qualquer um que seja capaz de arrumar uma frigideira é dono da morte". Não me faça provar isso a você, Joyce. Dê-me a frigideira.

— Eu vou atrás da gerente — diz a gorda mais velha.

— Me dê essa frigideira, sua leitoa! — grito com a minha voz mesmo, tentando arrancá-la da mão dela. As poucas pessoas que estão na cozinha conosco saem rapidinho. — Por que você quer tanto essa frigideira, afinal, me explique? Vá cozinhar suas tristes refeições na frigideira de outra pessoa qualquer!

Ainda estou tentando arrancar a frigideira da mão de Joyce quando a mulher do caixa da entrada aparece com outra mulher mais velha. As duas tentam me desgrudar de Joyce e da frigideira. São quatro mulheres, duas delas com mais de cinquenta e cinco anos, tentando me conter. Todas as mulheres estão tentando me controlar, eu concluo, e isso me faz lutar com mais vigor ainda pela minha frigideira.

— Senhor — diz ela, grunhindo por causa do esforço que faz para tentar me afastar de Joyce, tomada pela minha sujeição mortífera. — Receio que ela tenha pegado a frigideira primeiro. É dela, senhor. Há muitas outras panelas e frigideiras disponíveis.

— Eu quero esta aqui! — exclamo.

Não me orgulho do que faço em seguida. Mas faço porque sei que vai resolver a questão. Desfiro uma poderosa cabeçada em Joyce. Ela solta um grito e leva uma mão à testa. Então agarro a frigideira e saio em disparada da casa. As duas mulheres da venda do espólio vão no meu encalço, não porque eu tenha feito uma obesa sofrer uma possível concussão, mas porque, no final, eu saí sem pagar o dólar e meio da frigideira. Elas correm atrás de mim até umas poucas casas adiante, mas logo desistem. Já no fim da rua, salto na caminhonete com meu prêmio e saio da vizinhança cantando pneu; prometo a mim mesmo: *Nunca mais volto aqui.* E não volto mesmo.

PARTE 2

MEU GRADUAL RETORNO À ESPÉCIE HUMANA.
MAIS TEORIAS MALUCAS

Não importa o que você faça, os dias continuam passando, vão se empilhando em semanas, meses, anos e logo em décadas (quando você entra nos trinta, começa a perceber as décadas), e você compreende que a sua vida não vai durar para sempre (mesmo assim, você continua acreditando que irá continuar, talvez devido a algum erro burocrático). Mesmo com os anos que já vivi, tudo que tenho é essa vaga noção de acréscimo temporal, esse translúcido monte de imagens, como os negativos de meu pai, esses que eu vim escolhendo e empilhando, cada memória sobreposta às outras, distorcendo todas aquelas acima e abaixo dela. Na melhor das hipóteses, tudo isso talvez seja uma pilha de fotos frágeis, com as pontas reviradas, presas por um elástico acabado. Ou então essas coisas, essas imagens incidentais, essas memórias amareladas, ocorreram, mas durante a vida de outra pessoa.

Ficamos murmurando clichês sobre o tempo, que ele voa, segue adiante, que cura todas as feridas, quando, na realidade, o tempo simplesmente torna as feridas terminais. Tenho notado que, ao longo dessa passagem costumeira dos dias, a única hora em que me sinto consciente de estar vivo é quando algo de ruim acontece. O resto é apenas uma normalidade soporífera. Nos três meses que passei desde que a minha mãe morreu e eu conheci/perdi Theresa, tenho me sentido muito mal a maior parte do tempo, mas também andei mais consciente da minha vida se desenrolando bem na minha frente. Dói, mas é uma coisa boa. Afinal, será que a gente extrai dos nossos dias o tanto de sentido que poderia? Claro que não. Com excessiva frequência, jogamos fora nossos dias, do mesmo jeito que fazemos com as nossas tranqueiras — parcialmente usadas, ainda seminovas. É isto que o brechó representa, uma oportunidade de retroceder e aproveitar algo do que foi descartado (Droga! Imagine se houvesse algum jeito de fazer isso com o tempo). Embora eu ainda me deleite e sinta um grande conforto com a repetição, sei que, de vez em quando, coisas ruins precisam acontecer, a fim de intensificar a experiência do que é familiar. Suponho que estou à vontade com isso tanto quanto uma pessoa poderia estar.

Duas coisas importantes aconteceram. Primeiro, tentei organizar os objetos dos meus pais, mas foi perda de tempo. Eu me senti um verme ao pensar em vender algumas das coisas, mesmo aquelas que eram originalmente minhas. Tudo o que consegui fazer foi lidar com as fotos do meu pai. Isso foi terrível no início, mas depois, conforme me acostumei, senti um grande conforto. Concluí que meu pai tinha talento, mas ainda não havia se encontrado. Quanto ao meu papel nesse assunto, sinto muito ter arruinado a carreira dele, mas há também muito a dizer a respeito de uma infância na qual você recebe comida só de vez em quando. Veja só, por acaso encontrei a grande publicação do meu pai. Havia uma pilha de cópias em outra caixa com coisas de fotografia — a revista *Like*, de dezembro de 1964. Por ironia, a foto não era uma da série "Trabalho" do meu pai ou de sua série "A noite e a cidade", mas uma foto colorida da minha mãe, a silhueta dela diante de uma árvore de Natal, com um resplendor beatífico, grávida de nove meses de Linda. Eu, então, compreendi que ele havia feito sua escolha bem antes de eu ter chegado.

Voltando aos objetos dos meus pais, finalmente liguei pro Fred, que tem ajudado algumas pessoas a lidar com os legados de suas famílias. Ele disse que meu problema não é incomum. De início, tudo é sagrado, nada pode ser doado ou vendido, muito menos jogado fora. O processo de separar as coisas deve começar só depois que a pessoa se livra do peso emocional dos objetos. Isso leva algum tempo, que varia de acordo com a sensibilidade do indivíduo e também com a disponibilidade dos metros quadrados para armazenar tudo. Então decidi não me apressar em relação às coisas de meus pais. Vou dar um destino, mas só quando estiver pronto para isso. No momento, fica tudo num guarda-móveis (como posso me permitir deixar tudo ali? Isso tem a ver com a segunda coisa que aconteceu).

MINHA ASCENSÃO À BURGUESIA

Eu fiquei rico. Sim, sou um homem relativamente rico, pelo menos para os meus padrões. Descobri que a minha irmã, Linda, tem jeito para negócios imobiliários (mamãe ficaria orgulhosa; mas, de qualquer modo, ela já tinha muito orgulho de Linda). Ela conseguiu vender a casa por uma bela quantia, e eu fiquei com a metade. Deixei que Linda ficasse com tudo da venda do espólio (ela fez todo o trabalho, eu fiquei com a frigideira. Pareceu justo. Isso fez com que ela meio que passasse a gostar de mim de novo, pelo menos o máximo que ela já conseguiu).

Não tenho muita certeza do que fazer com todo esse dinheiro, juro. Não preciso de nada. Tenho minha loja (se bem que levei um tempo para recuperar os clientes depois de ficar com ela fechada por três semanas, por causa da depressão).

Tenho minha casa. Tenho montes de objetos usados de boa qualidade. Estou feliz. Isso não é bem verdade. Quanto à Theresa, posso pelo menos dizer que não tenho sido completamente patético em relação a essa coisa toda. Não fiquei ligando para ela dia e noite ou mandando flores ou dirigindo perto do apartamento dela a toda hora. Não deixei nenhum presente na porta dela, como aquelas estatuetas que eu vejo o tempo inteiro nos brechós — o pequeno *munchkin* de cerâmica com as mãos bem estendidas, dizendo "Eu amo você esse tanto". Não fiz esse tipo de coisa. Fiz apenas o que me veio naturalmente. Nada.

Acho que está funcionando, porque não me sinto doente todos os dias, como acontecia no primeiro mês, e durmo em paz a maior parte da noite. Retomei a minha rotina, indo atrás de objetos quase todo dia (mais cedo e conseguindo boas coisas), apesar de já estarmos em pleno outono. Há muitas vendas de espólio (os pais mortos de outras pessoas, graças a Deus), algumas vendas de garagem (se bem que, nessa época do ano, a maioria das coisas boas já foi embora faz tempo), e os brechós estão cheios. Também descobri uma coisa: caçar coisas usadas é ainda melhor quando você não precisa fazer isso.

QUE VOCÊ TENHA UMA BOA VENDA DE ESPÓLIO

A venda de hoje é na parte noroeste da cidade, uma área antiga chamada Redford Township. Não explorei essa região tanto quanto gostaria, mas é uma área bem ajeitadinha. Quilômetros e quilômetros de pequenas casas térreas do pós-guerra, alarmantemente idênticas, como se fosse uma Levittown de Detroit. A propriedade pertencia a um casal de idosos, mas aí vem a surpresa. Os dois ainda estão vivos e saudáveis. Max e Bernice estão se mudando para uma cidadezinha na Flórida, cheia de aposentados, e "livrando-nos das malditas coisas que possuímos", segundo as palavras deles.

Eles, de fato, têm algumas coisas muito boas. Eu escolho uma bonita mesa de café anos cinquenta, que tem um design elegante (McCobb?), com um tampo de vidro sob o qual você pode expor brinquedos ou uma coleção de cinzeiros ou copinhos de licor ou globos de neve ou qualquer coisa que você queira, de verdade. É o tipo de objeto que posso vender provavelmente por uns duzentos mangos se não ficar com ele pra mim. E também levo um ótimo jarro antigo Russel Wright e uma molheira; um conjunto de xícaras pequenas listradas do início dos anos sessenta; um velho radiotransístor japonês, que hoje, infelizmente, tornou-se um item colecionável. Tudo em ótimo estado. Eu sei que toda essa mercadoria é, suspeitosamente, do tipo "revenda vintage", mas agora tenho condições de comprar algumas coisas e vendê-las por um valor maior. É assim que a coisa funciona com o dinheiro. E, embora eu não precise realmente de mais dinheiro, é divertido comprar objetos de brechó mais fino.

Tudo bem, talvez eu tenha me vendido um pouco. Você pode dizer que estou abrindo mão das minhas raízes de brechozeiro, mas, na realidade, estou comprando mais objetos baratos de brechó do que nunca. A loja está com um ótimo aspecto esses dias. Bom demais. Estou tendo mais problemas com pequenos furtos. Na semana passada, peguei um cara com aparência de contador tentando roubar uma camisa havaiana. Percebi o sujeito enfiando a camisa numa sacola de plástico reciclado imensa, depois que ele comprou uma colher e um garfo grandes de madeira. Não sei se foi um gesto de impulso ou alguma espécie de furto experimental ou o quê, porque ele realmente não tinha muita pinta (nem de utilizador de colheres de madeira nem de ladrão), mas eu, de fato, vi o cara me roubando. Fiquei quase tentado a deixar que ele levasse a coisa embora porque admirei o tema de seu roubo.

Quando parei o cara na porta e agarrei sua sacola, ele saiu correndo como um foguete. Então vendi a colher e o garfo uma segunda vez naquele dia. Pus um preço bem baixo no par e vendi para um casal de recém-casados. Eles eram fofos, tipo hipsters de classe média à beira da terceira idade.

O PROBLEMA DAS CADEIRAS

Depois da venda de espólio, vou até uns dois postos do Exército da Salvação que eu conheço na área. Eles não têm quase nada, mas no de Grand River vejo um par de cadeiras de cozinha anos cinquenta muito legais. Pernas de tubo cromado, estofamento de vinil com bolinhas vermelhas, as duas quase novas. Em geral, levo uma coisa desse tipo sem pensar duas vezes. O problema com essas cadeiras é que eu sei que a Theresa adoraria. Isso acontece comigo o tempo todo: ver coisas que eu sei que ela adoraria, mas, com essas cadeiras, eu não sei o que acontece, o impulso é forte demais para eu resistir. Então compreendo que elas realmente combinam com a mesa de cozinha dela. Como você sabe, combinar mesas com cadeiras não é obrigatório, mas, mesmo assim, ela adoraria.

Enquanto estou comprando as cadeiras, sei que é uma atitude completamente errada, patética e doentia. Digo a mim mesmo que posso vendê-las facilmente na loja, o que com certeza é verdade, mas já sei o que vai acontecer. Na hora em que estou colocando as cadeiras na parte de trás da caminhonete, com o resto das minhas compras, sinto-me profundamente desgostoso. Afinal, tenho me comportado muito bem ultimamente no que diz respeito à história da Theresa. E aí eu vou e faço uma coisa dessas. Resolvo então, bem ali na caminhonete, que vou vender a porra das cadeiras na loja e que vai ser assim e pronto. Já me humilhei e choraminguei tanto que valeu pelo resto da minha vida. É uma coisa bem ridícula. O que eu tinha na cabeça? *"Theresa, aqui estão algumas cadeiras de cozinha. E agora você me ama?"*

VIAGEM DE IDA E VOLTA PARA O INFERNO

Chego à loja às quinze pro meio-dia e imediatamente percebo que, ao comprar essas cadeiras de cozinha, escancarei alguma porta horrível do destino. E a prova disso é que, quando chego, o carro de Theresa está estacionado bem atrás da minha loja. Não consigo acreditar nisso. Eu é que fiz isso comigo. Não devia ter comprado as cadeiras pra ela. Com isso, eu a invoquei do meu passado pra que ela viesse me deixar mal de novo. Ela adivinhou que havia alguma coisa aqui para ela e veio pegar. A intuição do brechozeiro em ação.

Sinto meu coração afundar, e ele desce tanto que se esconde embaixo do assento da minha caminhonete, fica enrolado nos panos cheios de graxa que eu uso para limpar o para-brisa. Eu peço gentilmente pra ele sair de lá, mas ele diz que não. Pede misericórdia, começa a chorar lágrimas de sangue por todo o chão. Ao que parece, não quer sair de novo e ser pisado mais uma vez. Realmente, não posso culpá-lo. Provavelmente ela veio com aquelas botinhas sexy estilo stormtrooper de *Guerra nas Estrelas*, e isso vai doer pra caramba.

Quando finalmente saio da minha caminhonete, ela sai do carro dela. As coisas ganham um clima de pré-impacto de acidente de carro em câmera lenta. Procuro não olhar muito. Dou a volta até a traseira da caminhonete e abro a porta de trás sem olhar pra ela. Faço como se ainda não a tivesse visto. Descarrego as duas cadeiras de cozinha, colocando-as com cuidado em cima do cascalho. Continuo de cabeça baixa. Permaneço olhando pro cascalho. Quando enfim ergo a cabeça, ela está de pé ali, sorrindo para mim. Penso que vou ter que fazer um esforço enorme para não me jogar no cascalho e suplicar para que ela me aceite de volta. Mas parece que a humilhação no cascalho não vai rolar. Não entendo bem por quê.

Constato, de cara, que Theresa não está com uma aparência tão boa quanto eu achei que estaria. Nada de roupas extravagantes de brechó, só jeans e uma camiseta Cramps. Deixou o cabelo crescer um pouco, mas ele está lambido e sujo. As mãos estão arranhadas; as unhas, reduzidas ao mínimo, pra variar. As olheiras, mais escuras do que antes. Não me entenda mal, ela ainda é atraente, ela sempre foi esse tipo de mulher que consegue exibir com estilo uma aparência melancólica e acabada.

— E aí, Brechó. Tudo em cima?

Eu vou de completamente sem expressão a um grande sorriso, do zero ao êxtase em 2,4 segundos. Sorrio demais e, aos poucos, fico consciente de que se trata de um sorriso forçado, tenso, de um palhaço chegando do inferno.

— Theresa — digo entredentes. — Tudo joia comigo. E com você?

— Tudo certo.

Há uma pausa longa e infindável. Eu quero gritar só para quebrar o silêncio e ter algo para fazer. Olho pra ela.

— Bem, aqui estão suas cadeiras. Talvez seja o caso de você só pegar e ir embora.

A confusão agita seus olhos e sua boca.

— Do que você está falando, Brechó?

Eu dou duas inspirações curtas, que não me fornecem nenhum oxigênio.

— Contrariando o meu bom senso, comprei essas duas cadeiras pra você hoje. Na verdade, a ideia não era dá-las a você, mas não importa. Você obviamente sabia que elas estavam aqui, e por isso apareceu. Então, pode pegar e ir embora, por favor. Isso seria bom.

Theresa olha para mim como se eu fosse completamente louco.

— Brechó, você está viajando. Não tenho a menor ideia do que você está falando — diz ela, agora percebendo as cadeiras. — Nossa, mas elas realmente combinam com a minha mesa de cozinha. — Ela olha de novo para mim. — Na verdade, só passei pra dar um alô.

Eu fecho os olhos e começo a fazer intencionalmente respirações profundas, acreditando que serão benéficas para o meu cérebro e meus órgãos vitais. O único problema é que, depois de algumas, parece que eu não consigo mais parar. Não demora e eu estou ofegante como um terrier com Benzedrina.

— Que merda! — exclama Theresa, e então me faz sentar na parte de trás da minha caminhonete. Eu deveria opor resistência, por despeito ou qualquer coisa, mas parece que vou para onde aquelas mãos me levam. Estou desamparado, desafortunado, desesperançado. Porra! Ela senta na parte de trás da caminhonete ao meu lado, e eu sinto o cheiro dela, seu maravilhoso aroma de patchuli, com um toquezinho de xixi de gato. Minha garganta aperta, e a hiperventilação faz disparar um ataque de tosse. É como quando a gente se conheceu, só que muito pior (na época, eu não sabia que essa agonia me aguardava).

— Santo Deus, Brechó. Você está bem? Não devia ter feito isso. Não achei que isso fosse acontecer.

— Parece que eu não sou tão sofisticado quanto você — consegui chiar, entre uma tossida e outra.

Ela se levanta.

— Talvez seja. É melhor eu cair fora, certo?

Minha respiração começa a desacelerar, embora meu desejo fosse que ela parasse de vez, se bem que isso significaria não sentir mais o cheiro dela.

— Não, espera aí. Está tudo certo, tudo certo. O que você quer?

Ela hesita por um instante, como se ainda achasse melhor ir embora, e então suspira.

— Ai, que merda — diz ela. — Eu só fiquei com vontade de falar com você. Andei deprimida de verdade...

— Jura? — O caso é que eu simplesmente sou bobo a ponto de achar que ela está me dizendo que cometeu um erro em relação a nós.

— Faz semanas que eu não durmo. O trabalho tem sido muito ruim. Não sei se vou aguentar por muito mais tempo. — Ela fecha os olhos, respira, inclina a cabeça para o chão.

Eu não digo nada. Na verdade, é o trabalho que a está deixando triste, e não o fato de sentir a minha falta. Como eu poderia pensar uma coisa dessas? É muito engraçado e esquisito da minha parte.

— Eu só tenho vontade de dormir...

Olho para Theresa, ela abre os olhos, fica admirando uma árvore na rua, olhando para tudo, menos para mim. E nessa hora eu sinto uma mudança acontecer. É como se as condições atmosféricas de repente mudassem. Uma frente fria avançou, e o termômetro caiu de forma abrupta. Há uma mudança na relação de poder.

— Mas é tão bom ver você — diz ela, finalmente se virando para me olhar, sorrindo de leve.

— Agora tô entendendo — digo, e a tosse de repente some. — Agora fui considerado alguém que tem algum valor. Fui escolhido pra fazer parte do séquito de ex-namorados dos quais você é tão amiga. Virei o ex-namorado dono de brechó. Nossa, quanta honra!

— Brechó! — Theresa não está mais sorrindo. Ela não está mais tão feliz de me ver agora. Porque não sou mais eu, mas alguém totalmente diferente, meu dublê, meu gêmeo malvado, meu lado perverso.

— O que houve, o Roger e o Dorr e os outros estão de férias? Está havendo uma espécie de greve dos ex-namorados? Você está precisando me recrutar?

— Brechó, sai dessa.

— Isso é ótimo! — digo, todo alegre. — Eu me tornei um daqueles caras a respeito dos quais você pode dizer à sua próxima vítima: *A gente costumava trepar, mas agora não mais.*

— Cala a boca! — Theresa parece a ponto de chorar. Tenho esperança de estar satisfeito comigo (estou).

— Bom, e eu não tenho razão?

Agora ela está tremendo.

— É, você tem razão — diz ela, a voz entrecortada. — Eu vim aqui só por causa disso mesmo que você falou. Senti falta de você. Achei que a gente talvez pudesse ser amigo.

Theresa se levanta, caminha até o carro dela. Entra e vai embora.

Eu não poderia estar mais feliz. Pelo menos por alguns minutos.

PENSANDO NO FUTURO SENTADO NA TRASEIRA DA PICAPE

Alguns minutos depois que Theresa foi embora, eu estou muito confuso. Vê-la desencavou todos os meus estúpidos sentimentos de novo. Claro, pra começar, não é que eles estivessem tão enterrados assim. Eu me sinto mal por ter sido tão rude com ela, embora eu tenha acertado em cheio. O pior é que ainda fiquei com a porra das cadeiras de cozinha. Fico um tempo lá, sentado na tampa traseira, olhando para elas. Se fosse escrever um poema banal, diria que as cadeiras vazias estão zombando de mim. Eu só quero me arrastar até em casa e deitar na cama ou, talvez, ficar vendo televisão vinte e quatro horas seguidas. Mas não. Levanto e trago as cadeiras para dentro junto com o resto.

É um dia tranquilo, de modo que passo a maior parte das quatro horas seguintes limpando coisas e repassando o encontro com Theresa ou então tentando tirá-lo da cabeça.

Esfrego, dou polimento, passo spray do limpador Windex nas coisas. Embora elas não precisem disso, esfrego as pernas das malditas cadeiras com polidor Nevr-Dull. Elas, é claro, ficam com um aspecto ótimo. Coloco tudo de volta no chão. Não pus etiqueta de preço em nada, mas pelo menos já está tudo ali, e isso me faz sentir melhor.

Por volta das quatro e meia, sou recompensado pelo meu esforço. Entra na loja uma mulher, uma mulher atraente, devo acrescentar, mas de um tipo que não vejo muito na loja. Uma loira segura de si, bem-vestida, com muito bege, definitivamente não é uma *hypster*, mas, pela aparência, é uma mulher com gosto muito específico para objetos usados. Dá a impressão de que acabou de sair do trabalho, talvez de uma agência de publicidade, mas provavelmente não do departamento de criação. Olha para as cadeiras, depois segue adiante e vai checar os vasos Shawnee que eu peguei do Fred há séculos.

— Loja muito boa esta — diz ela, enquanto olha. Ela volta, senta numa das novas cadeiras.

— Obrigado — respondo.

— Faz tempo que abriu?

Ela levanta, e então senta na outra. Está interessada. *Ótimo! Vamos nos livrar dessas coisas!*

— Sim, faz alguns anos.

— Tem muita coisa boa aqui.

— Obrigado. Bonitas as cadeiras, não é? — digo, acenando para elas com a cabeça. — Acabei de achá-las...

— Pois é, muito bonitas. — *Será que estou imaginando coisas ou ela está sorrindo pra mim?*

Ela fica de pé, olhando as cadeiras. Está tentando imaginá-las na cozinha dela ou algo assim. Penso em pedir trinta e cinco pelas duas (já mencionei que, desde que fiquei rico, aumentei meus preços também?).

— Não achei a etiqueta de preço — diz ela. — Quanto custam?

Ainda estou pensando em trinta e cinco pelas duas, mas não é isso o que me sai da boca.

— Sabe, acabei de lembrar que alguém já deu um sinal por elas hoje cedo. Desculpe. Eu havia me esquecido completamente disso.

Vejo o sorriso dela murchar.

— Ah, sério?

— Olhe, se quiser, posso lhe dar um bom desconto em qualquer outra cadeira da loja. Posso chegar até uns vinte por cento de desconto.

Então, eu a vejo se encaminhar lentamente para a porta.

— Não, tudo bem. As únicas que me chamaram a atenção foram essas.

— Sinto muito.

Ela vai até a porta. Eu continuo falando.

— Volte outro dia, tenho coisas novas o tempo todo. — Mas ela já foi, e provavelmente não vai voltar. Você nunca faz isso com as pessoas nesse ramo de negócios. Não pode criar uma expectativa e depois acabar com ela. A campainha da porta fica soando no ar, daquele jeito irritante.

Eu me sinto mal pra burro. Não só porque perdi uma potencial cliente, ainda por cima uma mulher atraente (pelo menos atraente de uma forma convencional), mas também porque agora sei que vou dar essas cadeiras dos infernos pra Theresa, porque elas carregam uma maldição, e não há mais o que fazer a não ser tirá-las daqui e da minha vida.

VOU ENTREGAR AS CADEIRAS

Às cinco e meia, fecho a loja cedo e boto as cadeiras de cozinha na traseira da caminhonete de novo. Uma má ideia, é o que fico dizendo a mim mesmo no trajeto até o prédio de Theresa, e também quando paro perto do carro dela no estacionamento de terra batida, e enquanto carrego as cadeiras e passo pelos velhos carrancudos que não têm nada melhor pra fazer e ainda estão sentados na entrada do prédio dela. Continuo dizendo isso a mim mesmo ao subir a escadaria até o apartamento de Theresa. Mas não adianta. Bato à porta dela. Ninguém responde, então bato de novo. Ouço vários miados, de gatos diversos, mas nenhuma voz falando com eles, pedindo para que fiquem quietos.

— Theresa, é o Brechó. Você poderia abrir a porta? Eu trouxe as cadeiras pra você. Quero que fique com elas — digo. Passa pela minha mente, num relance, a última vez que estive diante dessa porta, e então tiro essa imagem da cabeça. Já pirei o suficiente hoje.

— Theresa. — Bato mais algumas vezes. Ouço um gemido prolongado, acho que é a Sedgwick, a gata amarela.

— Theresa, abra. Eu só quero te dar as cadeiras e cair fora. Só isso. Sério.

Não sei dizer se fico aliviado ou desapontado por ela não atender. Penso em apenas deixar as cadeiras na frente da porta, mas provavelmente seriam roubadas. Além disso, fico puto por ela sequer abrir a porta. Decido não deixá-las lá. Vou dar o fora. Claro, agora vou ter que penar com as cadeiras de volta, escadaria abaixo, até a caminhonete, até a loja de novo.

Na hora em que termino de descer a escadaria, minha paciência com as cadeiras, amaldiçoadas ou não, se esgota. Preciso me livrar delas. Lá fora, os velhos sentados na entrada do prédio me olham de novo, mais carrancudos ainda quando me aproximo deles. Peço licença ao passar aos tropeções e abrir caminho com as cadeiras. Um deles murmura alguma coisa em árabe e joga a ponta do cigarro numa velha lata de Maxwell House. Então tenho uma ideia brilhante. Viro-me para falar com eles.

— Com licença, senhores. Percebi que as suas cadeiras

estão num estado deplorável. Que tal um par de cadeiras novas?

De repente, aqueles rostos de velhos chatos e mal-humorados se iluminam como se eu tivesse comunicado que eles ganharam na loteria. Provavelmente é a primeira vez em anos que alguém lhes dá alguma atenção.

— Claro — diz um deles, um cara molengão de rosto vermelho com um chapeuzinho de palha na cabeça, parecendo o Sr. Cabeça de Batata. Ele tem o nariz cheio daquelas veiazinhas de quem toma gin há trinta e cinco anos, uma espécie de Rota 66 do alcoolismo, mas está sorrindo feliz como um maníaco.

— Pronto, amigo. Faça bom proveito. — Passo-lhe as duas cadeiras e, de repente, me sinto aliviado, livre do meu fardo. Sou Atlas na pausa para o cafezinho.

A MALDIÇÃO DAS CADEIRAS CONTINUA

Na caminhonete, começo a me sentir mal. Eram umas cadeiras ótimas e agora vão passar a ser usadas simplesmente como cadeiras. Perderam todo o seu significado, toda a sua graça. Além disso, eram para Theresa e agora não são mais dela. Ela vai ter que olhar pra elas todo dia, quando voltar do trabalho. Vai parecer que eu fiz uma coisa perversa de propósito, quando, na realidade, o que eu quis realmente foi me livrar das malditas. Bom, mas agora já foi e não preciso mais ficar pensando nisso. Chega.

Mas, quanto mais perto de casa chego, mais me assusta o fato de Theresa não ter atendido a porta. Se ela não quisesse me ver, teria somente gritado lá de dentro. Provavelmente diria "Vá se foder, Brechó". Quando chego em casa, minha postura de garoto durão já se evaporou por completo e estou preocupado de verdade. Então, como o otário de sempre, manobro a caminhonete na entrada da minha casa e volto pra casa dela.

Ao chegar lá, tenho que passar de novo pelo corredor polonês dos velhos, só que agora eles são meus novos melhores amigos.

— Trouxe mais alguma coisa pra nós? — indaga o Sr. Cabeça de Batata.

— Agora não, chefe — digo, passando rapidinho.

Tudo bem, a essa altura, já pirei de novo. Fico repetindo a mim mesmo que está tudo certo, que eu sou um cara que se preocupa à toa, um ansioso. Mas é só chegar à porta e me vejo batendo e berrando.

— Theresa! Abra! É o Brechó! Você está bem? — Nada ainda. Mais gatos miando, mas nenhum som de Theresa.

Bato mais algumas vezes. Ouço alguém abrir uma porta no fundo do corredor. Estão me espiando, mas eu não ligo. Talvez Theresa tenha saído para dar uma volta, digo a mim mesmo. É totalmente possível que ela tenha saído pra dar uma volta. Tem um monte de lugares na área onde ela poderia ir passear. Mesmo assim, abro a minha carteira, passo pela foto do meu pai (de gabardine) e pela da minha mãe (retrato dos anos sessenta, vestida) e finalmente localizo meu cartão da biblioteca plastificado. Vejo que Theresa não girou a trava, então enfio o cartão na fresta do batente e dou uma batidinha embaixo da lingueta do trinco (adoraria dizer que aprendi isso com alguma ex-namorada brechozeira que me ensinou todos esses truques, mas, na verdade, aprendi isso vendo na televisão). Ela abre com um clique do jeito que eu queria, mas, a essa altura, não tenho nenhuma vontade de me parabenizar por minhas pequenas malandragens.

Empurro a porta e, na mesma hora, vejo que Theresa não está passeando coisa nenhuma. Está na Poltrona da Depressão desmaiada com quatro gatos em cima dela. A princípio, penso que pode estar bêbada, mas ela está muito pálida. Aparentemente, ela também vomitou em cima dela mesma. Sua respiração está muito ofegante, muito lenta. Noto um volume suspeito no bolso da camiseta dela. Coloco a mão e, mesmo sabendo que vou pegar um frasco de comprimidos vazio, quando minha mão encosta no seio dela — tenho até vergonha de dizer —, sinto tesão por um momento (homem consegue isso quase em qualquer situação). No frasco, o rótulo de prescrição está em nome dela. *Zulinski, Theresa. Para dormir. Tome um antes de deitar, conforme a necessidade. Dalmane 100 mg.*

Coloco no meu bolso, corro para o telefone e disco 911.

NÃO CONSIGO AJUDAR EM NADA

Antes da chegada da ambulância, não sei o que fazer. Só consigo pensar nas coisas que vejo nos filmes quando alguém toma uma overdose de comprimidos pra dormir. Minha vontade seria acordá-la, dar tapinhas no rosto, enchê-la de café forte, reanimá-la e passar uma noite torturante fazendo-a andar em círculos, e de manhã ela começaria a se recuperar. Então eu seria a primeira pessoa que ela veria com a cabeça já mais lúcida e entenderia que eu sou a sua salvação. E então se permitiria ficar perdidamente apaixonada por mim etc.

Em vez disso, fico só ali sentado, conversando com ela, dizendo para ela não morrer, que ela vai ficar boa, tranquilizando essa mulher inconsciente com todo o repertório de clichês da minha mãe. Por sorte, a ambulância chega com uma rapidez impressionante, e eu sou liberado dos meus deveres inúteis.

— Por favor, senhor, saia do caminho — pede o paramédico, porque parece que não tenho a intenção de me afastar. O mesmo cara checa o pulso de Theresa, quebra uma espécie de ampola debaixo do nariz dela. Theresa se mexe um pouco e, então, ele lhe aplica uma injeção de alguma coisa. Observo a agulha sendo enfiada naquele braço pálido e macio. Desorientado, estendo o frasco de comprimidos vazio ao paramédico.

— A gente já sabe o que ela tomou. O senhor comunicou à atendente quando ligou.

Eu assinto. Depois, em um segundo, ele e seu parceiro já colocaram uma maca debaixo de Theresa e estão levando-a para fora do apartamento. Quando a tiram da cadeira, vejo um livrinho de bolso enfiado entre o assento e o braço. É o exemplar de *À sombra do vulcão*, marcado com dobras nos cantos das páginas. Eu pego, depois saio correndo para alcançar os paramédicos.

Quando fecho a porta, percebo que não tenho ideia de onde estão as chaves, mas é tarde demais para me preocupar com isso. Quando chegamos ao saguão, todo mundo do prédio de Theresa observa estupefato os dois homens carregando a vizinha escadaria abaixo. Mães de olhos encovados com crianças sujas e tristes, ajudantes de garçom meio tontos, viúvas que vivem da pensão de seus falecidos maridos, idosos solitários que não falam com ninguém no ônibus. São pessoas de brechó. Acho que reconheço umas duas ou três delas. A coisa toda parece cena de filme, só que não tem nenhuma criança que chegue perto de mim para perguntar: "Ela vai ficar boa, senhor?". Ninguém me pergunta nada, todos ficam lá simplesmente olhando. Nem mesmo sei se a Theresa conhecia direito seus vizinhos. Mas eu sei que, depois que a gente sair, vão ficar todos lá no saguão especulando sobre o que aconteceu, vão se sentir melhor a respeito da própria situação, por pior que estejam. E isso será o máximo que terão falado uns com os outros em anos. Depois, em um ou dois dias, voltarão a passar uns pelos outros em silêncio no saguão.

VAMOS PASSEAR

Essa não é a primeira vez que ando de ambulância. Tivemos que chamar algumas vezes para a minha mãe, quando ela ficou realmente mal e passamos a ter receio de transportá-la. Suponho que pode até ser divertido ficar ziguezagueando no trânsito, com a sirene ligada, exceto pelo fato de que geralmente tem alguém de quem você gosta deitado ali doente ou inconsciente. Olho para Theresa. Ela está no oxigênio agora e respirando um pouco mais regularmente. O paramédico está com ela conectada a todo tipo de equipamentos e monitores. Ele não parece preocupado demais. Esse fato nem me choca nem me reconforta. Por alguma razão, não sou capaz de imaginar a Theresa morrendo. Não sei se isso é apenas falta de imaginação da minha parte, ou porque estou em alguma espécie de choque.

No Hospital Beaumont (Hospital Hugh Beaumont, como Theresa costuma chamá-lo, por causa do ator), a gente desliza pela entrada de emergência em direção à parte dos fundos e, na hora em que saio da ambulância, eles já sumiram com Theresa através das várias portas, e eu sou deixado lá em pé, segurando uma prancheta com algumas milhares de perguntas às quais preciso responder. Não sei responder a nenhuma delas.

A ESPERA

Enquanto estou sentado na sala de espera da emergência, assisto a todo tipo de coisas horríveis — pessoas que entram pingando sangue, gente gemendo nas macas, famílias em pânico com as pessoas gritando umas com as outras. Ouço uma enfermeira dizer: "Tem muito sangue hoje aqui". E muitas pessoas segurando coisas esquisitas em cima de seus ferimentos — panos de prato, papel higiênico, pijamas, o que você imaginar. Acho que as pessoas pegam o que estiver mais perto para tentar estancar esse fluido vital chato.

Enquanto estou sentado, folheio o livro de Theresa. Tem um monte de páginas com o canto dobrado, sentenças grifadas — passagens sobre cachorros sem dono que ficam seguindo pessoas por todo canto, o Dia dos Mortos, os maias, os nomes impronunciáveis de duas montanhas mexicanas, porém o que mais me causa impacto é uma passagem que ela sublinhou:

Acho que eu sei bem o que é sofrimento físico. Mas o pior de tudo é isso, sentir a alma morrendo. Fico imaginando se não é porque hoje à noite minha alma de fato morreu que agora sinto uma espécie de paz.

Leio esse trecho várias vezes, até que percebo que uma enfermeira chama o sobrenome de Theresa e eu levanto.

— O doutor quer falar com o senhor — diz ela, e vira as costas. Eu assinto e sigo-a até outra sala de espera. Aguardo alguns minutos, até o médico entrar. Ele é alto, negro, usa óculos e tem as têmporas grisalhas. Se não fossem as centenas de pintas que cobrem seu rosto, ele teria exatamente a aparência que você esperaria de um médico.

— Ela está bem — diz o médico. Comenta que ela foi atendida a tempo, que eles fizeram uma lavagem estomacal, que ela é uma menina de sorte, que está descansando confortavelmente, que terá de passar por cuidados psiquiátricos. De algum modo, parece que eu já sei de tudo isso. Pergunto se posso vê-la. Ele diz que ainda não, mas que logo vou poder.

DOU UMA BRONCA EM THERESA

Já se passaram algumas horas quando eles me deixam vê-la. Pelo menos a minha impressão é que foram algumas horas, mas, quando olho no relógio, vejo que são três da manhã. Estou no hospital há quase nove horas. Já li várias partes de *À sombra do vulcão*, assim como todas as revistas *People*, *Newsweek* e *Time* que estão em cima da mesinha na sala de espera, sem falar da *Star*, da *National Enquirer* e da *Weekly World News*, que algumas pessoas tiveram a gentileza de deixar empilhadas no chão. De novo, alguém chama o nome de Theresa. Eu levanto meio cambaleante.

— Você pode vê-la agora por alguns minutos — outra enfermeira diz. — Ela está muito cansada. — A atendente me conduz por um corredor e me faz atravessar uma série de portas, bem além da ala de emergência, passando por vários quartos de enfermaria. Nem sei mais onde estamos, mas imagino que talvez seja alguma espécie de unidade de cuidados psiquiátricos. Por fim, entramos num quarto com duas camas. A primeira, junto à porta, está vazia. Theresa está na segunda. Ela não olha para mim quando entro.

— Você tem cinco minutos — diz a enfermeira, e então sai. Uma parte de mim quer ir correndo até Theresa, cair de joelhos, abraçá-la, beijá-la, começar a berrar como um bebê etc. Não é, porém, o que eu faço.

— Sua idiota — digo a ela.

Theresa olha para mim. Ela recuperou um pouco a cor, mas não muito. Seu rosto está abatido e oleoso. Grandes olheiras escuras em volta dos olhos encovados. Ela tem um vergão no lábio de baixo.

— Eu ia dizer a mesma coisa de você — revida languidamente.

— Se eu não tivesse voltado, você estaria morta agora.

Theresa faz uma inspiração longa, entrecortada.

— Foi essa a ideia que você teve, sei lá, pra resolver alguma coisa? — pergunto.

Uma leve faísca aparece nos olhos de Theresa, então ela simplesmente vira a cabeça de lado, como quem não tem tempo para mim.

— Por que você está aqui? Achei que você estava cagando montes pra situação toda.

— Eu... É que...?

Ela vira a cabeça, letárgica. Olha para mim meio sem vontade e bufa.

— Por favor. Não pensei que até você fosse capaz desse tipo de presunção.

Eu sorrio.

— Tudo bem, mas... Theresa, por que você fez isso?

— Ah, que merda! Eu não sei, Brechó. Tô muito cansada. Eu não sei. É por causa de tudo. Eu não estava planejando fazer isso, juro. Na hora me pareceu uma boa ideia. Eu só queria dormir.

Isso me dá vontade de agarrá-la pelos ombros e dar-lhe uma boa chacoalhada.

— E quando foi que deixou de parecer uma boa ideia? — pergunto, tentando sem sucesso não elevar o tom da voz.

— Quando vomitou em cima de você? Quando acordou no hospital? Enquanto eles faziam a lavagem estomacal?

Theresa fecha os olhos como se isso fosse me fazer desaparecer do quarto.

— Vá embora. Você está fazendo minha cabeça começar a doer. Quando foi que você ficou imbecil desse jeito?

— Não contei pra você. Agora sou um cara rico. Nos Estados Unidos, é como se fosse um alvará pra você ser um imbecil.

— Eu não gosto mais de você.

— Não importa — digo, passando minha mão por cima da dela. — Eu salvei a sua vida. Agora somos amigos.

A GENTE SE ACERTA

Passo a noite na sala de espera. Depois das quatro, tiro uma pequena soneca, embora não seja fácil dormir numa daquelas horríveis e grudentas cadeiras de vinil de hospital.

Fico surpreso por nunca ter visto uma dessas numa venda de bugigangas. E, se apareceu alguma, provavelmente devo ter achado que era uma coisa *legal*, algo assim. Mas aqui, no seu próprio ambiente, é um objeto tão feio quanto outro qualquer que a gente vê por aí.

Por volta das oito da manhã, falo com uma médica. A essa altura, já aprendi a mentir e dizer às pessoas que sou meio-irmão dela. A médica diz que não importa se o número de comprimidos era capaz de matá-la ou não, a situação ainda merece cuidados. Ela diz que a Theresa vai continuar lá pelo menos por um tempo. Eles têm que ficar de olho, e ela vai passar por um terapeuta, e aí vão fazer algum tipo de recomendação. É esse o procedimento nesses casos. Ela não diz, mas está falando de casos de tentativa de suicídio. Mas eu não sei a quem eles vão fazer essas recomendações. Pelo que me consta, Theresa não tem família. Será que vão simplesmente fazer essas recomendações a Theresa, ou aos amigos dela, ou vão apenas lançá-las ao vento e pronto? A médica diz que eu posso ver Theresa por alguns minutos, mas só.

Quando entro no quarto de Theresa, ela está cochilando. Sento na cadeira, ao lado da cama dela.

De repente, Theresa começa a falar comigo.

— Será que eles vão me colocar em observação? — pergunta ela, sonolenta. Os olhos ainda estão fechados, as pálpebras como chumbo polido.

Fico surpreso quando ela começa a falar.

— Bem, talvez por um tempinho — respondo. Fico preocupado porque parece que ela conhece a rotina. Mesmo assim, não pergunto nada. Ela se vira para mim, os olhos apertados, um sorrisinho maroto, ao que parece divertida com a ideia de ser observada.

— Acho que eles só querem manter você aqui por um tempo, ter certeza de que não vai fazer nenhuma bobagem de novo. Você não vai, não é?

— Você ficou rico mesmo? — Ela encosta a cabeça de novo no travesseiro, olhos mais abertos agora, me observando.

Dou a ela minha expressão "Estamos tratando de coisas sérias agora".

— Você não respondeu à minha pergunta.

Theresa revira os olhos como uma adolescente irritada.

— Não, provavelmente eu não vou fazer nenhuma bobagem de novo, paizinho.

— Prometa que não vai.

— Tudo bem, eu não vou.

— Obrigado. Bom, então vou lhe contar. É isso mesmo. Eu agora sou rico. Não só de saúde e de bons objetos de brechó, mas também no sentido pecuniário. Você também vai descobrir que eu não tenho medo de compartilhar isso com meus amigos.

Ela ergue as sobrancelhas, tenta fazer cara de quem está zombando, mas eu percebo quanto está fatigada. Mesmo depois de tudo o que aconteceu, nem acredito quanto é divertido ver essa mulher de novo, ficar conversando, brincando, zoando. De repente tenho um choque de realidade, reconheço o que seria o mundo sem essa mulher dentro dele. Mas, mesmo que ela não tivesse feito essa bobagem colossal, acho que continuaria achando a mesma coisa.

— Brechó, você está bem?

— Estou ótimo. — Olho para ela com aquele sorriso de soldado de cavalaria, aquele que você faz em vez de chorar.

Ela está um pouco mais espertinha agora, com vontade de conversar.

— Mas e aí, como é que você ficou rico? Fez algum negócio da China?

Tento não rir.

— Por favor. Acho que você deve ter um palpite melhor que esse. É que a Linda vendeu a casa dos meus pais por um bom dinheiro. Fiquei com a metade. É isso.

— Simples assim. Você fez alguma coisa com aquela tralha do porão da casa dos seus pais?

— Ainda não.

— Talvez eu possa te ajudar com isso quando sair daqui, desse manicômio.

— Seria ótimo.

Então Theresa olha para baixo, para o lençol, e dá um suspiro.

— Ah, B. Sinto muito se as coisas ficaram mal desse jeito. Desculpe por tudo isso.

— Sinto muito, sinto muito, sinto muito — digo, balançando a cabeça negativamente. — Tá parecendo eu. Você sente muito por ainda estar viva?

— Faça essa pergunta pra mim mais tarde.

Uma enfermeira entra no quarto e fica olhando fixamente para mim. Eu pego minha camisa de boliche e a visto novamente por cima da camiseta.

— Vou cair fora por um tempo, resolver umas coisas. Você vai ficar bem?

Dessa vez é ela que me dá o sorriso de soldado da cavalaria.

— Vou ficar bem. Olha, você se incomoda de ligar pro Roger? Eu deixei uma mensagem meio esquisita pra ele, pedindo que fosse em casa dar comida pras meninas. Eu dei uma chave pra ele um tempo atrás. Você poderia ligar?

— Com certeza.

— Eu acho que não estou muito pronta pra conversar com ninguém, mas não quero que ele fique preocupado.

Não consigo evitar de pensar *Mas você não ficou preocupada de ele entrar e encontrar seu corpo lá. Ficou?* Mas não digo nada.

— Ele está na agenda. Pinkel.

— Pinkel? Ele é uma linguiça?

— Brechó!

— Vou ligar pra ele — digo, já saindo. — Vejo você mais tarde.

Então Theresa exibe um sorriso sincero para mim, o primeiro que vejo nos últimos tempos.

— Brechó — ela me chama. — Ache alguma coisa legal, tá?

VOU À IGREJA

Pego um jornal ao sair do hospital e procuro os classificados. Encontro umas duas vendas de espólio, mas estou muito atrasado para chegar lá e elas ficam muito longe. Alguns dias, eu simplesmente não estou no clima para dirigir, e esse com certeza é um desses dias. Mas há uma venda de bugigangas a alguns quilômetros daqui, numa igreja. Ligo a caminhonete, mas, assim que engato a marcha, uma fadiga de corpo inteiro me percorre, e eu preciso colocar a caminhonete novamente em ponto morto. De repente, eu me sinto tão cansado que tudo o que eu quero é ir para casa e dormir umas quinze horas seguidas. Mas não estou com vontade de dormir. Preciso procurar alguns objetos de brechó, e é isso o que vou fazer. Respiro fundo, engato a caminhonete de novo e vou até a loja de conveniência mais próxima para tomar uma caneca grande de chá com bastante açúcar.

O chá ajuda, e eu ganho uma segunda dose de ânimo (talvez uma terceira ou quarta, a essa altura) e vou para a venda de bugigangas. Evidentemente, os deuses do brechó estão me protegendo, porque chego lá bem a tempo da venda das nove, a reservada aos "Madrugadores". Preciso aguardar na fila e pagar um dólar, mas estou entre os primeiros a ver todas as coisas — uma cafeteira dos anos sessenta com duas cúpulas; um conjunto de panos de prato com flores e frutas dos anos trinta e quarenta, ainda com as tiras intactas em volta deles; um cinzeiro de cerâmica em forma de revólver Winchester com seis munições. Empilho tudo isso numa mesa na frente de um dos caixas.

É nessa hora que eu vejo. E na mesma hora passo a desejá-lo. A minha parte mais sensata diz que é grande, volumoso, pesado demais e apenas um objeto muito estúpido para que eu perca tempo com ele, ninguém vai comprar, mas a outra parte me diz que eu tenho que levar. É simplesmente esquisito e legal demais para eu perder a oportunidade. Trata-se de uma antiga máquina de exercício Walton Belt, do tipo que as pessoas costumavam usar nas clínicas para redução de peso. Uma coisa igual àquelas que a gente vê em filmes da década de 1930, um pedestal com uma grande faixa em forma de U que as pessoas colocavam em volta da cintura para vibrar e eliminar a gordura. Adoro coisas assim, que, com o passar do tempo, ficam muito além de inúteis. *Diga, você não tem que se exercitar para se livrar dessa flacidez horrível. Então livre-se dela vibrando!* Serve para você ver que há sessenta, setenta anos, as pessoas eram iludidas do mesmo jeito que são hoje. Aponto para aquela geringonça e pergunto à velha senhora atrás da mesa, com um cigarro Virginia Slims pendurado nos lábios:

— Quanto é?

— Myrtle, quanto é a máquina de emagrecer? — berra na direção de uma salinha atrás dela. — Tem um rapaz aqui que gostaria de comprar. Sabe Deus por quê! É magrinho que nem um palito.

Myrtle. Meu Deus, eu adoro esse trabalho.

— A gente vai cobrar dez dólares por ela — diz, depois de voltar de uma breve consulta privada com a misteriosa Myrtle.

— Vendido — digo, esperando ser capaz de carregar aquela geringonça. Eles não faziam as coisas muito portáteis nos velhos tempos.

Dou uma última volta antes de ir embora. Encontro um decânter de sucos, de vidro, dos anos sessenta, com frutas pintadas nele. Junto às minhas outras peças e pago. Sem muita dificuldade, coloco tudo na caminhonete (o marido de

Myrtle, George, me dá uma mão com o aparelho. Imagino que ele vai ficar muito bem exposto na loja, com o Tom, o manequim, numa roupa de malhar, enfaixado por essa máquina infernal). Vou para casa, satisfeito com a minha aquisição. Concluo que foi uma boa manhã de trabalho e que mereço algumas boas horas de sono antes de ir para a loja.

QUE HORAS SÃO?

Chego em casa por volta das onze e meia e lembro que tinha que ligar pro Roger, o que não é uma tarefa que eu esteja ansioso para fazer. Ligo para a lista telefônica, a fim de conseguir o número dele, mas tudo o que consigo é a secretária eletrônica. Dessa vez, porém, sinto-me até grato por isso. Deixo uma mensagem longa e meio doida sobre quem é que está ligando, sobre Theresa no hospital, digo que ela está bem e que ele tem que definitivamente ignorar qualquer coisa que venha a ouvir dos vizinhos. Então, assim que desligo, eu me lembro de mais uma coisa. Ligo de novo e peço que ele vá alimentar os gatos. Se não puder, que me avise, por favor. Deixo meu número. É uma das minhas épicas mensagens de secretária, em duas partes. É por isso que eu odeio tanto essa coisa. Em seguida, vou tirar uma soneca rápida.

Quando acordo, são cinco e quinze, e a minha cabeça lateja. Não acredito que dormi tanto. Já é tarde demais pra ir trabalhar. Fico muito puto comigo. Mas não há o que fazer. O dia já se foi.

Resolvo preparar o jantar, minha comida à base de amido favorita, macarrão Kraft com queijo. Enquanto cozinho o macarrão, noto que a etiqueta de preço na caixa não é do meu supermercado. Isso me deixa confuso por um instante, mas percebo enquanto cozinho que o pacote é de uma caixa de comida que peguei da casa dos meus pais meses atrás. Isso me deixa um pouco melancólico, mas não chego a experimentar uma daquelas minhas tristezas agudas, mesmo depois de pensar que talvez minha mãe tenha comprado essa caixa especialmente para mim. Antes de ficar doente, ela tentava me atrair pra jantar com ela de vez em quando. Eu ia, mas esses jantares sempre terminavam mal.

A julgar pelo que vou fazer a seguir, pode parecer que eu tenha sofrido uma série de miniderrames enquanto dormia, que me deixaram meio confuso. Porque de repente sinto muita vontade de ligar para minha irmã. E é o que eu faço.

Posso afirmar com segurança que Linda ficou surpresa ao me ouvir.

— Richard? — diz ela. — É você? Não esperava que você fosse ligar.

— Como você está? — pergunto.

— Estou ótima.

Bom, não há necessidade de entrar em detalhes sobre o que a gente conversou. É aquele papo besta entre irmão e irmã. Linda não mudou nada, irremediavelmente convencional, ainda acha que eu sou um doido, mas eu sei que ela ficou feliz por eu ter ligado. Ela tem uma boa notícia, embora não se dê conta de que é uma boa notícia. Teve uma briga com a tia Tina. Ao que parece, a tia Tina meteu o nariz onde não devia (os assuntos da nossa mãe, provavelmente), e minha grande irmã não deixou por menos. Fiquei exultante. Desligamos, depois de prometer que almoçaríamos juntos. Provavelmente isso não vai acontecer, mas talvez role.

UM ENCONTRO COM MUITO COURO

São umas seis e meia quando chego ao hospital. Entro no quarto de Theresa, e ela está sentada na cama, ainda com soro na veia. Ainda fraca e pálida, mas bem melhor. Ela tem uma visita. O famoso Roger Pinkel, com seus piercings, tatuagens e roupa de couro. Não dá pra ver direito nenhuma das tatuagens agora porque é outubro em Michigan e o cara precisa manter seus membros cobertos. Mas eu vejo muito couro, sem falar nos piercings (e provavelmente tem mais alguns que eu não consigo ver). Rog está sentado numa cadeira junto à cama, conversando com Theresa. Ele olha pra mim e, de início, a gente não se reconhece. Noto que os olhos dele estão vermelhos e meio inchados. Será que o grandalhão está tomado pela emoção? Pode me chamar de louco, mas de repente estou começando a gostar dele.

— Oi, Theresa — digo.

— Brechó — diz Theresa, baixinho.

Dou ao velho Rog o cumprimento padrão:

— E aí, Roger, tudo bem?

— Richard — diz Roger, levantando-se. Ele estende a mão para mim. Tento apertá-la, mas mal consigo sacudir a mão dele. Roger volta a sentar. Ele fica bem quieto, mas não de uma maneira hostil (ah, vamos encarar isso. O rapaz nunca me fez nada. Apenas é grande, forte, bonitão, tatuado e um tipo boêmio, e ele costumava dormir com a Theresa. Se ele quiser, pode me dar uma surra com uma mão só).

— Ah, Roger, você ouviu a mensagem que eu deixei? Na verdade, mensagens.

Roger sacode a cabeça, negando.

— Eles me deixaram ligar daqui, Brechó — diz Theresa. — Eu liguei pro trabalho dele.

Eu assinto com a cabeça de um jeito um pouco exagerado.

— Ah, tá. — Então começo a me tocar que talvez esteja interrompendo alguma coisa especial dela com o amigo/ex--amante. Dou um sorriso amarelo para Theresa e, então, olho para o Roger. — Olha, acho melhor eu voltar daqui a pouco. Deixar vocês dois conversarem.

— Brechó, está tudo certo — diz Theresa. — Já conversamos.
— É isso aí, eu já estava indo. Tudo certo. — (É claro que está.) Rog fica em pé como quem está se aprontando para ir embora. Ele dá um apertão na mão de Theresa. — Não faça nada disso de novo, hein, Terê. A gente precisa de você. — Ele olha pra mim, com os olhos tristes, olhos de pintura de venda de garagem. Em agradecimento, fico chacoalhando a cabeça como um surtado. — Então tá, eu vou indo.
— Dê um alô para os gatos por mim — diz Theresa. Ela dá um beijo no rosto do Roger. — Diga pra eles que já estou voltando.
— Até mais, Roger — digo, as mãos nos bolsos.
Roger olha para mim com uma expressão funesta.
— Richard, a gente pode conversar um pouco no saguão?
É isso. Ele pediu para ir lá fora. Vai me triturar. Nunca gostou de mim, sempre achou que eu era um bostinha dum comerciante de brechó que não merecia a Theresa e que nunca a tratou direito, o que significa que ele simplesmente vai ter que me dar uma lição de virilidade. Ali mesmo no saguão da ala psiquiátrica do Hospital Hugh Beaumont, vai rolar um festival de porradas movidas a testosterona, e eu vou ser o principal alvo. A única vantagem é que já vou estar no hospital e, com alguma sorte, serei localizado por alguma enfermeira estagiária passando por aqui, que vai colocar meu corpo arrebentado num carrinho e me levar direto pra UTI.
Estamos no saguão.
— Veja bem — começo a balbuciar, tentando salvar a minha pele, covarde como sou. Mas, no meio dessa tremedeira, sou interrompido por Roger, que me dá o maior abraço.
— Muito obrigado, cara — diz ele, me apertando a ponto de machucar. E então vai embora atravessando o saguão, sem dar bola pros olhares das enfermeiras, que notam não só a boa aparência daquele tesão de homem, como o fato de ele ter

praticamente esmagado aquele rapaz mirradinho de óculos parado lá do outro lado.

Volto para o quarto, e Theresa parece um pouco assustada.

— Brechó, está tudo bem? O Roger está bem?

Eu devo estar parecendo atordoado, porque ela está quase saindo da cama.

— Estou bem, fique aí. Eu achei que o Roger estava querendo... ele só me deu um puta abraço.

— Ah, tá. Sabe, o Roger adora dar abraços. Ele tem esses modos meio *New Age*. Venha cá, sente aqui.

— Como você está?

— Tudo bem. Eu falei com o psiquiatra hoje.

— E aí?

— Estou deprimida.

— O que mais ele disse?

— Ele não, ela. Foi mais ou menos isso. Estou deprimida. Isso foi tudo o que ela resolveu dizer por enquanto.

— Porra, mas que brilhante, não? Você acabou de tentar se matar...

— Seja como for, parece que vou ficar por aqui mais um tempinho. Começo a terapia amanhã. Vai ser divertido.

— Sim. Uma festa.

Ela fecha os olhos e vira a cabeça em direção ao teto. Inspira profundamente.

— Brechó?

— O que foi, Theresa?

— Não quero voltar pro trabalho.

— Então não volte. A gente arruma outro emprego pra você.

Ela vira pra mim, agora de olhos abertos.

— Mas eu acho que devia voltar.

Aproximo meu rosto um pouco do dela. Achei que fosse sentir o cheiro da minha Theresa, mas é diferente — de antisséptico, alvejante e suor.

— Theresa, você já fez o suficiente pelo reino animal. É hora de deixar que outra pessoa faça a parte dela.

Isso a irrita. Eu obviamente não estou entendendo. Ela puxa o lençol para cima, cobrindo tudo, menos o rosto. Junta as mãos debaixo do lençol.

— Não é tão fácil assim. Eles precisam de mim.

— Theresa, *você* precisa de você, também.

— Eu sei, eu sei — diz ela, assentindo do jeito que as pessoas fazem quando sabem que você tem razão, e que o problema é que elas simplesmente não acreditam em si mesmas. Então ela olha pra mim, meio assustada. — Brechó, não vá embora, tá? Pelo menos, não durante um tempo.

— Eu não tô indo pra lugar nenhum.

— Você estava falando sério quando disse que a gente pode ser amigo?

— O que você acha?

— Não sei.

— Pelo amor de Deus. É claro que eu falei sério. Agora relaxe. — Então, seguro a mão dela e a gente fica lá, só sentado, sem dizer nada. Fico imaginando se não é ruim eu ficar tão feliz por ela precisar de mim. E aí decido que não vou ligar se isso é bom ou não; vou só curtir. Porque provavelmente não vai durar tanto assim.

PRESENTINHOS

Na segunda-feira, eles transferem Theresa para um quarto numa parte mais tranquila do hospital. Eu vou visitá-la todos os dias e trago sempre uma pequena buginganga, alguma coisa que escolho nas minhas idas e vindas. Precisa ser um objeto que eu consiga pôr no bolso, porque isso evita que eu fique animado demais. Mas, em pouco tempo, começo a negligenciar minha missão diária (e fundamental) de fazer estoque para a minha loja e ganhar a vida, e a minha única razão de sair atrás de objetos de brechó passa a ser encontrar alguma coisa para levar para a Theresa.

Um dia, é um *button* de lapela dos anos sessenta: "Existe vida após o nascimento?"; outro dia, uma colher com um cabo de baquelita âmbar; no dia seguinte, uma caneta esferográfica do Bicentenário, de um velho bar de Detroit chamado Jordan's on the River. Hoje não consegui encontrar uma maldita coisa, então decidi passar em casa antes de ir pro hospital e pegar algum objeto do meu acervo. Realmente não sei o que dá em mim, mas vou até uma gaveta que guarda um dos meus mais preciosos achados: um isqueiro feito no Japão ocupado pelos Aliados. É uma peça artesanal incrível, um isqueiro que tem o aspecto de uma pequena câmera. Tem até um tripé que funciona e anéis de foco que giram e, quando você aperta o botão do obturador, a parte de cima abre e surge o pavio. Comprei por dois dólares e sei que vale, no mínimo, cem (o que não importa, porque eu não ia vender mesmo).

Enquanto fico polindo o isqueiro, sei que é uma coisa estúpida fazer isto, me desfazer dele. Certo, talvez estúpida não seja a palavra, mas percebo que o isqueiro significa alguma coisa pra mim. Algo muito valioso. É simplesmente o tipo de objeto ridículo que eu adoro, de uma época em que parecia uma boa ideia ter um isqueiro que parecesse uma câmera. Mesmo assim, continuo dando polimento e depois enfio o isqueiro numa bolsinha com zíper.

No hospital, naquela noite, quando dou o isqueiro pra Theresa, juro, ela na mesma hora desata a chorar.

— De jeito nenhum, Brechó — diz ela, devolvendo. Ela sabe o quanto vale e recusa-se a aceitá-lo.

— Olha, está tudo certo. Consegui um ótimo preço nele.

— Bobagem. Eu sei que você tem um desses na sua casa. Você me contou.

Eu minto na cara-dura:

— Pois é, e por isso eu não preciso deste aqui.
— Não, Brechó.
— Tudo bem, então. Você está me obrigando a contar. Foram só três dólares. Consegui numa das últimas vendas de garagem do ano.

Ela compra a história.

— Você não está me enganando? — Posso ver que ela ficou feliz por ter uma desculpa para aceitá-lo. — Uau! Bem, então tudo bem. Valeu.
— Eu estava tentando parecer um cara importante.
— Isso é tão legal. Obrigada, Brechó. Vem cá — diz ela, agarrando as lapelas da minha jaqueta. Ela me dá um beijo e é a primeira vez que fazemos isso desde que nos tornamos amigos. Mas não tem cara de beijo de amigos, tem cara de beijo de verdade, mas talvez seja só eu. Olho pra ela e vejo um olhar estranho no seu rosto, tipo "Opa! Tinha esquecido que a gente não está mais fazendo isso". Por sorte (ou não), nós dois decidimos ignorar o assunto.

— Como vai a terapia? — pergunto. Nada como um relatório atualizado da saúde mental para acalmar o clima.
— Vai bem, eu acho. A médica diz que eu resisto a me perdoar por aquilo que faço no trabalho.

Theresa diz isso como se estivesse informando a previsão do tempo pela televisão, algo assim. Não sei o que dizer, então dou uma de analista.

— E o que você acha disso?
— Ela provavelmente tem razão, só não sei que diferença isso faz.
— Não sabe?
— Não, não sei. E pode parar, tá, Brechó?
— Tudo bem. Não precisa ficar brava. O que ela diz sobre você voltar ao trabalho?
— Ela não acha que seja uma boa ideia.
— Bem...

Theresa pega o isqueiro de novo.

— Isso é muito legal, Brechó. Obrigada, mais uma vez.

Depois, pelo resto do tempo que eu fico lá, enquanto tento falar com ela, ela brinca com o isqueiro. É como uma criança, descobrindo detalhezinhos no isqueiro, como o lugar escondido onde se injeta o fluido. Devo dizer que, mesmo que me dê um pouco nos nervos sua teimosia comigo, é ótimo ficar olhando para ela.

Quando saio do hospital à noite, ainda estou nas nuvens por causa do beijo e da felicidade dela com o isqueiro, até que percebo que estou numa grande encrenca, porque estou totalmente apaixonado por ela de novo (eu sei, não é que eu tenha deixado de ficar, mas é que já tinha me acostumado com a ideia de ela não estar por perto). De qualquer modo, meu problema voltou, e minha preocupação é que, assim que ela saia do hospital, não precise mais de mim.

ZUMBI DE BRANCO!

No dia seguinte, quando vou ao hospital visitar Theresa, levo uma ficha do metrô de Nova York para ela. Pelo jeito, deve ser dos anos cinquenta. Outro objeto da minha coleção pessoal. Hoje não há muita coisa em termos de vendas de espólio ou feiras de bugigangas, e faz frio demais para vendas de garagem. Então dou um pulo em dois postos do Exército da Salvação. Mas nada (na realidade, acabei pegando um copo de Hurricane, do Pat O'Brien, só pra comprar alguma coisa. Decidi colecioná-los. Só não sei bem por que ainda).

Quando entro no quarto de Theresa, na mesma hora sinto algo diferente. Theresa agora tem uma tevê e está assistindo, muito concentrada. Concentrada demais. Especialmente considerando que se trata apenas de uma daquelas *sitcoms* dos anos oitenta. Mas ela está tão envolvida que mal repara na minha chegada. Então, sento naquela cadeira horrorosa ao lado da cama dela. Finalmente, no intervalo comercial, ela se vira pra mim. Estou quase a ponto de ficar preocupado porque tenho certeza de que alguma coisa está errada com ela. Mas tento agir com naturalidade, como se tudo estivesse uma maravilha.

— Oi, Theresa — digo, sorridente. — E aí, como anda seu lado dark?

Ela assente (o que me parece surpreendente, considerando a pergunta).

— Como você se sente?

Continua assentindo.

— Tudo bem.

Olho pro rosto dela. Parece que não há nada de errado com os olhos, mas tem alguma coisa definitivamente diferente.

— Você está bem? — pergunto.

— Estou ótima, Brechó. Eu pareço diferente?

Bem, nesse preciso instante, fico feliz ao ver que pelo menos ela sabe quem eu sou.

— É, parece um pouco diferente, sim.

— Tipo o quê?

— Não sei. Meio dopada.

— Meio que nem o Jack Nicholson no final de *Um estranho no ninho*?

Eu sabia que ela ainda estava ali, em algum lugar. Vai ver que eu é que estou exagerando.

— Será que é isso? — pergunto, com uma risadinha. — Será que fizeram uma daquelas horríveis lobotomias frontais em você?

— Não. Lítio.

Eu paro de rir.

— Chii. Como assim?

— Está tudo certo.

O programa volta a passar, e nós dois assistimos até o próximo intervalo, o comercial de um produto que traz "Frescor

matinal", seja lá que raios isso signifique. Eu me sinto muito estranho neste momento, porque parece que a Theresa não está incomodada com esse seu estado meio zumbi.
— E você vai ficar tomando isso durante muito tempo?
— Isso o quê?
— O lítio.
— Acho que sim, por um tempo. Talvez bastante.
— Sei. Porque você não parece estar no seu normal.
— A ideia é essa, Brechó. Veja bem, sinto muito se eu não estou sendo lá muito divertida pra você hoje, mas é que simplesmente não estou muito a fim. Tudo bem?
— Tudo bem. Desculpe.
E então ficamos sentados ali. Assistimos ao resto daquele programinha estúpido. E depois a outro programinha besta. E, depois de um tempo, eu me levanto e vou embora.
— A gente se vê, Brechó — diz ela, como se a gente tivesse ficado ali conversando de verdade um com o outro.
— Certo, mais tarde a gente se vê.
Theresa acena na minha direção com uma expressão meio ausente. Então eu saio do quarto. No saguão, percebo que nem dei pra ela a fichinha de metrô. Quase decido deixar por isso mesmo, mas me parece de mau agouro. Então volto pro quarto. Ela me olha, nem feliz, nem triste.
— Olha só, quase me esqueci de dar seu presente. — Tiro do bolso. — Uma ge-nu-í-na ficha de metrô de Nova York, circo de 1950. (Uma vez eu arrumei uma pilha de fotos antigas numa venda de espólio. Alguma pobre alma equivocada escreveu "Circo 1965" em vez de "Circa 1965" no verso de cada uma delas. Nunca esqueci e faço a piadinha sempre que posso. Mas dessa vez Theresa não achou graça.)
— Ah, obrigada — diz ela, estendendo a mão. Ela olha pra fichinha, e então coloca na bandeja dela. — Bacana.
— Acho que estou indo.
— Tudo bem, até.

Fico mal com esse episódio todo, com essa nossa pequena não visita. Theresa parece que percebe que virou uma espécie de zumbi, mas aparenta não ligar. Não sei o que fazer, exceto esperar e ver como ela estará amanhã. Mas receio que vou encontrá-la pior.

Lá fora, no estacionamento, já está ficando quase inverno, aquele tempo maluco de Michigan. Por sorte, estou usando aquela jaqueta Ultrasuede década de 1970 do meu pai, aquela que eu roubei do armário dele depois que ele morreu de enfisema. Tento não pensar em Theresa, me agasalho bem e abotoo de cima a baixo. Ainda é grande para mim, mas é bem quente. Adoro essa jaqueta. Enterro as mãos bem no fundo dos bolsos, onde sinto alguma coisa parecida com lascas de madeira bem na emenda do fundo do bolso. Pego umas duas ou três. Paro no meio do estacionamento para examinar melhor. Depois de alguns instantes, descubro que são pequenos fragmentos petrificados de tabaco, vestígios de uma vida inteira de fumante. Nessa hora, fico impressionado com o poder das peças usadas, a clarividência às avessas que elas têm, sua capacidade de revelar tanto o passado como o futuro.

O QUE A GENTE CARREGA

No dia seguinte, um sábado à tarde, vou ver Theresa. Antes de entrar no quarto dela, dou uma espiada. Ela está deitada na cama, de roupa — uma velha camisa Pendleton e jeans —, lendo um livro, a capa dobrada, então não dá pra saber o que é. Vendo-a de onde estou, ela ainda dá a impressão de estar meio desorientada, mas parece mais ela mesma.

Embora a porta esteja aberta, eu bato para anunciar a minha presença. Ela deixa o livro, e vejo que está lendo *À sombra do vulcão* (ela pediu na semana passada. Eu devolvi, mesmo achando que talvez não devesse. É um livro depressivo). Theresa olha para mim e sorri, um sorriso vivo, amplo, e então é como se ela percebesse isso, e o sorriso murcha um pouco. Eu fico pensando que o comportamento dela na véspera, a indiferença, a esquisitice, o tom geral meio zumbi, talvez não seja fruto só da medicação. Será que Theresa está aos poucos se afastando de mim?

— Boa tarde, dona Theresa — eu digo, e meu sorriso também murcha logo quando começo a compreender o que está acontecendo.

— Oi, Brechó.

Vou até a cadeira junto à cama e sento.

— Ainda lendo o livro?

— Só relendo algumas partes.

Há outros livros na mesa ao lado da cama. No alto da pilha, tem um livro grande de fotografias chamado *Os dias dos mortos*. Lembro que dei uma olhada nesse livro na casa dela, porque na capa tem um par daqueles esqueletos de brinquedo em caixões, que não difere muito do tipo de coisa que a Theresa tem no apartamento dela.

— O Roger me trouxe de casa — diz Theresa, quando me vê olhando o livro.

— Gentil da parte dele. Não está meio na época do Dia dos Mortos?

— A-hã.

— E aí, como você está? — Dou uma olhada nas mãos dela. Os arranhões e os cortes estão sarando, as unhas voltando a crescer um pouco, depois de um tempo longe do abrigo.

— Muito bem.

Não acredito que merda de papinho falso é esse. Se eu fosse uma mosca na parede, eu daria um mergulho kamikaze direto no linóleo, por puro tédio. Por fim, por falta de alguma coisa melhor para fazer, enfio a mão no bolso para pegar o presentinho dela de hoje.

— Olha aqui, eu trouxe uma coisa pra você.
Theresa entorta a cabeça e me dá aquele seu olhar de *cão bravo*.
— Brechó, já falei pra você parar com isso...
— Não é nada, está vendo? Juro. Pegue aí.
Seguro a mão dela e abro os dedos curvados. Coloco na palma da mão dela. Felizmente, de fato é praticamente nada. Um bastãozinho de misturar coquetel. Sem dúvida, um bastãozinho muito legal, antigo, de madeira, com os dizeres "City Ice Cubes". Tem um pequeno personagem nele, com a cabeça de cubinho de gelo. Mas, mesmo assim, ainda é um mero bastãozinho de misturar coquetel. Nada para ela ficar com tanto melindre.
Theresa olha pra ele e sorri, aquele sorriso que ela deu antes de esquecer que não devia ficar sorrindo pra mim.
— Obrigada, Brechó. Sabe, você realmente não precisa ficar vindo aqui todo dia. Acho que eles vão me deixar sair na semana que vem...
Eu então me antecipo.
— E depois disso você não me quer mais tão por perto.
— Não, não é isso. É só que, você sabe, é muito trabalho pra você vir aqui todo dia e eu...
— ... e você gostaria que eu parasse com isso o quanto antes.
— Brechó, quer calar a boca?
Sinto o medo e o ódio subindo até a minha garganta. Fico em pé, pronto para fazer uma saída rápida.
— Desculpe. Esqueça, Theresa, está tudo certo. Eu entendo.
— Não, você não entende, Brechó. Fique quieto. E sente.
— Certo. Desculpe. — Eu sento. Fecho o bico.
Theresa pega o livro, virado aberto em cima da cama, e em seguida volta a deixá-lo na cama.
— Que merda!
— O que foi?

Theresa se apruma, dobra os joelhos contra o queixo e, então, esconde o rosto atrás deles. Depois de alguns segundos, levanta a cabeça e olha para a parede na frente dela.

— Pode soar estúpido — diz ela — Mas, nesse livro, tem uma parte em que o Geoffrey Firmin vê aquele velho índio manco carregando nas costas outro índio, mais velho e manco ainda, e depois você entende que é como se ele carregasse o próprio cadáver.

— Linda imagem.

— "O que é o homem a não ser uma pequena alma sustentando um corpo?", diz ali.

Ela se vira para mim.

— Brechó, é desse jeito que eu me sinto. Só que eu estou sustentando muito mais cadáveres do que apenas o meu.

— Os bichos?

Ela enterra a cabeça de novo atrás dos joelhos.

— Theresa — digo.

Ela levanta a cabeça, abaixa os joelhos e assume a posição de lótus.

— Brechó, por favor. Estou tentando te agradecer. Não sei ao certo por que, mas acho que eu não teria superado tudo isso se não fosse a sua ajuda. Eu *sei* que não teria conseguido. Ainda não sei bem se estou feliz por isso. Mas, de qualquer modo, obrigada.

— Humm. Bem, acho que devo dizer "de nada". — Agora fico esperando a segunda bomba cair.

Mãos nos joelhos (a pose perfeita para dar o fora em alguém).

— Mas você está certo. Não tenho muita certeza se a gente deveria continuar se vendo com tanta frequência depois que eu sair daqui.

Eu sabia.

— A minha ideia não era essa, eu só pensei que você...

— Tenho medo de que a gente se envolva de novo e que eu volte para o lugar em que estava.

Tudo bem, agora eu estou doido de pedra e resolvo dizer algo a esse respeito. Eu puxo aquela cadeira horrível, coloco diante da cama e fico de frente para ela.

— Desculpe, mas por que você está me culpando por tudo de errado que há na sua vida? Talvez eu seja a única coisa que esteja certa, e o resto todo é que está fodido. Eu não fiz outra coisa a não ser amar você, e você não foi capaz de aceitar isso. Esse foi o problema.

Agora fico encarando-a. E ela reage.

— Não, o problema que está acontecendo aqui é toda essa pressão que você coloca em cima de mim.

— Papo furado. Eu não estou colocando pressão nenhuma em você. É você que coloca em si mesma. Eu não espero nada de você. Eu só gosto de ficar com você, estar com você, mas não, a gente não pode fazer isso.

— Ficar comigo não é bem assim, é mais complicado.

— Você simplesmente tem medo. Admita.

— Cale a boca, Brechó.

Não posso deixar isso acontecer. Tem que haver um plano, uma rota de fuga. Eu preciso explodir alguma coisa.

— Eu quero que você faça uma coisa comigo — digo.

— Ah, certo, você não faz pressão nenhuma em cima de mim.

— Vamos passar juntos o Dia dos Mortos.

— O quê?

Eu noto uma mudança de expressão, um desvio da confusão. Mantenho-me concentrado nisso.

— Venha comigo até o México no Dia dos Mortos — peço, tropeçando um pouco no final do nome. — Você disse que está chegando, certo? Mais umas duas semanas? No começo do mês que vem?

— Bre...

Ela está pensando no assunto, posso apostar. É tudo que quero.

— Você está saindo do hospital, certo?
— Estou, mas não sei se é uma boa ideia.
— O quê? Fazer uma coisa que você sempre quis fazer?
— Mas eu...
— Apenas pense nisso, certo?

PARTE 3

UM POUCO DE MÚSICA PARA VIAGEM

Vamos deixar isto bem claro: não sou um cara de ficar zanzando por aí. Na realidade, criei certa resistência para viajar por causa das experiências que outras pessoas me contaram. Veja bem, não experiências terríveis, apenas experiências (tudo bem, talvez tenha ouvido uma ou duas que envolvem assaltos, ou vírus mortais ou situações em que alguém foi feito refém). A verdade é que não suporto quando as pessoas começam a falar das viagens que fizeram, especialmente ao exterior. De vez em quando, ouço esse tipo de papo na loja (sim, entre os clientes da minha loja, há pessoas que viajaram para o exterior. Já falei que o bairro está "melhorando"? Estamos sendo "gentrificados" contra a nossa vontade). Independentemente da forma como as pessoas falam dos lugares onde estiveram, sempre sinto como se estivessem jogando isso na minha cara. Tipo: eu estive lá e você, não. Ao mesmo tempo, eu me pergunto se é possível comentar com alguém que você acabou de voltar de Zanzibar ou de Montevidéu sem soar pretensioso. Acho que não. Então, na minha opinião, é melhor evitar ir a qualquer lugar. Este é o problema com as viagens. Sempre soa como se você estivesse se exibindo.

Tudo bem, eu sei que isso é estúpido. A verdade é que nunca arrumei tempo para viajar. Nunca tive dinheiro para isso e também acho que estava com um pouco de medo. Mas agora estou pronto para ir a algum lugar. A ideia de conhecer objetos de brechó estrangeiros me deixa intrigado. Acho que é isso que se chama "expandir horizontes."

UM CARTÃO-POSTAL DE OAXACA

O México é lindo nessa época do ano (tudo bem, nós sabemos que eu nunca vi o México em nenhuma outra época. Já estou ficando pretensioso). Theresa e eu estamos em uma cidade no centro-sul do México chamada Oaxaca. Nesse momento, a cidade se prepara para a festa, que começa no dia seguinte. Tem uma orquestra tocando no palco na pracinha da cidade, desculpe, no *zócalo* (para soar bem pretensiosa, a pessoa deve salpicar sua conversa com algumas palavras e frases estrangeiras bem escolhidas). Três lados da praça são ocupados por barzinhos. No quarto lado, há um edifício do governo federal com algo parecido com um pequeno comício diante dele (alguém pronuncia um discurso pelos alto-falantes. Não tenho ideia do que está sendo dito, mas parece algo importante).

As árvores do *zócalo* têm aspecto de centenárias, como se a praça tivesse sido construída em volta delas. Seus troncos imensos, com uma circunferência de três metros ou mais, foram pintados de branco. Acho que para enganar os insetos. Essas árvores caiadas ficam olhando para a praça como uma manada de elefantes brancos, gigantescos e empoeirados (veja bem, na verdade eu nunca vi um elefante branco, mas curti as vendas).[1] De vez em quando, um homem de pele

---

[1] A expressão idiomática "white elephant" indica um objeto, normalmente um presente extravagante recebido do qual não é fácil livrar-se. Uma "white elephant sale" é um tipo de venda de garagem. (N. do E.)

escura com um chapéu de caubói todo manchado de suor passa por ali puxando um barril grande com rodas, varrendo o passeio com uma vassoura tão larga quanto sua altura, feita de galhos fibrosos. Percebo que as pessoas do lugar tendem a se concentrar no centro do *zócalo*, enquanto nós, turistas, ficamos em volta.

Outros moradores locais estão instalados nas partes gramadas da praça — há grandes panos estendidos no chão, cheios de pilhas de camisas, coletes, *rebozos* (outra palavra nova), cintos e joias. Tem um homem em pé junto a uma vistosa fileira de bonecos infláveis, amarrados uns aos outros, imitações de baixa qualidade de ícones americanos: falsos Mickey Mouses, pseudos Reis Leões e quase Batmans, espremidos junto com burros, palhaços, mamadeiras e zangões. Mulheres posam silenciosamente atrás de colunas oscilantes de algodão-doce branco e cor-de-rosa, ou ficam agachadas entre as sombras flutuantes de maços de balões de gás de poliéster com corações e caveiras desenhados com caneta Pilot.

Do outro lado da praça, na rua mais próxima do mercado (segundo meu mapa), há bancas improvisadas de *tortillas* — mesas cobertas com oleados de flores em cores vivas (com desenhos lindos, como os dos panos de prato dos anos quarenta), e atrás delas mulheres *oaxaqueñas* cozinhando *tortillas* em grandes discos brancos assentados sobre pequenos fornos a lenha. Reunidos em volta das bancas, sentados em cadeiras de plástico, homens mexicanos tomam cerveja e devoram tacos gordurosos. Mais adiante na rua, há caminhonetes cheias de pilhas de pães redondos dourados, com crostas acrescentadas em cima deles em formato de ossos, e que Theresa chama de *panes de muertos.*

Tudo é inacreditavelmente pitoresco (o que eu não acredito é que usei o termo "pitoresco". É isso que uma viagem faz com você? Será que o próximo passo será eu usar a frase "uma terra de contrastes"?).

Estamos no começo da tarde, e faz calor, muito calor para o outono, em comparação com Michigan. Theresa e eu estamos sentados em um dos cafés do *zócalo*, bebericando drinques e comendo amendoins embebidos no suco de limão mais doce que já provei. Quando saímos do nosso hotel (quartos separados — afinal, estamos aqui como amigos), ouvimos alguém gritar *"Calaveras, calaveras"*. Theresa imediatamente se vira. Um homem na rua está vendendo esqueletos de argila pintados com membros desarticulados, pendurados por um fio de metal, bizarras marionetes da morte. Theresa, é claro, compra três. Agora elas estão penduradas na nossa mesa de café — uma dançando, a outra tocando um violino, a terceira, um capeta — e, de algum modo, isso me faz sentir mais parte do ambiente. Em volta de nossa mesa, ouço pessoas falando espanhol, francês, dinamarquês e alemão. Esse lugar é obviamente onde os turistas se concentram. Mas não me incomoda ser turista. É estimulante ouvir todas essas línguas. Diante de nós, moradores de Oaxaca passam às pressas, a maioria sem ligar para a horda invasora, dirigindo-se, determinados, aos seus destinos: para casa, para o mercado ou para os cemitérios, imagino. Vejo homens arrastando longos talos de cana-de-açúcar pela praça, mulheres carregando sacolas de comida e bebida. Estão todos indo a algum lugar.

Menos nós. Quanto a mim, estou estupidamente feliz apenas por estar sentado aqui com a Theresa, por vê-la admirar tudo isso. Devo dizer, porém, que é um pouco assustador realizar o sonho de alguém. É muito mais poder do que um cara como eu está acostumado a ter. Como seria de se esperar, houve certa relutância da parte dela no início. Três dias atrás, com as passagens compradas, as reservas confirmadas, ainda estávamos discutindo o assunto:

THERESA: Não, Brechó. De jeito nenhum. Não posso aceitar que alguém faça uma coisa dessas por mim. Está fora de questão.

EU: E por quê?
THERESA: Seria como se eu devesse alguma coisa a você, algo assim.
EU: É, você de fato deve. Eu salvei a sua vida, lembra?
THERESA: Isso não é relevante, Brechó. Não é relevante.
E assim por diante.

Eu insisti. O que acabou funcionando foi ter dito a ela que eu iria, quer ela fosse ou não. O que era verdade. Eu já havia feito uma pesquisa sobre *El Día de los Muertos* e concluí que era uma coisa que eu precisava ver, por algumas razões pessoais específicas. Acho que ela precisava pensar que eu não estava fazendo aquilo por ela. Talvez ela também tenha se dado conta de que outra oportunidade não surgiria tão cedo. Assim, na noite anterior à data marcada da viagem, ela tomou a decisão: pegou todo o dinheiro que tinha, enfiou vários produtos de toalete, algumas peças de roupa com cheiro de gato e qualquer outra coisa que pudesse precisar, tudo dentro de uma maleta cor-de-rosa do Exército da Salvação. De manhã, quando passei para pegá-la, tinha outra mala, coberta por velhos adesivos de hotéis, mas não me contou o que levava ali dentro.

Quando chegamos ao Aeroporto Metro, ela estava animada — quer dizer, estava elétrica, em êxtase, quase fazendo xixi nas calças de alegria, por causa da viagem. Eu sabia que ela ficaria assim, mas também estava preparado, caso ela mudasse de ideia, para lhe dar o dinheiro do táxi para ela voltar do aeroporto. Mas ela não mudou de ideia (e eu estava, de fato, pronto para ir sozinho. Cheio de medo, mas pronto).

Olho para Theresa dando um longo gole em sua Coca-Cola *con lima*, e ela me pega olhando para ela.

— Ei! — diz.
— Ei!
— Está tudo bem?
— Sim. Apenas curtindo a vida. Acho que tinha meio que esquecido como era isso.

— É.

Decido que gostaria de tomar outra cerveja. Tenho consciência de que meu espanhol de colegial é patético, mas, por fim, consigo chamar *la camarera* e, meio desajeitado, peço "*Más cerveza, por favor?*". Noto que ela mal consegue disfarçar um sorriso. Tudo bem.

Hoje é Halloween em Oaxaca. E, da nossa mesa no café, assistimos a todo esse estranho desfile. O Halloween está começando a pegar no México, e as crianças estão adotando-o com entusiasmo. Levas de crianças fantasiadas passam entre as mesas, pedindo pesos. Damos um peso a cada uma que passa por nós. É uma sensação estranha para ambos — no papel de turistas gringos, dando uma de magnânimos com o povo —, mas nessa hora simplesmente não me importo. Estamos nos divertindo. As crianças estão se divertindo. O máximo é que essas crianças estão vestidas com os trajes mais tradicionais de Halloween — nada daquelas fantasias de plástico pré-moldado inspiradas nos desenhos animados de sábado de manhã, apenas fantasias feitas em casa, de fantasmas, esqueletos, vampiros e bruxas. Faz com que eu me lembre dos meus Halloweens de criança, exceto pelo fato de que algumas têm um gosto refinado para o macabro. À primeira vista, é um pouco perturbador — pequenas aparições sangrentas com aquele andar vacilante de criança desfilando entre as mesas. Somos rodeados por vítimas de assassinatos e de acidentes, crianças com machados enterrados nas costas e feridas abertas na cabeça.

— Dá uma olhada — digo para Theresa, apontando para uma vítima de decapitação que se aproxima da nossa mesa. Sua mão direita estendida, a esquerda segurando a cabeça.

Theresa começa a rir do menino.

— *Yo, Ichabod* — grita ele.

Ela oferece um peso. Ele pega e sai correndo.

— Isso está ficando caro — diz Theresa. — Já volto. — Ela

levanta e vai até uma pequena loja algumas casas adiante do barzinho, chamada Supermercado La Lonja de Oaxaca. Três minutos depois, volta com um saquinho grande de balas. Não demora e nossa mesa fica rodeada de crianças, algumas fazendo cara feia para mim, a maioria sorrindo para Theresa, duas delas falando *gracias* com uma vozinha aguda. Fico encantado ao vê-la tão à vontade. Tenho vontade de agradecê-la. Sei que, sem ela, eu me sentiria totalmente perdido aqui.

AS OFERENDAS

Pelo resto da tarde, andamos pelas ruas de Oaxaca. Theresa quer ir a toda parte. Primeiro, vamos até onde ficam os mercados, depois até a área turística da cidade, e entramos em cada uma das lojas ou restaurantes lotados em que haja um altar. São incríveis, as *ofrendas* — mesas cobertas de toalhas brancas, cheias de frutas e *moles*, flores e mescal, cigarros e santos. Theresa para o mais perto possível de cada um desses altares e os examina com toda a reverência. Continuamos andando. Finalmente, estamos à sombra de uma imensa igreja. Vejo Theresa arfar de espanto ao olhar um pátio.

— Brechó, dá uma olhada — diz ela.

Não preciso que Theresa explique. Também estou vendo. Fileiras e fileiras de altares — um horizonte de talos verdes de cana-de-açúcar, rígidos e arqueados, nuvens de flores cintilantes, crisântemos alaranjados e cristas-de-galo cor púrpura, o ar denso de fumaça de incenso agridoce, queimando em pequenas latas. Nós dois vamos depressa até lá. Ao chegar no meio de tudo aquilo, vemos que todos os altares estão sob os cuidados de crianças de nove a dez anos, vestidas com uniformes de marinheiro ou roupa xadrez de escola católica. Olho para Theresa, que não retribui porque está totalmente encantada. Por um instante, sinto como se não devêssemos estar ali, como se tivéssemos invadido um projeto de escola no qual não somos bem-vindos, mas as crianças não se incomodam com nossa a presença. Passam por nós ligeiras, como se fôssemos as árvores brancas gigantes do *zócalo*, nada que desperte preocupação, apenas alguma coisa contra a qual você não quer esbarrar.

— Isso é muito incrível — diz Theresa.

As crianças estão em êxtase. As meninas correm de um altar para outro, no maior falatório, com olhares furtivos para os meninos. Eu não entendo uma palavra, mas nem é preciso. Há alguns adultos por ali também, parados em cada um dos altares. Parece que os estudantes estão sendo avaliados. Continuamos andando, passando pelos altares, tendo vislumbres de fotos antigas em sépia, de avós, heróis de guerra; fotos em preto e branco de tias e tios que essas crianças parecem jovens demais para ter conhecido. Mas também há fotos mais novas, coloridas, de pessoas com trajes de anos mais recentes, pessoas da minha idade e mais jovens, incluindo a foto de um rapaz com uniforme de jogador de futebol no time do colégio. Percebo que não há risos nem correria perto desse altar. Há uma garota sentada em silêncio perto dele, os olhos bem fechados.

ÔNIBUS MÁGICO

Nove e meia da noite. Estamos num ônibus junto com um monte de outras pessoas. Theresa e eu estamos cansados, depois de um dia andando por Oaxaca. Nossos colegas turistas conversam entusiasmados. Nós dois estamos quietos. Eles, na maior animação, considerando que estamos indo a um cemitério. Lá fora, motocicletas passam rugindo, fuscas empoeirados (aqui eles estão por toda parte) ultrapassam o ônibus enquanto circulamos pela periferia de Oaxaca. Odores invadem o ônibus: poeira, chocolate, churrasco, mas principalmente as descargas dos escapamentos. Passamos por lojas baratas e esquisitas, com placas imensas anunciando Coca-Cola, oficinas de consertos de carros e lojas de pneus, padarias com longas janelas pintadas com esqueletos dançantes. A certa altura, um cachorro branco e preto, com partes do corpo sem pelagem, passa mancando na frente do ônibus. O motorista freia, xinga em espanhol. O cachorro, totalmente indiferente, consegue alcançar o outro lado da estrada, e então senta por um momento para coçar uma ferida aberta. Theresa até vira o rosto. Saindo da cidade, a estrada fica mais estreita e escura; o comércio, mais esparso — bancas precárias de madeira e lata, vendendo refrescos ou cigarros, *taquerías* feitas de blocos de cimento. O ônibus fica mais barulhento.

Um homem na faixa dos cinquenta, com cabelo preto-carvão, vestido com uma jaqueta de náilon e calça bege, fica em pé na parte dianteira do ônibus, perto do motorista. Liga seu microfone portátil e pede a nossa atenção, *Por favor.*

— *Bienvenidos*. Bem-vindos. O que vocês irão ver agora é um ritual muito importante para o povo mexicano. Estamos dando as boas-vindas aos nossos mortos, que voltam do mundo espiritual. Hoje à noite, prepararemos os túmulos. Limpamos, pintamos e decoramos todos com muitas flores e velas. Vocês verão como o cemitério está bonito.

Theresa aperta meu braço. Coloca a ponta de seu dedo na boca, deixa-o lá encostado um momento, e depois fecha a mão, colocando-a de volta no colo.

— Amanhã, chegarão os *angelitos*, as crianças que já morreram. No dia seguinte, os outros, os mortos fiéis. Acendemos velas e queimamos copal para guiá-los aqui quando chegam da terra dos mortos. Deixamos comidas e bebidas para que os espíritos possam se deleitar, depois nós também fazemos isso. Estamos indo para o cemitério de uma pequena cidade perto de Oaxaca, chamada Xoxocatlán. Nós chamamos de Xoxo. Ho-ho. Como o Papai Noel.

Os turistas no ônibus caem na risada. Eu mesmo seguro um sorrisinho, até que olho para Theresa, que está em seu transe básico. Ela está bem, sei que tomou o remédio dela, está bem, apenas está muito compenetrada, pois leva a sério essas coisas.

— Embora muitas pessoas do povo de Xoxo sejam pobres, não medem esforços para deixar os túmulos bem bonitos. Trata-se de uma *fiesta*, então as pessoas gastam muito dinheiro, mas não há problema. *Somos muy fiesteros*, nós, mexicanos, adoramos uma boa celebração. É uma oportunidade para exagerar e, com isso, encorajar os outros a exagerarem também. Esbanjar nem sempre é ruim, nós sabemos disso. Acreditamos que gastar tem riquezas inesperadas como retorno. Nas palavras de nosso grande poeta, Octavio Paz: "A vida, quando a gastamos, cresce".

Dessa vez, Theresa olha para mim.

O guia então se abaixa e pega uma caixa. Está cheia de velas e pequenos maços de flores. Ele vem andando pelo corredor e distribui velas e flores a todos dentro do ônibus.

— Não é para guardar. No cemitério, quando vocês virem um túmulo não decorado, um que tenha sido esquecido, por favor, coloquem nele suas flores ou acendam uma vela — explica. — Assim, todos os túmulos ficarão lindos.

— Fico feliz de estarmos sendo colocados para trabalhar — digo a Theresa. — Isso me faz sentir menos turista.

— Eu sei. Estou começando a me sentir um pouco esquisita entrando de penetra nessa festa.

Uns dez minutos mais tarde, o ônibus chega à periferia degradada de Xoxocatlán. Logo estamos no seu *zócalo*, bem menos pitoresco.

— Agora vamos para o cemitério — diz o nosso guia.

O ônibus estaciona atrás de alguns outros, e somos conduzidos para uma rua, depois por uma longa ruela escura, iluminada apenas por um ou dois postes de luz. Dez minutos andando e chegamos a uma área com luzes coloridas e bares ao ar livre. Tem até um pequeno restaurante. Começo a entender a volta tortuosa que demos até a entrada dos fundos. Fomos conduzidos de modo a passar por alguns negócios abertos, a fim de parar para comer e beber alguma coisa. Também existem bancas de ambulantes vendendo flores, velas e caveiras de gesso iluminadas. O nosso grupo para em uma banca na qual um homem serve mescal de um grande galão vermelho em copinhos de plástico.

— O mescal amplifica um pouco a magia das coisas — diz o nosso guia, aproximando-se do balcão, e distribuindo copinhos para as pessoas do nosso grupo.

Acho difícil acreditar nisso, mas, mesmo assim, aceito um copinho.

— Vocês podem andar por onde quiserem, mas, por favor, mantenham uma atitude de respeito — diz o guia. — *Gracias*. Obrigado. — Ele ergue seu copinho de plástico, num brinde a nós, e bebe.

Viro meu copo e engasgo. É um fogo de sabor laranja que abre uma fenda na carne ao descer pela garganta. Theresa ri ao ver a minha cara e, então, cheira o copo e aperta os olhos.

— Ui — diz ela.

A gente segue adiante, de mãos dadas, agora como parte de uma falange que atravessa as luzes coloridas, o cheiro de churrasco, o barulho e a multidão. Alguém lá na frente parece saber aonde estamos indo. Viramos uma esquina e temos nossa primeira visão do cemitério Xoxocatlán. Theresa aperta minha mão tão forte que até dói. Sinto que esse é o momento pelo qual ela tanto esperava. Eu deveria estar feliz por ela, mas estou tomado demais pelo meu próprio assombro. Nosso pequeno grupo para coletivamente. Ficamos lá um tempo paralisados, sem ligar para os outros, que nos empurram. A luz das velas nos deixa meio hipnotizados, com seu resplendor quente e profundo, como se tivéssemos entrado num lugar iluminado por brasas, e não pelo sol ou pela lua.

À nossa frente, erguem-se os portões de ferro do cemitério, matizados de dourado, seu arco contra o azul-escuro do céu, e eu fico imaginando o que será esse lugar no qual estamos prestes a entrar. Para lá dos portões, cintilantes colunas de fumaça de incenso erguem-se dos túmulos, velas bruxuleantes pontuam o terreno irregular como furos de alfinete que revelam outro mundo embaixo delas, um mundo de luz e espírito, no qual não somos admitidos, por enquanto. Filas caóticas de pessoas circundam os túmulos pintados de turquesa, amarelo e cor-de-rosa, coloridos com crisântemos, cristas-de-galo e gladíolos, iluminados por velas acesas para as almas dos que partiram. Acho que nunca vi algo assim tão bonito. Não sou um cara religioso, mas, de algum modo, essa visão me faz pensar que pode haver algo por trás disso tudo. Sinto a presença de alguma coisa ali. Olho para Theresa, seu rosto brilhando de luz de velas e lágrimas.

— Você está bem? — pergunto.

Ela assente.

— Venha — digo, conduzindo-a portão adentro, por um caminho de brilhos e fumaça, até o centro elevado cheio de poeira do cemitério. Mantemos a cabeça baixa o máximo possível em sinal de respeito, tentando não ficar embasbacados com a beleza do que está acontecendo, mas é impossível. À nossa volta, famílias estão reunidas junto às lápides — ao que parece, a maior parte do trabalho de limpeza já foi feita, e isso deu lugar a vigília, falação e alegria contida. Tem até uma mulher vendo uma pequena televisão (será que está apenas matando o tempo ou será que ela e seu amado sempre assistiam tevê juntos quando ele era parte do mundo dos vivos?). Os túmulos parecem ser parte das famílias, as pessoas sentam-se neles ou em volta, tão confortavelmente quanto se estivessem num sofá. O espaço é limitado só por nossa culpa, turistas.

Um dos túmulos está coberto de flores — são tantas que mal dá para vê-lo direito, de tanto púrpura, branco e laranja. O túmulo ao lado está coberto de velas acesas, dispostas em intricados padrões de círculos, quadrículos e cruzes. Está claro como se fosse de tarde, e há uma jovem enrolada num *rebozo* dormindo tranquilamente ao lado do túmulo (fico preocupado porque ela está perto demais das chamas. Os *rebozos* parecem ser altamente inflamáveis). Um pouco abaixo, outro túmulo foi meticulosamente grafitado — um mural com uma espécie de Jesus estilo riponga, diante de um alto arco-íris. O estilo parece familiar e, quando vejo as flores dispostas dentro de velhas latas de Bondo, tenho certeza de que a pessoa que fez isso também grafita em vans. *"Descansa en paz"* está escrito, pintado em letras vistosas de dois tons.

Alguns mexicanos parecem fascinados conosco; outros, um pouco irritados. Uma mulher idosa, sentada numa cadeira de cozinha tubular dos anos cinquenta de vinil amarelo meio rachado, olha pra mim com cara feia. Mas, em geral, as pessoas seguem indiferentes a nós, como se fôssemos os espíritos inúteis que acompanham os outros espíritos, que são bem-vindos. Não as culpo. Embora estejamos trazendo dinheiro para suas cidades, não fazemos parte de sua cerimônia; somos observadores, intrusos, que observam o ritual de morte. Sinto-me melhor por estar carregando flores e velas, como se isso fosse alguma razão para eu estar ali, como se eu tivesse alguma utilidade. Quando Theresa coloca suas flores e acende sua vela sobre um túmulo vazio, esquecido, sinto uma pontinha de culpa por ainda não ter me desfeito das minhas. Então faço o mesmo.

— Vamos parar de andar um minuto — diz Theresa. — Eu só quero ficar aqui um pouco. — Então paramos diante desse túmulo agora iluminado, o que me faz pensar numa coisa. Já que o decoramos, será que isso nos autoriza a preenchê-lo com quem quer que a gente queira? Só por hoje?

Theresa volta-se para mim.

— Obrigado, Brechó. Por me ajudar a ver isso.

VIEMOS AQUI EXCLUSIVAMENTE PARA DORMIR E SONHAR

Naquela noite, quando voltamos para o hotel, Theresa pergunta se eu quero dormir no quarto dela, na sua cama. Só isso, dormir.

— Seria ótimo — digo. — Você tem certeza?
— Eu perguntei, não?
— Sim.
— Então cala a boca e vamos dormir.

Embora eu saiba que o motivo é que Theresa talvez não queira ficar sozinha num lugar estranho, não me incomodo. Já não espero mais nada de ninguém, nem de mim mesmo. Então pego algumas poucas coisas do meu quarto (kit de barbear, alguma roupa pra dormir) e volto para o quarto de Theresa.

Não sei se é por causa da viagem, ou de tanto andar, da emoção da nossa experiência no cemitério ou do copinho com aquele mescal letal, mas, quando nos arrastamos até a cama (eu com um calção de banho tropical anos cinquenta, Theresa com uma camiseta grande em que se lê *Livonia Jaycees Softball*) e nos encolhemos, como duas conchas mal-encaixadas, pelos cinquenta e cinco segundos em que ainda fico consciente, acho difícil que haja no México um homem, uma mulher ou um espírito mais feliz do que eu.

ACORDANDO NO MÉXICO

De manhã, quando abro os olhos, Theresa não está mais ali. Perto da cama, meu Elgin aponta dez e vinte e cinco. Não queria ter dormido até tão tarde. Provavelmente Theresa só não quis me acordar. Viro de lado e fico enrolando por mais meia hora. Quando, por fim, levanto, já passa das onze. Começo a ficar um pouco preocupado com Theresa andando por aí sozinha. Decido que essa é apenas alguma necessidade masculina de se preocupar com uma mulher, porque tenho certeza de que ela é muito mais capaz do que eu de sobreviver no México. Por exemplo: eu poderia me vestir e sair para tomar café da manhã ou algo assim, mas estou com um pouco de medo de enfrentar um país estrangeiro totalmente por minha conta. Decido ler algum dos livros de Theresa na cama e esperar que ela volte.

Ao meio-dia e quinze, nenhuma notícia dela, então começo a ficar oficialmente preocupado. Procuro alguma pista pelo quarto. Parece que ela tomou seu medicamento. Procuro sua carteira e seu passaporte, mas não encontro. Confiro quais roupas ela tirou da mala, e vejo a roupa que ela vestia ontem dobrada em cima da cadeira. Isso é bom ou ruim? Visto meu jeans e minha camisa, desço até o *lobby*, pensando que talvez ela esteja almoçando ou algo assim. Pergunto ao funcionário do hotel, atrás do balcão de *check in*.

—Señorita Zulinski? *Donde está?*

Ele dá de ombros, como quem diz: "Como porra vou saber?" Fico lá zanzando pelo *lobby*, tentando controlar o pânico. Consigo segurar até uma e meia, depois me dou por vencido. Não tenho a menor ideia se ela está dando voltas por Oaxaca totalmente perdida, ou se foi sequestrada pelos bandidos que vagam pelas estradas desertas (dos quais fui advertido por todos os gringos medrosos a quem falei do México Central) ou, ainda, se ela decidiu se machucar de novo.

Às duas, volto para o quarto, pensando que talvez ela tenha dado um jeito de passar por mim em algum momento em que estivesse distraído. No caminho, me vem à cabeça (como eu sou tonto) que não fui olhar no meu quarto. Decido ir até lá. Se isso não der certo, pelo menos posso arrumar alguma coisa nova para ler, depois de ter lido todos os livros de Theresa sobre o Dia dos Mortos.

Na maçaneta da minha porta, tem uma plaquinha, *No Molestar*, e não fui que a coloquei ali. Rapidamente, procuro minha chave no bolso. Quando destravo a porta, tenho medo de abri-la. Mas abro-a mesmo assim, e sem dúvida não estava preparado para ver o que vejo — uma onda brilhante de cor, luz e fumaça doce sai daquele lugar que uma vez foi meu simples quarto de hotel mexicano. Atravesso o curto corredor e entro no quarto, e encontro, em frente à parede, um amplo arco de talos de cana-de-açúcar, densamente entrelaçados com radiantes crisântemos laranja, flores de crista-de-galo de um púrpura profundo e verdes guirlandas pontuadas por delicados tufos de véu-de-noiva. Encolho-me para passar e percebo algo: amarradas entre os maços de flores, há cruzes que, de início, me parecem estranhas, mas que depois percebo que são de ossos de cachorro, feitos de plástico.

Sob o arco, no chão, em cima do cobertor indígena que eu vi Theresa comprar na véspera de um ambulante no *zócalo*, há algumas oferendas — caixas abertas de Milk-Bones sabor linguiça, bolas de tênis amarelas, batatinhas fritas Flip-Chips, um frisbee novinho, tudo provavelmente trazido de casa. Além disso: travessas de carne fibrosa das bancas do mercado Benito Juárez, latas abertas de alimento para cães Pedigree e Cacharro compradas no supermercado, vasilhas de cerâmica verde-musgo cheias de água. Duas longas velas brancas, enfiadas em latas velhas, do jeito que vimos no cemitério, brilham nos cantos do altar, com velas menores aqui e ali (embora os rótulos das velas atarracadas não estejam em inglês, eu sei o que significa *Lux Perpetua*). E igual aos caminhos de pétalas que vimos diante dos altares, este aqui tem ração para cães espalhada diante dele, de modo a levar os espíritos daqui até a Terra dos Mortos. Há um travesseiro no chão, para aqueles que queiram descansar depois da jornada. E, na parte de trás, perto de um dos talos de cana-de-açúcar, vejo um pequeno hidrante de incêndio, de plástico vermelho.

Chego mais perto e me ajoelho para examinar as fotos grudadas com fita adesiva e enfiadas entre as flores, pelas paredes, posicionadas com cuidado e espaçadas no cobertor — fotos de cães de várias raças e com várias enfermidades: um terrier com sarna, um pastor-alemão com um rabo cruelmente cortado, um chihuahua queimado, um bouvier caolho, um collie com três pernas apenas. Há outros ainda mais horríveis. Ela deve ter arrumado as fotos de algum inquérito sobre crueldade contra animais — são fotos desbotadas, sem foco, de filhotes congelados dentro de pneus, cães com membros amputados ou infeccionados, cães estripados, uma lata de lixo cheia de cadáveres de animais podres, irreconhecíveis. Sinto como se tivesse um vislumbre dos pesadelos de Theresa.

Então, ouço a voz dela, na realidade apenas um murmúrio, e me lembro de quem eu estava procurando ao vir aqui. Ando pelo amplo quarto e encontro Theresa deitada no piso de cerâmica em posição fetal, perto da cama. Diante dela, há um segundo altar, velas bruxuleando, incenso queimando. Com raiva de mim mesmo por aquele momento de distração, agarro-a pelos ombros para erguê-la, mas logo vejo que ela está bem. Sua respiração não é pesada, não há charco de vômito que ela possa inalar. Está ótima, roncando em alto e bom som.

Nessa hora, ela ergue um pouco a cabeça do piso e sorri para mim, aquele sorriso leve de sonolência. Um sorriso beatífico, purificado.

— Oi, querido — diz ela, e então volta a dormir.

Theresa nunca me chamou de "querido" antes, e não sei por que fico tão feliz de ouvir isso. É o tipo de coisa sobre a qual a gente costuma ironizar — querido, benzinho, docinho, amor —, mas pela primeira vez compreendo a ideia por trás desses nomes meio bobos. A voz dela simplesmente soou confortável, à vontade, familiar. De vez em quando (na verdade, bem de vez em quando), eu noto esse mesmo sentimento nas vozes de casais que frequentam a loja. Eu me inclino um pouco para alisar uma mecha de cabelo rebelde na cabeça dela. Logo me vejo sentado, acariciando-a diante do altar. Ela não se mexe.

Theresa murmura alguma coisa que eu, juro pela minha vida, não consigo entender. É como se ela falasse comigo, mas acho que é apenas aquele balbuciar exausto de alguém que não tem dormido direito há muito, muito tempo. Pego um travesseiro da cama e ponho embaixo da cabeça dela, aliso seu cabelo uma vez mais e me levanto para examinar o outro altar. Não sei onde ela encontrou tempo para fazer tudo isso. Deve ter acordado bem cedo de manhã e ido direto aos mercados.

O segundo altar ela construiu em volta da única janela do quarto. Os talos de cana-de-açúcar emolduram o batente da janela, enfeitados não só com crisântemos e cristas-de-galo, mas também com ratinhos de brinquedo, peixes secos grudados em cruz, longos fios entrelaçados de novelos vermelhos, amarelos e verdes. Encostada ao parapeito da janela (que tem uma vista maravilhosa), há uma mesinha e, em cima dela, mais oferendas: bolas de borracha dura com sininhos dentro, amontoados de latas enferrujadas de comida de gato Kit & Kaboodle, latinhas abertas de alimento para gatos 9 Lives e Contento (com o rosto feliz de um gatinho mexicano), um pratinho de pernil defumado, uma tigelinha de leite de cerâmica preta. Debaixo da mesa, há uma caixa de papelão com uma camada rasa de areia dentro. No resto do chão, não há nada para que os gatos possam se espreguiçar e refrescar sua pelagem espiritual no chão. Grudada ao longo da beirada da mesa, há uma faixa de papel vermelho que ela deve ter comprado no centro da cidade. Recortado na faixa, com grande precisão, há um desenho, alegre e sinistro ao mesmo tempo, retratando um cachorro, um frango, um burrico, um gato e uma cobra, todos esqueletos, quase brincando de trenzinho, as patas apoiadas nas asas, as asas nos ombros, os ombros na pele, dançando, pelo visto, voltando pra casa, provenientes do além dos animais.

De novo, muitas fotos: ninhadas inteiras, gatos velhos e gordos, com olhos nublados pelas cataratas, gatos com uma só orelha, três patas, com cicatrizes, sem pelo. Todos os animais do abrigo sobre os quais Theresa falava — gatos doidos de rua, de raça pura muito bem-cuidados, cobertos de crostas e sarna, selvagens, que faziam xixi no tapete e por isso foram abandonados, com armadilhas de metal presas às suas patas, envenenados por uma tigela de anticongelante que os vizinhos esqueceram fora da casa, acolhidos por cinco anos numa casa e depois expulsos porque não combinavam com a nova mobília, queimados com ácido, atirados da janela do carro na estrada, com os genitais arrancados com canivetes de bolso, simplesmente cansaram deles — todos os animais, indesejados, não mais necessários, não mais bonitos, fodidos e abençoados.

— Gostou?

Ouço do outro lado do quarto. A voz é sonolenta, mas descansada.

— São lindos.

Theresa levanta do chão.

— Ai! Meu braço está dormente. — Geme de alívio conforme vai esfregando-o.

— Brechó, você está bem?

— Estou ótimo.

Theresa vem andando atrás de mim, pousa sua cabeça entre as minhas omoplatas.

— Eles vieram, Brechó.

— Quem? — tento me virar para encará-la, mas ela me segura, impedindo.

— Os animais — cochicha ela. — Todos os animais que eu tenho matado. Eles desfilaram na minha frente e só me olharam. Era como se eu estivesse morta, e eles tivessem passado andando pelo meu corpo. Eles nem tinham um aspecto familiar. Sempre achei que jamais me esqueceria de nenhum deles, mas esqueci. Não, corrigindo: os olhos deles me pareceram familiares. Aquele último brilho de vida antes que o pentobarbital batesse, antes que os olhos ficassem vazios.

Theresa me abraça ainda atrás de mim, as mãos cruzadas sobre meu peito, bem em cima de onde imagino estar meu coração.

— Eram tantos, Brechó.

— Eu sei.

— Alguma coisa aconteceu.

— O quê?

— É meio esquisito.

— O quê?

— Todos eles estavam começando a me devorar quando acordei.

Dessa vez eu me afasto um pouco e viro de frente para ela.

— Você está brincando?

— Não. E não foi tão ruim assim, não. Sério.

— Você sonha que está sendo estripada e comida por animais e não é tão ruim assim?

Theresa ri, coloca os braços dela em volta de mim.

— Eu sei, parece ruim, mas não foi. Não foi mesmo. Eu me senti perdoada. Ou punida. Ou recompensada. Ou alguma coisa.

Olho para ela. Não tenho nada a dizer.

— Brechó, acho que não vou voltar pro trabalho. Quer dizer, não por causa desse sonho, mas porque não vou. Só isso.
— Tudo bem.
— Eu sei.

NUESTRO DÍA DE LOS MUERTOS

Pelo resto do dia, Theresa e eu não saímos do quarto. Ficamos perto dos altares, tentando manter as moscas longe, queimamos incenso, comemos algum Milk-Bones, de mãos dadas. Sem falar muito. Eu acrescentei dois pequenos itens da minha carteira aos altares de Theresa. Uma foto da minha mãe num deles, uma do meu pai no outro. Já que, quando eram vivos, brigavam como cão e gato, então por que não? Quanto aos dois fazerem uma visita, realmente não posso dizer que tenha sentido a presença deles, mas, quando vejo a foto de meu pai junto com todas as fotos dos gatos, acabo tendo uma ideia. Decido que quero que as pessoas vejam as fotos do meu pai. E eu, como dono de um pequeno comércio, tenho um local no qual posso expô-las (se não for na minha loja, então na loja vazia vizinha). Escolho mentalmente as fotos que vou colocar na primeira exposição da minha galeria, um brechó de fotos. Acho que meus clientes vão gostar dessa ideia. A Detroit *noir* dos anos cinquenta e sessenta. É perfeito para a loja. Posso convidar alguns jornais locais semanais que cobrem o roteiro cultural e pedir que escrevam algum artigo, espalhar cartazes pela cidade, fazer um mailing. Talvez seja ótimo. Espero que isso dê à minha mãe também um descanso, pois acho que ela sempre se sentiu mal por ser a única sensata, a única que dizia *Alguém precisa sustentar nossa família*. Sinto mais ainda, pois sei que casou com ele porque não era um cara sensato.

Também decidi que, na volta, vou limpar meu quarto. Vou

dar um jeito nas coisas dos meus pais. Vou ficar com as que eu quiser, e não vou vender nada. Vou dar vida nova a esses objetos, reintroduzi-los no sistema. Dá-los às pessoas que eu sei que vão curti-los — Theresa, Fred, amigos, até mesmo alguns clientes mais assíduos, que eu vou gostar de recompensar porque aparecem na loja de vez em quando só para ver o que eu tenho de novo ou simplesmente para conversar um pouco. Posso até dar de presente uma ou duas peças pra chata da minha irmã.

Fico tão animado com a minha ideia que tenho vontade de contar a Theresa, mas ela está tirando uma soneca de novo e não quero acordá-la. Fico de pé olhando pela janela. Fim de tarde e já tem gente fazendo barulho lá no *zócalo:* bombinhas, apitos, muita música. Pelos sons, parece que eles estão só se divertindo, mas eu sei que o que estão fazendo é importante. São os atores mascarados — dançando, mandando os *angelitos* embora de volta, gentilmente conduzindo os espíritos para o outro mundo. No México, todo mundo sabe que os mortos não podem ficar muito tempo por aqui. Sinto muito por não termos compreendido isso antes.

Perto de mim, numa esteira de palha, com o travesseiro debaixo da cabeça, Theresa abre os olhos. Tem uma expressão quase de medo no rosto.

— Outro sonho? — pergunto.

Theresa nega com a cabeça, e depois sorri para mim, um sorriso que eu reconheço.

— Venha cá — diz ela, estendendo os braços.

Ali no chão, afugentamos os espíritos.

ALGO DE VALOR

No dia seguinte, acordamos cedo. Como é nosso último dia inteiro no México, Theresa quer sair do quarto. Por mim, tudo bem, pois estou em uma crise de abstinência por uma dose de brechó. Andamos pelas ruas de Oaxaca à procura de brechós, lojas de usados, mercados de pulgas, qualquer coisa. Meus instintos de brechozeiro estão um pouco embotados, porque boa parte do México já é um mercado de quinquilharias. As coisas se acalmaram um pouco, pois estamos no segundo dia da *fiesta*, mas nem tanto assim. Muitas lojas estão abertas, e os turistas ainda enchem as ruas.

Passear com Theresa hoje tem um sabor diferente. Ela está mais relaxada, mais calma, mais livre do que a tenho visto nos últimos tempos, mais do jeito que era quando a conheci. Ela caminha ao meu lado, balançando os braços; veste uma camiseta branca com as mangas enroladas, um short jeans rasgado e um velho chapéu de pescar de lona, bem enterrado em cima dos olhos. Andamos bastante, até bem longe das áreas turísticas, pegando uma rua empoeirada atrás da outra, até que nem eu, que ando com o mapa, tenho mais ideia de onde estamos.

— Vamos entrar lá — diz Theresa, falando de um lugar que ela vê em uma ruela que me passou totalmente despercebida. Na frente do local, há algumas panelas e frigideiras, alguns pratos, um motor elétrico e uma cadeira quebrada, na qual, imagino, o proprietário deve ficar sentado. Faz-me lembrar um brechó em Detroit, do tipo que a gente vê em áreas degradadas, nos quais chamam a sua atenção pondo seus tesouros na calçada.

— Vamos lá — diz Theresa, puxando-me pela ruela. — Estou com uma intuição boa em relação a esse lugar. Ali tem alguma coisa com certeza.

— Bem, não dá pra ignorar esse tipo de intuição.

— Eu senti isso da primeira vez que vi a sua loja.

Eu suspiro bem fundo.

— Theresa, você nunca comprou nada na minha loja.

Theresa levanta a viseira de seu boné *à la* Huntz Hall e me dá uma olhada.

— Oh!

O lugar, de fato, é um brechó. Não um "brechó" na minha interpretação bem liberal do termo, que inclui peças legais, mas que as pessoas descartaram. Não, aqui há verdadeiras tranqueiras. Um monte de coisas que nem eu sou capaz de identificar. Na realidade, um lado inteiro da loja é todo de partes mecânicas de natureza misteriosa ou de ferramentas misteriosas com as quais é possível consertar ou montar coisas. Em outra parede, itens completamente diferentes — sandálias, roupa antiga de cama e mesa já muito acabada, algumas peças de vestuário, um chapéu de palha, um violão. Tenho a impressão de estar olhando para os pertences de alguém. Além desses itens, há alguns poucos vagamente interessantes que eu separo — um chaveiro de posto de gasolina mexicano, um espelhinho de bolso, uma pequena carteira com imagens de santos dentro — enfim, pequenas lembranças que eu decido comprar só para manter a maldição afastada de mim.

Mas, depois de um momento, largo tudo lá. Concluo que a única coisa que eu quero fazer é ir embora. Olho em volta procurando Theresa pra sair de lá, mas ela já sumiu. Um mexicano velho de pele escura entra na loja vindo do quarto dos fundos. Está com a barba por fazer, um cigarro aceso pendurado na boca. Na mão, segura um maço de Delicados, que eu vi à venda por toda a cidade.

— *Buenos días* — diz ele, meio rabugento.

Assinto e digo *adiós*.

Lá fora, encontro Theresa no terreno baldio junto à loja. Vou rápido até ela. Está ajoelhada no chão de cascalho e vidro quebrado daquele espaço pequeno, olhando alguma coisa. Só consigo descobrir o que é quando chego bem atrás dela. Está acariciando uma vira-lata pequena, marrom e preta, deitada ao lado dela. A cadela está mal. A barriga, com tetas e feridas, está afundada; os olhos do bicho, semicerrados e remelentos (mas fixos em Theresa); o nariz, com crostas; a pelagem, com feridas e ausente em alguns pontos. A cadela respira ofegante, agitada. Consigo ouvir um leve chiado a cada respiração forçada.

— Será que ela...

Theresa não diz nada. Acaricia a cadela, as feridas inclusive, fala carinhosamente com ela, em espanhol, bem baixinho. Só consigo entender uma palavra ou outra, aqui e ali, como "minha pequena" e "querida". O chiado para. O dono da loja vem até nós, olha para Theresa, para a cadela.

— *Muerto?*

Theresa olha para ele e assente. Então vira-se para mim. Seu rosto está em lágrimas. Ela agarra a minha mão.

— Vamos sair daqui. Acho que não quero saber o que ele vai fazer com o corpo.

A gente sai correndo pela rua e continua correndo. De início, é apenas para ficar o mais longe possível da loja, mas depois é correr simplesmente pelo prazer de correr. Seguimos assim até chegar ao *zócalo*. Desabamos em um dos bancos perto do palanque. Ficamos alguns minutos sentados, juntinhos, apenas tentando recuperar o fôlego. Olho para Theresa, ela ainda ofegante, o rosto voltado para o céu, os olhos fechados, como se estivesse lutando contra alguma coisa.

— Não havia mais o que você pudesse fazer por ela — digo.

— Eu sei — diz Theresa, engolindo. Sua respiração está mais calma agora, quase voltando ao normal. — É que eu nunca tinha visto um animal morrer sem que fosse eu que o estivesse matando. Foi estranho não me sentir responsável. Apenas estar ali para confortar o bicho.

Eu me inclino para tocar o ombro de Theresa, mas me detenho.

— Isso é tudo o que eu sempre quis fazer, Brechó. Ajudar os bichos.

— E você ajudou.

— É difícil acreditar nisso. — Ela abre os olhos e olha para mim.

— Eu sei.

— Você está bem? — pergunto.

— Estou. Acho que estou. — Theresa põe minha mão na dela, leva até os lábios e a mantém ali.

UMA ÚLTIMA TEORIA MALUCA

Quero dizer mais uma coisa aqui, algo profundo, mas, juro pela minha vida, não consigo pensar em nada. Talvez seja melhor assim. Porque, apesar do que acabou de acontecer com a cadelinha, fico feliz de estar aqui desta vez, com esta mulher, neste lugar. Então vou apenas dizer o seguinte:

No mundo do brechó, a gente coleciona o feio junto com o bonito, o bizarro com o elegante, o valioso e o sem valor algum, e às vezes esquecendo qual é qual, ou até confundindo as coisas de propósito. Fazemos isso porque, bem, porque a gente pode fazer. A gente tem esse poder. Nós, brechozeiros, sabemos que todos temos essa autoridade de atribuir valor, que não precisamos querer as coisas que os outros dizem que temos que querer, que é bom gostar também daquilo que parece não valer nada.

Foi o que aconteceu comigo e Theresa. De repente, eu estou valendo mais do que antes e fico feliz por ela ter achado isso de mim (embora agora eu entenda que há algumas diferenças fundamentais entre mim e uma peça de brechó). O que eu sei, aliás, tudo o que eu sei, é que esse é um dos meus momentos, e que nossas vidas são vividas nesses momentos, alguns segundos aqui e ali, instantâneos que só nós podemos ver e relembrar, do jeito que somente nós somos capazes de relembrá-los. É isso que carregamos conosco, o que sai da ponta dos nossos dedos, o que é absorvido pelas pessoas e pelas coisas que tocamos. É o que levamos na nossa viagem até a morte, os objetos reais das nossas vidas, nossos restos, nossas peças de brechó.

Este livro foi composto pela Rádio Londres em Palatino e
impresso pela Cromosete Gráfica e Editora Ltda em ofsete sobre
papel Pólen Soft 80g/m².